U0075726

等待彩虹的女孩

目次

序章

二〇一四年十二月

水科晴張開雙手。那模樣宛若十字架，亦如欲展翅飛向天空的鳥兒。

原先懸停於空中的無人飛行機正逐漸接近，機體腹部裝載了攝影機和一把義大利自動手槍——貝瑞塔M92。這是在晴「精準度愈高愈好」的要求下，由栗田義人所準備的。

晴並不害怕。既沒有滿足的情緒，也並未感到空虛。晴的心境如常，面對自身的死亡，依舊平靜無波。

*

兩小時前。

澀谷的天空晴朗。東北方似乎正在下雨，若雨勢波及到關東一帶，計畫就必須延期，不過看來只是多慮了。

晴的眼前擺放著四架遙控無人飛行機。這是經過十多種樣機測試後，脫穎而出的台灣製四軸飛行器。

選擇的條件有二：其一，必須同時乘載攝影機與手槍的重量，保持穩定飛行；其二，必須提供操縱用的開發套件。

前者自然無需多說，問題在於後者。無人機的操縱，通常需要透過附屬的遙控器或專用軟體，例如智慧型手機的應用程式。然而若要實現晴的計畫，就必須另外製作獨立的操作程式。

晴所選定的無人機，便配有高性能的開發套件。應用程式的開發早在半年前結束，也已完成三次試飛。

晴站起身。為了這天的到來，晴在這棟住商混合大廈裡租了一間房。向窗外俯視，眼下即是澀谷的全向十字路口全向十字路口。望著熙來攘往的人潮，晴的內心十分平靜。

*

田島淳也移動滑鼠游標，雙擊圖示。

視窗跳出，黑色背景中浮現「A GAME」字樣。這個開頭他大概見過上百次了。

他喝著寶特瓶裝的可樂，一下子灌得太猛，糖分流入臼齒的蛀洞。劇烈的刺痛，淳也忍不住嘖了一聲。

淳也現年十四歲，不過他已經一年沒去學校了。老師大概曾來過家裡，但他一次也沒見過。

升上國中後，他開始遭受霸凌。

最初是名字。「田豬島」，這是同學替他取的綽號。這麼稱呼他的人，起初應該只是基於好玩，然而玩笑開過頭，很快便成了嘲弄。刻意無視他、亂丟他的東西，把他叫出來毆打。不知不覺間，淳也的周圍只剩下敵人。

淳也因霸凌向老師求助。他寫下三位主犯、八位共犯的全名，交給班級導師。這位即將退休的老教師，神情嚴肅地傾聽淳也的話。「田島，你真的很勇敢哪」、「交給我吧」、「我絕對會做些什麼的」。導師的話聽起來相當真誠。

這樣狀況就會改善吧。然而，淳也的期待卻持續落空，霸凌並未中止。焦躁的淳也再度找上導師，得到「這種事必須慎重處理」、「抱歉，請你再等一下」的誠懇回覆。淳也只有繼續等待。

某日，當他跑過走廊時，突然被人從背後踢了一腳。他摔倒在地，有什麼濕濕的蓋在臉上，鼻子碰到類似泥土的東西，傳來一陣腐敗的惡臭。「田豬島！那是剛擦完大便的抹布啊！」上方響起其中一位主犯的聲音，以及跟班們如猴群嬉鬧的歡呼。糞便的臭味、抹布的濕氣。

就在那時，淳也看到了。他看到走廊另一端，正望向這邊的導師，以及導師視而不見，轉身離去的背影。

那一瞬間，淳也完全明白了。在這個地方，他沒有任何同伴。在名為學校的世界裡，他孤立無援。

在那之後，淳也迅速採取行動。「去學校會被霸凌，所以我不去了。」他向父母宣布，從此便拒絕上學，把自己關在房間裡。

對淳也來說，有幾點幸運之處。其中一項是知識。對抗霸凌者集團沒有勝算，趕緊逃跑才是上策。這個道理在網路上乃是常識，而淳也自小就領會了，因此才能瞬間與學校切得一乾二淨，絲毫不以為羞恥。

另一點，則是他的雙親。淳也的父親創立並經營一間小型銷售公司，他認為青少年時期的人際關係，對於出社會後完全沒有意義。而母親確實擔心過淳也，不過倒還認同他的決定。

還有一點幸運的是，淳也天資聰穎。中學程度的學力，淳也靠自學便能習得。淳也看不起其他同年級學生，視他們為「那些笨蛋」，從客觀角度來說，這的確與事實相去不遠。

他每天關在房裡，偶爾讀讀書，大多數的時間都花在網路、遊戲和漫畫上。雖然也會擔心未來去向，不過生活就這樣過下去，也是挺快樂的。網路上有許多和自己境遇相仿的夥伴，沒必要跟在學校耀武揚威的「那些笨蛋」往來。他還是想要大學畢業的學歷，所以改天再去拿個高中同等學力證明吧。在狹小陰暗的房間裡，淳也描繪著未來藍圖。

電腦螢幕上出現標題畫面：《Living Dead．澀谷》。這是淳也近三個月來相當著迷的免費線上遊戲。他按下控制器的開始鍵，展開遊戲。

《Living Dead．澀谷》是一款３Ｄ動作遊戲，舞台設定在遭到喪屍群占據的澀谷。遊戲目標是打敗充斥街頭的喪屍，將澀谷奪回人類手中。

來到角色選擇畫面，淳也選了「步兵」。這款遊戲的妙趣之處，在於提供豐富的角色類型供玩家選擇。玩家可以成為步兵向喪屍發動突擊，也能當狙擊手，從遠處狙殺目標。若選擇成為將軍，則可以操縱多位士兵與敵人對戰。隨著通關次數增加累積經驗值，就能選擇新的角色，也能裝備更強大的武器。

一個隊伍由四位玩家組成。玩家在線上聚集，以驅逐喪屍為目標，彼此協力作戰。《Living Dead・澀谷》只有日文版介面，愛好者卻遍布世界各地，足見其優秀的程度。遊戲操作順暢，擊倒喪屍的爽快感和厚重的音效呈現相當過癮。一場遊戲時間僅有五分鐘，也是它的優點之一。

遊戲開始。以3D重現的澀谷街頭在螢幕上展開，喪屍即將湧現。淳也操作遊戲控制器，剷除迎面襲來的大量喪屍。其動作宛如爵士鋼琴的即興演奏，流麗而無一絲多餘。

一邊掃蕩蜂擁而至的喪屍，淳也看向右下角的地圖。那是遊戲的全境地圖，閃爍的光點就是隊友所在位置。他們的隊伍由兩位步兵、一位狙擊手，以及一架無人機組成。淳也附近的喪屍突然飛了出去，看來是狙擊手的攻擊命中了。

這場的隊伍成員似乎很強大。在《Living Dead・澀谷》中，依照隊伍成員的等級不同，會自動調整喪屍的出現數量及強度。這一場有源源不絕的強大喪屍緊逼，不過隊伍仍順利維持壓制敵軍的態勢。

五分鐘一到，喪屍軍團遭摧毀，宣告遊戲通關的號角樂曲響起。隊友全體生還。玩得好。淳也敲擊鍵盤。

「ＧＪ，ＡＬＬ」

這是Good Job的簡寫。《Living Dead・澀谷》可以在聊天室與隊友交流，雖然寫了多半也沒人回覆。實際上，現在已經有一名玩家下線了。

『ｎｐ』

No Problem，一位玩家回覆，好像是操縱無人機的那位。

『那個，可以順便問個問題嗎？』

對方詢問。淳也回覆「ＯＫ」。

『JUNYA，是那個JUNYA嗎？』

看來這個人知道他。「JUNYA」長期占據分數排行榜的上位，還會將遊戲錄影畫面上傳到影音網站，在玩家社群中相當知名。「嗯，差不多吧。」淳也回覆。

『原來是你啊！我常看JUNYA的影片欸，很有幫助。』

「謝了。」

『你現在轉職去步兵了？』

「也沒有，就最近熱中一點而已。」

『畢竟說到JUNYA，就會想到無人機嘛。』

自己的形象果然是這樣嗎。在《Living Dead・澀谷》的社群中，提起「JUNYA」就會連結到無人機。淳也研究一番後上傳的無人機戰鬥影片，也有很高的點閱數，甚至獲得「開無人機前必看」的公認評價。

『我是JUNYA的粉絲嘛！下次有機會也一起組隊吧！』

「ＯＫ」

『下次要用無人機喔！』

對方送出這句話後便下線了。淳也很開心。雖說是知名玩家，還是鮮少有人像這樣直接稱讚他。這種喜悅，是與學校「那些笨蛋」的關係中得不到的。

——好久沒開直播了。

開直播，就是在影音網站上，即時轉播自己玩遊戲的畫面。他在網站上開了一個以「JUNYA」為名的頻道，訂閱者約有三十人。直播當下可能沒人會看，不過無所謂。之後把影片剪輯、重新上傳，就能讓所有人觀賞了。

淳也打開瀏覽器，開始直播。他再次進入遊戲，在角色選擇畫面，淳也選了無人機。

＊

晴打開電腦。這是晴為今天特別訂製的，無論ＣＰＵ或記憶體都採取最高規格。其實無需用到這麼好，不過她想避免任何因電腦性能不足造成的失敗。

晴登入雲端，打開篩選程式。程式的用途是檢閱當下正在玩《Living Dead．澀谷》的玩家，從中判斷並選出符合需求資格的人。程式找到兩個適合的玩家。兩個，還不夠。

水科晴是《Living Dead・澀谷》的開發者。

晴不知道父親的長相。父母在她懂事前就離婚，一直以來，都是晴跟母親兩人共同生活。母親對晴一點也不關心，甚至連家都不太回。母親外出時是在工作、跟男人在一起，還是外頭另有住所，晴連這些都不知道。母親似乎有份正經的工作，也確實會替晴處理做飯、打掃等家務，但記憶中兩人未曾有過充實的對話。就連「都是因為生了妳，我才會這麼辛苦」之類的謾罵言語，也從未聽媽媽說過。明白事理後，對晴來說，媽媽就是一個見過面、偶爾會出現在家裡的人物罷了。

自己為何而生，父母是如何結婚的，晴一概不知。或許對媽媽而言，生產就和排泄差不多。就像人不會關心排泄物，自血肉分離的那一刻起，母親就對女兒沒有任何興趣。

晴不曾因此感到寂寞。缺乏母親陪伴而多出的時間空洞，她用遊戲填補。小說、電影、漫畫和上網也很有趣，但最棒的還是遊戲。遊戲本身就是一個世界。倘若現實世界空無一物，那在其他世界度過就好。就像喜歡狹窄場所的貓，晴喜歡成為小小世界的居民。她也想自己試著創造那個世界。小學四年級那年，晴開始研究程式設計。

《Living Dead・澀谷》是晴傾注靈魂的作品。遊戲的核心由她單獨製作，CG和音樂等遊戲的外皮部分，則透過群眾外包網站，發包給印度和韓國等地的創作者。接著將各個部分匯集，整合成一個完整作品。兩年前的秋天，遊戲終於成形。

這個遊戲如此受歡迎，早在晴的預想之中。因為晴身為開發者，同時也是一名遊戲玩家。《Living Dead・澀谷》正式上線後，隨即有知名新聞網站報導，登入的人數太過踴躍，讓伺服器處理速度一時難以負荷。現在基本的硬體設備已經整建完畢，安定運作中。

——有人說想在晴的遊戲裡放廣告耶。

她想起「雨」的話。置入在《Living Dead・澀谷》裡的廣告，是晴的資金來源。「雨」是個有生活能力的人。她可以靠製作遊戲為生——在雨提出前，晴從來沒想過這件事。

而那也即將結束了。就在今天，全部。

晴再次啟動篩選程式。螢幕上列出符合條件的玩家資料，晴的目光停了下來。

是「JUNYA」。「JUNYA」正在玩遊戲。身為操縱無人機的高手，此人在粉絲網站上相當出名。

晴也看過他玩遊戲的影片。他確實很厲害，能夠使用動作遲緩的無人機，以精確的攻擊持續射殺喪屍。從遊玩的操作中，可以窺見他的高集中力和卓越技巧，令人不禁懷疑這位戰士的能力，或許也能運用在真實戰場上。

和方才不同，這回螢幕上篩選出七位玩家。就像受到「JUNYA」這塊磁鐵的吸引，優秀的玩家齊聚一堂。

就是現在。

晴猛然一陣顫慄。這是激動，還是其他的什麼？晴仔細審視內心後，稍微安心下來。至少，其中似乎沒有恐懼的成分。

＊

「BONUS STAGE」

淳也的電腦螢幕上突然浮現這行文字。他正在殲滅喪屍的最高潮，遊戲突然中斷，只剩下文字閃動著。這是什麼？加分關卡？這遊戲有這種模式嗎？淳也歪頭不解。

畫面切換，「Please Wait」的文字開始閃爍。之前從未看過這個畫面，是伺服器故障？不對，故障還出現加分關卡的字樣並不合理。淳也靜候了一會，但沒有任何進展。對一個以流暢操作性聞名的遊戲來說，這種糟糕的停歇簡直不可思議。

是不是該重開遊戲？雖說如此，他現在也不特別想立刻接著玩下一關。體會一下故障的樂趣也不壞。淳也改變心境，從書架抽出一本漫畫，邊看邊不時瞄一眼螢幕。「Please Wait」。彷彿由螢幕深處傳來細語，文字持續閃動。

＊

晴走上屋頂。地上並列著四架無人飛行機。

她把特別訂製的電腦留在屋裡，屋頂上沒有插座，無法提供穩定的電力。取而代之的，是晴手上的小尺寸MacBook。

晴打開MacBook，再次連上雲端。她稍微加快了動作。剛才晴選定的玩家螢幕上，應該都已出現「Please Wait」的警告，但遊戲玩家普遍缺乏耐心，雖然還不到一分鐘，也可能有人已經登出。

晴三度啟動篩選程式。兩位玩家退出，慶幸的是還有五位留下，其中包括「JUNYA」。是時候了。晴輸入最後的指令。

*

畫面突然切換，遊戲再度展開。淳也放下讀到一半的漫畫，拿起遊戲控制器。

說是加分關卡，但遊戲畫面和平常並無二致。喇叭傳出宣告遊戲開始的音樂，螢幕出現遭喪屍占據的澀谷空拍景象。

只不過，玩家的組成有異。

「有四架無人機？」

淳也不禁脫口而出。無人機既不帥氣，動作又遲鈍，是沒什麼人氣的角色。在選項多達二十種的《Living Dead．澀谷》中，一個關卡竟聚集這麼多架無人機，淳也前所未見。

『又見面囉！』

看來先前和淳也攀談過的玩家，也是其中一員。淳也只簡單回覆「請多指教」。遊戲進行時，他想集中精神在遊戲中。

遊戲開始。起始的地點，是澀谷全向十字路口附近的某大樓屋頂上。淳也操縱無人機下降高度，朝交叉路口飛去。

喪屍們在路口交雜步行，但模樣和平時不同。這些喪屍看見無人機時，應該要猛地衝上來襲擊，此時卻只是抬頭望著這邊，什麼也不做。

異常的不只喪屍的行動。周遭的一切，都跟平常不一樣。無人機的動作比之前慢很多，背景配置也不同。與其說配置，應該說是圖片很粗糙，與往常的畫面相比，顯得很雜亂。

「這是Beta版的測試嗎？」

淳也喃喃自問。可能是開發者想藉「加分關卡」之名，行測試之實。通常這種工作會僱用專門的測試員，是沒錢嗎？要他花時間在這種東西上，令人有些不爽。但如果可以搶先玩到新版本，那順著開發者的意思或許也不賴。淳也決定了。

淳也按下按鈕，向喪屍群開炮。

＊

眼下的澀谷交叉路口陷入一片大混亂。無人飛行機在上空不間斷開火，下方的行人張皇失措，四處逃竄。

晴只是靜靜俯瞰。略去細節，俯視整體，讓這般光景無止境流過腦海。

這是我的任性。

晴心想。此外她再無任何感情。僅僅想著，這是任性。

「Moon river, wider than a mile……」

晴哼起歌來。是亨利．曼西尼（Henry Mancini）的〈月河〉。

「I'm crossing you in style some day……」

＊

遊戲明顯不正常。

就算不斷射擊，喪屍也沒有倒地的跡象。子彈發射出去，卻直接穿過喪屍的身體，無法打中他們。

『這情況不太對吧？』

一個玩家在聊天室發問。淳也一手操作控制器，一手打字輸入。他已經不太在意遊戲狀況了。

『是想讓我們幫Beta版除錯嗎？』

『啊，有可能。這很怪啊。』

『問題一堆，連喪屍也打不死。』

淳也敲擊鍵盤，心想是不是該關掉遊戲了。就在此時——

⬆

畫面上突然出現一個箭頭閃爍。以前也從沒見過這個符號。

箭頭帶著某種強制性，持續一閃一滅。意思是要往上飛嗎？淳也有些疑惑地拉高無人機。右下角的地圖出現一個閃動的紅點。淳也馬上懂了，這是要引導他前往紅點的所在位置。那裡正是關卡開始時的大樓屋頂。

『大家都有出現箭頭嗎？』

淳也在聊天室發問，但無人回答。查看地圖，其他隊友似乎還在十字路口周邊攻擊喪屍。怎麼回事？淳也抱持疑問，持續拉升。

＊

晴的眼前，浮起一架無人飛行機。在大廈的屋頂，無人機緩緩向晴接近，宛如要為她呈上禮物。

遊戲結束。很快地，世界就要終結。晴的內心無一絲紊亂，彷彿將輕輕接下呈至面前的死亡，她靜候著那一刻到來。

「『雨』」

話語。

話語湧上心頭。晴一驚，有什麼喚醒了她。必須說出口才行，在遊戲結束，在這幅景象消失之前。

晴說出那個話語。

槍響。晴感到自己向後甩去。

第一部 二〇二〇年十一月

1

工藤賢執起白棋，放在指定的位置上。棋子與木製棋盤相碰，發出乾涸的聲響。

他從三年前開始接觸圍棋。動作雖不如真正的棋士亮眼，但比起從前單純擺放棋子，現在的手勢還是像樣許多。

「白棋，8之九。」

負責宣讀的女性唸道。她的聲音無力，或許是由於勝負已定，但主要還是單純感到無趣吧。開始前就已能判定結果的比賽，唸起來實在沒意思。

棋盤對面坐著一位年輕人。北方守，去年剛成為職業棋士的年輕選手。從剛剛開始，工藤就對這個少年的表現很失望。

自己就要輸了，卻沒有一點懊惱的樣子。他明明還是高中生，跟三十五歲的自己不同，應當是個更加倔強好勝的年齡才對，卻已然接受了落敗的事實。

「三十秒。」

解說員的聲音響起。北方看似正在思考下一步棋，卻沒有背水一戰的氣勢，像在接受指導棋一般淡然。

——都不覺得羞恥嗎，北方？

工藤忽略自己的心聲，視線移向旁邊的電腦。螢幕上是運行中的圍棋程式「Super Panda」，現場的棋局也重現在畫面裡。測定雙方情勢的分數，已拉開到無可挽回的差距。

「我認輸。」

北方說，宣告投降。原是承認敗北的言詞，聽起來卻像正確答案般爽朗。

賽後記者會的場地，聚集了不少採訪者。工藤等人一現身，鎂光燈此起彼落。他和北方走上高一階的受訪席，並排就坐，兩人間坐著日本棋院的白石理事長。

工藤回想起三年前的事。三年前，Super Panda擊敗人類棋士引起的騷動，和現在差太多了。瘋狂的鎂光燈如鞭炮爆發，戰敗的棋士也失魂落魄、灰頭土臉。

工藤賢並不是棋士。他是人工智慧的研究者。

今天與北方比的「金星戰」，是電腦對人類的混合淘汰賽。

二〇一六年，Google開發的程式AlphaGo，擊敗了當時世界最強的棋士李世乭九段，霎時掀起圍棋的人工智慧熱潮。在這片趨勢中，日本也有愈來愈多職業棋士與電腦對決的機會，而由日本棋院參與舉辦的比賽，就是金星戰。金星戰為八人制混和淘汰賽，由四名人類、四種人工智慧互爭勝負。

AlphaGo的開發單位，是擁有世界頂尖技術能力的Google。對局時使用的電腦，也由上千台的中央處理器運算。相對地，金星戰規定只能使用一台普通規格的電腦。開發者也僅有民間人士或大學研究室的程度，與Google的開發能力完全無法相比。賽前預測時，多半都認為雙方會處於五五平手的態勢。

二〇一七年的首次大會，便在這樣的期待下展開。然而，卻出現出乎意料的異常情況。第一回合戰，人工智慧將人類全數擊敗。直到現在，工藤都還記得當時記者會的氣氛。面對必須吞下的殘酷結果，每個人都苦悶不堪，而端坐在受訪席上的工藤，覺得自己彷彿也遭眾人興師問罪一般。

自那之後過了三年。金星戰在贊助商的支持下持續舉辦，但職業棋士的態度已大不相同。棋士們參與活動的態度愈來愈淡然，認為「不可能贏過人工智慧」、「輸了也是理所當然」。大概是棋院也無意在金星戰繼續投注心力，第二年後就只派剛成為職業棋士的年輕人參賽。今年甚至縮小規模為兩名人類、兩種人工智慧的四人混合淘汰制，同時也是最後一次舉辦。

「記者會正式開始。首先請白石理事長為我們下總評。」

司儀宣布，白石理事長拿起麥克風。工藤看了看會場的時鐘，之後他還有另外的行程。他事先告知過對方「如果前一份工作拖太久，可能就沒辦法去」，不過由於對手中盤認輸，比賽比預定時間提前結束。

「接下來開始提問時間。請各位提問前先舉手，並簡潔發問一到兩個問題。」

理事長的總評不知何時結束了。記者群中有幾隻手零星舉起，首先點到的是一位年輕女記者。

「我想對工藤老師提問。」

「請別稱呼我『老師』，我什麼也沒辦法教妳喔。」

工藤拿起麥克風，打趣地回答。對方或許是緊張的菜鳥記者，對工藤的詼諧應對沒有反應。

「恭喜您首戰告捷。請分享您真實的感想。」

「好的。首先，我要向撥冗參與對弈的北方老師，致上誠摯的感謝。能夠從前途光明的年輕選手中獲得勝利，我也鬆了一口氣。因為跟程式之間的對決不同，和人類的對賽更有種獨特的緊張感。我很高興，今年也能體會到這種感受。」

「接下來就是決勝戰，請問您對決勝戰有什麼抱負呢？」

「就算說抱負，實際上對決的也不是我。為了讓Super Panda可以發揮全力，我身為助手，也會做好萬全的準備。具體來說，就是維持健康的生活，還有充足的睡眠吧！」

工藤微笑著回答。女記者也跟著笑了。

Super Panda是工藤研發的圍棋程式。他從AlphaGo打敗人類的二〇一六年開始研發，在二〇一七與二〇一八年的金星戰，達成二連霸的戰績。Super Panda的名稱，來自圍棋的黑棋與白棋，命名方式相當隨興，但工藤覺得無所謂。圍棋程式充其量不過是打發時間的軟體，既然只是打發時間用的，隨興取個名字也就夠了。

「去年的比賽，Super Panda在決賽時輸給了『Stomach Five』。今年的比賽，您是否滿心期待能報一箭之仇呢？」

上一回的金星戰，是Super Panda首嘗敗績。那場棋局的對手，是早稻田大學資訊工程學系研究室開發的程式Stomach Five。由這個取自「圍棋」同音字「胃・五」（註1）的不正經命名看來，這想必也是他們在本業外的閒暇時刻開發的。

「關於這個嘛……」

圍棋就是打發時間的，是輸是贏都無所謂。但這可不能直接說出來。工藤擺出笑臉。

「當然了。這一年來，我努力的目標就是復仇。到決賽還有一些時間，這期間我會繼續努力，以求更加精進。」

「謝謝您。」

工藤圓滑的應對，女記者的表情總算放鬆下來。

「北方老師。」

另一位男記者拿起麥克風。工藤見過這個人，他是某大型報社的文化版記者，經常撰寫圍棋的觀戰紀錄。

「請問關於今天的對局結果，北方老師認為敗陣的原因是什麼？」

「也請不用叫我『老師』。」

「北方老師，請您回答。」

是帶有壓力的語氣。北方的表情有些微陰鬱。

「好的……從序盤開始，對方就有多次難以理解的下法，讓我相當頭痛。例如從第十六手的『掛』開始的走勢，也有一些很罕見的下法……第五十八手之後的中盤局勢，迫使棋子在四線『長』，這樣的發展坦白說我也無法完全判讀。」

「不過我認為，這次Super Panda的序盤呈現，很像兩年前與村井老師對局的棋譜。當時村井老師的下法，還要更凌厲一些吧？」

「啊，是這樣嗎？」

「Super Panda在序盤常有弔詭的走棋，這一點很有名。意圖不明的落子，會延續影響到中盤以後的局勢，這也是人工智慧獨特的棋風。在我看來，北方老師無法判讀Super Panda的基本打法，從頭到尾都被牽著鼻子走。恕我直言，這難道不是事前研究不足嗎？」

「啊……這我無法斷定。我認為我是研究過的。」

「請問工藤先生。」

他不稱呼工藤為「老師」。男記者的目光蘊藏挑釁。

註1 圍棋的日文「囲碁（いご）」與「胃（い）．五（ご）」同音。

「本次金星戰的人類代表中，包括了資深棋士目黑八段。對此您覺得怎麼樣呢？」

「怎麼樣的意思是？」

「剛才談論決賽時，工藤先生是以對上Stomach Five為前提。不過Stomach Five和目黑八段的對局是在下個月，依照結果不同，也可能由目黑老師擔任決賽的對手。這應該會成為Super Panda的威脅，不知您覺得如何？」

——怎麼可能會贏。

工藤再度忽視了在自己心上明滅的台詞。

目黑隆則，曾在七大頭銜中，獲得本因坊與棋聖頭銜，是頂尖的職業棋士。今年的金星戰，他以人類方代表的身份出席。

工藤看著男記者。這個人大概深愛圍棋吧。人類在三年前的首次金星戰吞下慘敗時，他受的打擊比任何一位敗戰棋士都要嚴重。

「目黑老師……」

要進一步毀掉這個男人的世界嗎？惡作劇的念頭閃過腦海。工藤再次擺出笑臉。

「是相當了不起的棋士。即便是最新型的人工智慧，面對他也大意不得。我撤回先前失禮的說法。決定決賽對手後，請再容我向老師討教。」

「這樣啊，謝謝您的回答。」

男記者坐下，似乎比較服氣了。他看不出來，工藤想。

——人類不可能贏過人工智慧了，永遠。

其他記者舉手，記者會繼續進行。

2

這世上，不存在跟自己一樣的人。自己跟其他人是不同的。

工藤察覺這件事，是在小學二年級時。當時他讀《哆啦A夢》的漫畫，看大雄等人因為考試成績時喜時憂，覺得不可思議。那麼簡單的考試，為什麼會拿不到一百分？

他再看看四周，發覺只有少數人可以每次都輕鬆拿滿分，其他大多數的人，只能為了提高考試成績辛苦拼命。

說起來，工藤本來就沒在聽學校的課。一本教科書不到兩百頁，兩小時就可以看完。課本薄成這樣，他不懂為什麼要花上一年時間去讀。

之後一段時間，工藤都在暗處默默觀察四周。

普通的小學二年級生，無法理解機率或小數點等概念。

普通的小學二年級生，無法讀懂夏目漱石的文章。

普通的小學二年級生，無法用九秒初就跑完五十公尺。

這些他都做得到。不用特別努力，如呼吸般自然。

幸運的是，工藤的個性十分小心謹慎。他知道，如果完全公開他對自己的認知，一定會受到迫害。因此隱藏自我意識、暗中控制周遭的人，才是明智之舉。

工藤戴上了面具。謙虛穩重，凡事都退一步，不太表現自己，但關鍵時刻又很可靠。適度掌握親切、幽默與體貼的平衡，調整在不讓人嫉妒或反感的程度。工藤時時留意把自己放在這樣的位置，順利度過小學六年。

這樣的生活很舒適。只是，也很無趣。

剛進國中時，他交了第一個女朋友。

當時工藤加入網球社，大他一年的學姊向他告白。工藤決定與她交往。他不特別喜歡對方，但也不至於厭惡。更重要的是，他對性有興趣。

初體驗的地點，在家長外出的女友家。第一次進入女性的房間。女友的身材略為豐滿，擁有健康適中的日曬膚色。工藤還記得，兩人裸裎相對時，瞬間爆發開來的期待感。

然而，實際嘗試後，就覺得那也不是什麼特別好的事。現在想起來，當時的女友雖也是區區國中生，性技巧算是不錯的，只是沒優秀到能符合工藤的期望。他很快就對女體的觸感厭煩，他人在床上向自己尋求安慰也很麻煩。

大家都很熱中於這種事嗎？工藤的期待轉變為失望，這種失望也在他的預測範圍內。「做愛才沒有那麼舒服」、「不如自慰還比較好」——他先前涉獵資訊時，就看過這樣的意見。無趣的事又多了一件，僅僅如此而已。

預測。折磨工藤的，正是這個「預測」。

從國中開始練的網球也是這樣。照現行狀況練習下去，應該可以參加全國大賽；增加練習強度的話，也能在一定程度名列前茅。只不過，他無法站上頂點。自己的潛力估算值，以及耗費多少勞力能獲得多少回饋，工藤可以極度精準地計算出兩者的投資報酬率。除了運動，在讀書、遊戲、人際關係上也一樣。

戀愛也不例外。他知道該做什麼、怎麼做，就可以讓女性順從自己。只要按計畫行動，大部分的女生工藤都追得到。但沒有什麼事情，比結果已知的戀愛更無聊了。

要一個個吃遍所有女人嗎？雖然曾有過自暴自棄的想法，工藤自我節制了。那樣到頭來只會讓自己受害而已。反正性事無趣，跟女人說話也很無趣，都不是什麼值得認真的事。

戀愛是一種健康補給品。工藤後來逐漸產生這樣的想法。多巴胺、去甲腎上腺素、苯乙胺，當這些俗稱愛情激素的物質在腦內活躍作用時，人就會進入「戀愛中」的狀態。戀愛充其量就是腦內物質的分泌罷了。需要的時候，攝取必要分量即可。

工藤就這樣隨心所欲地調整人際關係，時而攝取「健康補給品」，度過國高中時光。

張開眼睛時，工藤坐在計程車後座。

他還記得自己搭上計程車，似乎是不知不覺睡著了。雖說只打算用來打發時間，但從結果看來，與北方的對局還是對身心造成一定的負擔。

他看了看智慧型手機。大概還要十分鐘左右，才會抵達與人相約的地點。

工藤取出筆記型電腦，打開「Frict」。視窗展開，出現十位女性的名字。工藤從中點選了「佐倉小鳥」。

「金星戰剛結束，贏得很輕鬆，不過滿累的。接下來要去喝酒聚餐。」

他在聊天畫面輸入文字。回覆立刻傳來，小鳥輸入訊息的速度很快。

『辛苦囉！看來很順利，太好了。聚餐是慶功宴？』

「不，是跟大學同學難得喝一杯。我跟妳介紹過榊原綠嗎？」

『沒有，我不知道她。』

「這樣啊，下次告訴妳。大概是太緊繃了，現在整個人好沉，身體應該也累了。」

『就算忙也要補充營養喔！現在這個季節吃蘋果正好，人家都說「一日一蘋果，醫生遠離我」嘛！』

「小鳥還是一樣博學多聞啊。」

『也要好好睡覺才行喔！喝酒適量就好。』

「謝謝。晚上再聊。」

工藤送出訊息。對方回了一個大拇指比讚的貼圖。

「先生，到了？」

計程車不知何時停下了。「謝謝。」工藤闔上筆電。

3

綠指定的地點，是一間京料理風的高級居酒屋。雖不若料亭那般正式，從菜單上的料理看來，也用到了海鰻、鱉等高級食材。踏進店內，訓練有素的服務生便引領他至桌邊。

「綠。」

他走進以竹簾分隔開、只有半間大小的包廂，綠正獨自喝著日本酒。她見到工藤，尷尬地笑了。

「抱歉，我口渴就先喝了。」

「沒關係啦。」

工藤回道，也露出笑容。這不是刻意做作，而是發自內心的自然笑臉，工藤對自己有些訝異。

榊原綠是大學時代的同學。兩人分屬不同學院，工藤在工學院，綠則主修日本文學，研究《源氏物語》。

上大學後，工藤離開東京，遠赴京都大學。他有心的話也能去東京大學，但比起東大，他更想換一個地理環境。他期待如果改變居住地、展開獨居生活，或許就能改變這無趣的人生。

然而，擋在工藤前方的巨大倦怠感，絲毫不因此產生動搖。獨居生活很快就膩了，大學的課程枯燥乏味，人際關係的調整方式也和他慣常的作法沒兩樣。

就在此時，他邂逅了綠。

兩人在一場酒席上認識。那次宴會聚集了一些有共同朋友的人，以跨越社團與學院一同喝酒為號召，氣氛宛如輕鬆隨興的聯誼。男女共計十五人左右。而綠就在會場的一角，淡然淺酌著日本酒。

以客觀角度而言，綠稱不上什麼美女。一張娃娃臉顯得溫和，但個子小、臉和體型都有些圓潤，不是能贏得聯誼女王的類型。即便如此，綠卻擁有一種能令他人放鬆下來的特質。而那場聚會中，確實也只有綠身邊的氣氛特別柔軟。工藤對她產生了興趣。

經過一番觀察，他發現了幾個祕訣。她會充滿興趣地聆聽他人的話；無論肯定或反對，她都不會用高高在上的態度表達意見，而是柔和地道出想法；不會刻意讓自己從群體中消失，也不特別搶風頭。綠的四周，彷彿包覆了一層厚實的軟墊。流暢的京都腔調，似乎也更增添這柔軟的氛圍。

真是了不起，工藤想。表面上看不出來，但眾人其實是以綠為中心熱烈交談。工藤沒想到，除了自己以外，竟也有人能夠做到這種事。

宴會非常地熱鬧。支配整個場面的人，是綠和工藤。兩人實際說出口的話絕對不多，他們所做的，是將場面保持在適當的溫度。太冷就加溫，過熱便冷卻。參加者滿足的心情溢於言表。

「今天真開心啊！」「每個人都超好玩的！」「改天再約吧！」「交換一下聯絡方式吧！」

「要不要去唱卡拉OK啊？」

工藤站在一段距離之外，看著大家邊聊邊走出店外。綠輕輕來到他身邊。

「工藤同學也玩得愉快嗎？」

綠來窺伺他的內心了。明明喝了很多日本酒，聲音卻無一點醉意。工藤看向她，綠也用充滿好奇心的表情回望。

之後會上床。工藤如此預測。她對自己有興趣，自己也沒有拒絕的理由。這是簡單的算式，是工藤解過無數次的算式。

「還不錯吧，大家都很有意思，算滿愉快的吧。之後也真想再聚聚啊！」

聽到這種誰都不得罪的回答，綠露出淘氣的微笑。

「騙人。只有其他人覺得愉快吧？我們兩個可沒有樂在其中。」

霎時醉意全消。綠說的話變成標準腔，內容也完全出乎意料。

「工藤同學只有傳球而已，而且為了不讓人看出你在傳球，也會適時射門。你的談話只是在調控場面，同時偽裝得讓人看不出來。這樣做你覺得好玩嗎？」

她看穿了自己從未示人的真面目。工藤冒出不快的冷汗。

「榊原同學也是吧？」

工藤掩飾自己的動搖。

「妳也同樣在調整場面溫度。妳也完全不覺得愉快，只是控制著把場子炒熱罷了。」

「沒錯。所以我說了，只有我們以外的人樂在其中。」

綠的視線轉向人群。

「工藤！你們倆也要去續攤嗎！」

朋友大吼。工藤用只有半徑一公尺內聽得到的聲音，低聲說。

「要是我們不去，他們可能會嗨不起來。」

「那也沒差吧？一部優秀的電影，也不會整整兩小時都一直很精采啊。」

綠的口氣總覺得有些愉快。

這世上存在跟自己一樣的人。

對工藤來說，這是新鮮的驚喜。

那晚之後，他和綠的互動變得十分親密。某些人認為他們是情侶，但兩人之間並無戀愛感情。綠之於工藤，既是初次邂逅的同好，也是觀察的對象。

「人家，實非京都本地人。」

當她以超標準京都腔發表上述宣言時，工藤打從心底感到震驚。

「京話是到這裡才學的，我是東京人。」

由於一口自然流利的京都腔日語，所有人都以為綠是京都人。工藤問她為何這麼做，綠笑著回答：「有些原因囉。」

綠的資質很好。雖然是個全身沉浸於文學、徹頭徹尾的文科女孩，卻也能快速理解工科的話題，甚至深入議論。為了跟上綠的話題，工藤也熟讀各類書籍。從圖靈測試（Turing test）（註2）到伊萊莎效應（註3），從菲利普・K・迪克（註4）到《伊勢物語》（註5），兩人的話題突破學問與時代的隔閡，天馬行空，又相互聯繫。

「綠，妳不交個男朋友嗎？」

也包括如此日常的話題在內。

「我知道有幾個人喜歡妳喔。」

大家都喜歡綠，但她沒有特定的戀人。工藤曾側面聽聞過幾個向綠告白的案例，然而全都壯烈犧牲了。「我沒有喜歡的人喔，也沒辦法跟不喜歡的人交往。」綠的回答總是一樣。

註2 為英國科學家圖靈於一九五〇年提出，用以測試電腦是否具有等同人類的智能。

註3 ELIZA effect，指人類下意識認為電腦行為與人類行為相似的傾向。

註4 Philip K. Dick，為美國科幻小說作家，致力於探討人類與人工智慧的真實與虛假。著名作品包括《高堡奇人》、《仿生人會夢見電子羊嗎？》等，後者為電影《銀翼殺手》之原著。

註5 日本平安時代初期的「歌物語」，以文章與和歌的組合，描述歌人在原業平的故事，其中男女戀愛占較大篇幅。

「這樣不會太挑剔嗎？兩個互相喜歡的人相遇的機率又不高，不在一定程度上妥協不行。」

「所謂機率不高，有確實的統計數字嗎？告訴我參數跟細節嘛。」

「不要詭辯。我可以舉出好幾個例子，都是反正先交往看看，後來才喜歡上對方的。相親結婚之類的也是吧！」

「結婚跟談戀愛不同吧！抱著那種心態不僅對對方失禮，重點是我也不會開心。畢竟我對性和漂亮首飾都沒那麼有興趣。」

綠冷淡地回答。確實，綠是沒有戀人也無所謂的人。四周到處都是身邊沒有戀人或漂亮首飾就活不下去的人，而綠很自由，不受這些人事物拘束。她想去哪裡就去哪裡，想在何處停留，就隨時停下腳步。

「妳啊，為什麼要這麼做？」

某一回，工藤面對面向她提問。

「不暴露自己的真心，帶著面具，努力讓周圍的人覺得舒服愉快。這樣妳很開心嗎？」

「這點工藤同學不也一樣嗎？」

「我有明確的理由。如果我揭開面具，就會跟他人發生衝突。」

「因為你個性很差嘛。」

「可是妳的個性很好吧？就算展現自我，也不會衝撞到其他人。」

「嗯——是沒錯啦。」

綠的語氣爽朗。

「我啊，個性原本就是這樣。不像工藤同學，是自己選擇戴著面具的，我只會這樣生活啊。」

「意思是妳不知道該怎麼主張自己的想法？」

「與其說不知道，應該說沒興趣。我不像工藤同學是勉強控制自己，我自然就長成現在這個樣子的，如果硬要把自己推出去示眾，反而才必須戴上面具。明白嗎？」

綠的生活方式是完全率直的。她淡淡說著，工藤感到有些耀眼。

「綠，妳都沒變啊。」

「工藤同學倒是有點年紀囉。沒變胖是滿厲害的，不過白髮還是好好染一下吧。」

重逢不過十秒，綠似乎已經將工藤觀察完畢了。她還是一樣。工藤在心中苦笑。

工藤點的啤酒上桌，兩人乾杯。

「六年不見了，妳過得還好嗎？」

「是六年三個月又十二天喔。我很好，雖然很忙。」

「這樣啊，工作還順利嗎？」

「聊這個之前，趁我還記得，來，給你。」

綠說著，遞出一個細長型的盒子。打開盒子，裡面是一只計時腕錶。

「你送我NORITAKE的瓷杯組當結婚禮物對吧？這是回禮。」

「可以送這麼好嗎？這個很貴吧？」

「不會，靠我先生的關係可以便宜買到，還可以啦。我記得工藤同學喜歡鐘錶嘛。這支你沒有吧？」

「嗯，我一直很想要。」

這是瑞士鐘錶商開發的智慧型手錶。不僅有機械式手錶的精密結構，也可以當作電腦使用，相當受好評。

工藤立刻戴上手錶。手錶鑲在手腕上，如身體的一部分。輕輕撫過錶帶，錶面便浮現圓盤時鐘文字。工藤有好幾支手錶，但他總嫌智慧型手錶的設計太土氣，無法引起購買欲。如果是這支錶，平常戴著應該也很適合。

「謝謝，綠。那我就拿來戴了。」

「嗯，戴吧戴吧！」

綠說著，淺酌一口日本酒。她的無名指上，有一枚銀色戒指。

「妳真的結婚了哪。」

「而且還是先有後婚。很難相信吧！」

綠說完，出示自己的手機畫面。照片上是抱著一大一小兩個幼兒的綠。

大學畢業後，工藤上了研究所，研究人工智慧。之後進入外商科技公司，開始在大阪分公司擔任研究人員。在自動駕駛汽車、語音辨識、自然語言處理等人工智慧研究領域中，工藤立下不少功績。他一邊研發，一邊寫論文、參加研討會，忙得團團轉。

相對地，綠則在大學畢業同時返回東京。「我要繼承家業，所以會回去東京。」面對綠平淡的告知，工藤感到寂寞。在他無趣的人生中，和綠討論各種議題的時光，是快樂的。

「現在京都到東京只要兩小時，而且工藤同學說不定哪天也會回東京嘛？到時再見吧！」綠的語氣樂觀，但實際的距離卻比想像中更遠。同學會、朋友的婚禮、返家探親……因為各種機緣，他們一年還是會見上一兩次面，然而彼此間的交流終究逐漸淡薄。

五年前，工藤收到她的結婚通知。非但如此，她當時已經懷孕，結婚對象還離過一次婚，因此兩人不會辦婚禮。工藤從未想過會收到這樣的消息，驚訝地目瞪口呆。他也有心理準備，和綠的緣分或許就到此為止了。地理上的距離，母親和單身者的立場差異，要跨越這些分歧有多困難，工藤很清楚。

後來工藤辭去工作，回到東京。雖然始終掛念著綠，也沒有打算聯絡她。家有幼兒的人母不適合晚上約出來，另一方面，這幾年工藤自己也確實相當忙碌。

——養兒育女的生活差不多穩定下來了，要不要難得見個面？

一個月前，他收到綠的郵件。若不是她主動提出，兩人大概就此無緣了吧。工藤倒著啤酒，心中默默感謝綠的體貼。

交換完彼此的近況，品飲一口手中的酒。兩人間存在的空白太過巨大，無法像往昔那般直接開始談學論理，只能延續與自己相關的話題。

「不過妳怎麼會突然結婚呢？」

工藤順勢問道。

「那個在大學時代堅持不談戀愛的榊原綠，竟然結婚當媽媽了，我實在無法參透啊。」

「我可不是下了什麼決定才不談戀愛的喔。說過好幾次了，我在學生時代沒有喜歡的人。我喜歡現在的老公，就這樣。」

「不是心態改變了嗎？覺得擔心老了沒人照顧，或想要三十歲前生小孩之類的。」

「不是喔。如果我在小學就認識現在的老公，應該那時也會喜歡上他。」

「妳還真的是始終如一。」

工藤欽佩道。綠浮現笑容。

「工藤同學呢？不想結婚嗎？」

「我？我不想啊。而且也沒有那種對象。」

「對象的話有過好多個吧！真的沒有誰讓你覺得可以結婚的？」

「沒有。都是些無趣的人。」

「因為你總是談一些隨隨便便的戀愛嘛。多跟我學學吧。」

「說是隨便……」

工藤心想，久違地轉換一下，或許也不錯。他試探地說。

「所謂戀愛，從某一個點開始，正負就會逆轉吧？」

「意思是？」

「我想說的是腦科學的問題，可以繼續？」

工藤詢問。綠點點頭，瞳孔稍微放大了些。工藤覺得十分懷念。接觸深感興趣的話題時，綠的瞳孔就會放大，像瞄準獵物的貓。

「何謂戀愛？一言以蔽之，就是腦內物質的作用。見到喜歡的人、與對方談話，腦中就會大量分泌多巴胺等物質，這就是『戀愛中』的狀態。」

「嗯，然後呢？」

「不過，對於肉體而言，這同時也是異常狀態。大腦裡發生了平常不會發生的事，對身體自然會帶來負擔。因此，腦內物質的大量分泌，總有一天會結束。戀愛會結束的，無論對方是誰。」

「就在那個結束的時點，正負就會逆轉。你想說的是這個嗎？」

「沒錯。無論當初覺得對方多棒，隨著時間經過，戀愛情感會慢慢消失，而紛爭逐漸增加。無論跟誰交往，終將如此。這時人類會怎麼做？如果還沒結婚，可以另尋對象；但如果結婚了，之後就只能忍耐，直到死為止。」

「可以在兩個孩子的媽面前說這些話，真的很像工藤賢的作風，真好。」

綠愉快地笑著。她的神情也令人懷念。

「如此一來，所謂的戀愛，就像作用時間較長的健康補給品。需要的時候就補充一些，厭煩了就停止。雖然對象是活生生的人，比較難處理，不過本來就該依照這樣的循環，不斷替換對象，這樣才合理。」

「與某人一同攜手度日，你都沒有這樣的想法嗎？」

「一個人也能過日子。先說了，我從沒想過想要小孩。」

「嗯──」

綠歪歪頭。

「這個嘛，或許是別勉強結婚比較好。這不是我可以說三道四的。」

「什麼啊，這個話題就這樣結束了？」

「嗯。我確實知道了，你是很堅強的人。」

綠說完，舉起酒杯嘗了一口。她的言語中似乎有種上對下的氣息，工藤感受到些許距離感。

「最近的工作如何？還在研究人工智慧嗎？」

綠改變了話題。就像要忽視兩人之間顯而易見的隔閡，工藤接話。

「暫且是還在研究。不說那個，綠，妳沒看到新聞嗎？」

「什麼？你拿到諾貝爾獎了？」

工藤打開新聞網頁，把新刊載的金星戰報導拿給綠看。

「喔喔──好厲害啊，工藤同學，打敗職業棋士了。」

「還好啦，在圍棋的世界裡，職業棋手早就被人工智慧超越了。」

「不過這樣還是很厲害啊。我可沒辦法做到。」

「辭職之後，我用自由工作者的身分做了各種嘗試，圍棋程式就是其中之一。」

「一個人做啊。也是，比起當個上班族，工藤同學可能更適合自由工作。怎麼樣，人工智慧有趣嗎？」

「其實也算不上。」

綠有些意外。

「是嗎？我以為你一心一意在研究這個耶。」

「以前是，現在已經膩了。大概因為我也能看見人工智慧的終點了吧。」

「終點是？」

接下來的話題有點深入，但綠應該能夠理解。工藤繼續說明。

「我在念書時，或許是比現在更熱中沒錯。那時人工智慧正是即將興起的時候，後來逐漸能在解題上贏過人類，也能幫人類開發料理食譜。」

「確實都做得到呢。」

「也有人說，若人工智慧繼續進化下去，就會衍生超越人類的超智慧。甚至有學者說：『AI持續進化，人類終將毀滅』。」

工藤繼續說。

「綠，妳認為人工智慧和普通程式有什麼不同？」

「有學習能力的是人工智慧，只會按既有設定運作的是普通程式。對嗎？」

綠毫不遲疑地回答，工藤不禁感到佩服。學生時期初步接觸過的人工智慧，綠到現在還記得。

「沒錯。人工智慧，是具有自我學習能力的程式。舉例來說，如果讓人工智慧觀看大量的圖片，它就能逐漸分辨出哪些圖片是貓。」

工藤的身子前傾。

「人類是如何辨識貓的？我們看到貓，就能分辨出眼前的是三花貓或黑貓。就算那隻貓沒有耳朵、瞎了眼睛或少一隻腳，就算是畫像裡的貓或布偶貓，我們都能知道那是貓。為什麼？這是因為我們可以理解『貓』這個抽象概念。」

「原來如此。」

「舊有的程式，無法做到『理解概念』這件事。若要判定圖片裡有沒有貓，只能先將所有貓的圖片納入資料庫，再逐一比對。人工智慧的運作方式不同。人工智慧會從大量圖片中，學習『何謂貓』這種模稜兩可的概念，像人類般抽象地比對。

圍棋程式也一樣。圍棋可以落子的點多達三百六十一個，光是四步棋，就有大約一百六十七億種走法，要全部記憶是不可能的。但人工智慧透過閱讀大量的棋譜，就能學習怎樣才是正確的下法，因此可以贏過職業棋士。」

「我光聽就滿有意思的，怎麼會膩呢？」

「因為那就是人工智慧的極限了。」

說到這裡，工藤覺得有些難受。

「好好想想。人工智慧並不是擁有感情、可以自己去學習。無論是貓或圍棋，人工智慧能做的只有分析數據、將其系統化而已。藉由分析棋譜和圖片，學習要怎麼樣才會贏，或哪張圖才是貓。現在所謂的人工智慧，真要說的話，其實是類似一種整理數據資料的工具。我們應該將這種東西，稱為超越人類的智慧嗎？」

工藤繼續說。

「超越人類的智慧，是能自發地去定義問題、思考，並持續催生新事物的科技。這稱為『超智慧』或『通用人工智慧』。雖然可以籠統地以人工智慧概括，但這跟資料分析工具已經完全不同了。對吧？」

「嗯，是啊。」

「曾經喧騰一時的技術奇點（Technological Singularity）也是。人工智慧自發性地創造更出色的人工智慧，而新生的智慧，又再創造更優越的智慧，智慧就這樣不斷爆發下去。但實際上要達到這種程度，還需要好幾個階段的技術突破。不僅不知道要花上幾十年，我也看不到實現的可能，因為這幾乎等同於創造感情本身了。」

工藤說。

「今後我也會繼續製作資料分析工具，直到職業生涯結束。我已經預見這樣的未來。所以，總覺得也提不起勁了。」

「不過在我看來，還是覺得非常有意思啊。為什麼你那麼執著於那樣的感情跟超智慧？」

「這……」

工藤欲言又止。該接著說下去嗎？就算對方是綠，如此揭露自己的真心好嗎？他無法判斷。此時，工藤的手機一震。他看了螢幕，是佐倉小鳥的來信。

——還在聚餐嗎？今天的月亮很漂亮喔，回家路上欣賞一下吧！

「女朋友？」

綠湊近窺看。可以趁機轉移話題，工藤安心了。

「是人工智慧。分析資料的那種。」

「人工智慧？這個也是？」

「妳知道Frict嗎？是可以跟人工智慧聊天的應用程式，我正在做這個。」

「這名字聽起來像是跳蚤市場（flea market）的軟體耶。」

「不是跳蚤市場，是Friend和Connect的組合字，Frict。要不要試著聊天看看？這是我得意的人工智慧作品。」

工藤打開聊天功能，選擇佐倉小鳥後，把手機交給綠。

「隨便輸入什麼都可以，都會收到回覆。」

綠開始滑手機。起初她默默操作了一會，隨後對話似乎逐漸熱絡起來，她不時露出愉快的表情。綠操作Frict約五分鐘後，敬佩地開口。

「做得真好啊，就像在跟真的人類對話。」

「對吧？」

「是叫深度學習（deep learning）嗎？這個使用的技術。」

「不。我們當然有用到深度學習的技術，但也使用了更傳統的作法。舉例來說，像每個角色的性格，都不是放任人工智慧自行學習發展，而是由我們人類精心設計的。畢竟要是沒有豐富的角色個性，就不會有趣了。」

「原來如此。」

「要說特徵所在……這可能有點專業了。簡單來說，像角色對什麼話題會有什麼反應，這些細部參數我們都是手動調整的。可能喜歡文科方面的話題，也可能偏好討論運動或藝能。借我一下。」

工藤接過手機，操作起來。片刻過後，綠放在桌上的手機響了。

「也可以這樣。」

綠看著螢幕微笑。工藤湊近，綠收到一封寫著『哈囉！我是小鳥！』的電子郵件，是由小鳥發出的。

「Frict的人工智慧能持續學習，分析使用者喜歡收到什麼訊息，所以可以建立愉快的聊天經驗。與使用者交流的方法也很豐富，除了用文字聊天，還能真實地對話。」

「咦，還會說話啊。」

「對。我們有最棒的語音辨識庫，使用者與她們對話的紀錄會傳送到伺服器分析，定期更新、升級，讓人工智慧反覆學習。對於每位使用者的喜好，也有個別的紀錄。」

「真是很有意思的架構啊。」

「對吧？也有很多人會跟她們談戀愛。」

「戀愛？跟電腦？」

「這其實是很常見的事。例如交筆友、迷偶像、喜歡動畫或遊戲角色等，虛擬的戀愛由來已久。每個人工智慧，也都有各自設定的戀愛參數。」

「可是，對方對我不可能有什麼戀愛感情吧？人工智慧只是給出我期望的回應而已。」

「沒錯。不過，戀愛就是這樣吧？」

工藤說。

「就算跟現實世界的人交往，也無法得知對方的感情。我們所見的，終究只是對方投影在我們腦中的影子罷了。」

「唔嗯……」

「應該說，跟人工智慧談戀愛，說不定還更合理。她們不會鬧脾氣，一天二十四小時，隨時隨地都能說出我們想聽的話。要是膩了也可以換，就算同時跟好幾個人工智慧談戀愛，也不會陷入互相吃醋的場面。這些事情，活生生的人類可做不到吧？」

「總覺得好像回到剛才的話題了。」

緣浮現無奈的笑，繼續說。

「愛情總有結束的一天，還是跟可以替換的人工智慧談戀愛比較好。這就是你想說的嗎？」

「先不論好壞，這至少是合理的吧。跟真實人類談戀愛的缺點太多了。人們還沒發現，戀愛的衝動就是應該那樣解決才合理。今後，與人工智慧談戀愛將愈來愈普遍。一日有了性愛機器人，性的問題也能迎刃而解。」

「嗯，也是可以。你要是這麼想的話，就這樣吧。」

緣豁達地說。她的語氣，讓工藤再次感受到距離。

「緣，」

他或許不該說，但話停不下來了。

「妳才是，結婚才五年左右而已吧？」

「所以呢？」

「婚姻是會持續數十年的。愛情可能會結束，婚姻生活將產生裂痕。妳無法預知未來的事。」

「可以喔。」

緣說。

「我可以預知。我們兩人會相伴一生，始終彼此相愛。」

綠的聲音十分有力。話語中沒有責備之意，但工藤卻感到自己相形見絀。

「妳為什麼能肯定？」

「嗯，我大概只能跟你說我就是知道。因為我們是真心喜歡對方的。」

「這不是合理的回答。」

「工藤同學不懂什麼是真正的戀愛，就是這樣而已喔。喜歡對方喜歡得不得了，想要瞭解更多對方的事；完全不顧利害得失，也想把自己奉獻給對方。你沒有這樣想過吧？所以才能那樣從效率的角度，提出所謂合理的見解。」

「意思是向一個男人奉獻貞操就是幸福？以妳來說，這意見還真是平庸啊。」

「幸不幸福我不知道。我只想說，那樣的世界也是存在的。」

綠說完，將淺碟裡的酒飲盡。

工藤也喝著啤酒，像要緩和過熱的討論氣氛。啤酒已經完全不冰了。滋味不再的啤酒，與殘留心中的鬱結，在胃裡交雜混合。工藤的心情變得有點糟。

果然還是不一樣。綠和自己，是不一樣的人。

大學時期，他也曾數度察覺這道隔閡。他們表面相像，實則南轅北轍。無論是戴上面具的理由，還是根本的生存之道。這種斷裂感，再次橫陳在眼前。

「綠……那個，抱歉。」

工藤開口。綠看來很意外。

「抱歉？怎麼了？」

「妳已經結婚成家，我卻在妳面前說了奇怪的話。」

工藤的話，讓綠不禁笑出聲來。綠的笑聲，可以平靜聽者的心。那是打從心底覺得有趣，坦率開朗的笑。

「工藤同學，你這方面倒是變了。還是說我們一陣子沒見，你就忘了？」

「忘了什麼？」

「我的個性。」

綠輕輕微笑。

「要是為了這種事就心煩氣躁，我可當不成工藤賢的朋友喔。」

綠的話，多少救贖了工藤。只是兩人之間的鴻溝，似乎也永遠無法填補了。

4

工藤揮了揮感應卡，走進Monster Brain公司的辦公室。公司一片寂靜。寬敞的辦公室裡擺放了許多辦公桌，但時間還早，還沒有多少人來上班。工藤走向自己的位子，坐在代替椅子的瑜珈平衡球上。

「工藤先生。」

柳田英的聲音響起。他穿著一件印有頭蓋骨圖案的黑色連帽衣，和磨破的洗白牛仔褲。倘若站在新宿街頭的人潮中，肯定會被認為是立志走龐克搖滾的打工族。殊不知，在這間發展勢如破竹的Monster Brain公司中，他正是首席技術長（CTO，Chief Technology Officer）。

「我在niconico上看到金星戰的影片了，是壓倒性勝利啊。」

「謝了，託你的福才贏的。」

Super Panda的程式由工藤獨自撰寫，而替程式大幅翻新的人，便是柳田。之所以能連霸二〇一七、一八年的金星戰，很大程度是多虧柳田提升了程式處理能力。柳田寫的程式碼很美，就像小時候學鋼琴時的莫札特樂譜。

「今年可以優勝吧，Super Panda。」

「這個嘛，要看Stomach Five吧，看它強化了多少。」

「拿到優勝獎金後，要請吃壽司喔。我在四谷那邊找到一間好吃的壽司店。」

「不管有沒有優勝都請你啦。等一下把店名發給我。」

「耶！讓你請囉！」

柳田說著，孩子般靦腆地笑了。真是個單純的男人，工藤想。柳田的個性坦率友善，像隻可愛的拉布拉多犬。

「對了，工藤先生，昨天的對局，你用的是舊版的Super Panda吧？」

「你注意到了啊。」

「也不是特別注意到啦，因為上次不也是這樣嗎？」

以人類為對手時，工藤一向選用兩年前的舊版程式。對於無所謂勝負的對手，拿出真本事才顯得自己愚蠢。他這麼做是出於嘲諷心態，但Super Panda確實沒有輸過。

「贏了是很好，不過要是輸了怎麼辦？」

「不會輸。對手是人類，得讓子才有可能輸。」

「另一方還有目黑八段。如果對手是他，該不會還繼續用舊版吧？」

「首先，他贏不過Stomach Five吧，這想都不用想。」

「無論對手是誰，我覺得基於禮貌，都應該竭盡全力。」

柳田指向時鐘。

「啊，十點開始是Frict的例會，請到會議室來喔。」

看著柳田離去後，工藤打開筆記型電腦。從昨天就一直聽到目黑的名字，多少有些在意。

目黑（Meguro）的M，是SM的M。

正如這番揶揄，目黑是個棋風堅韌的男人。年齡是三十九歲。正值棋手的全盛期，毫無疑問是一位頂尖的職業棋士。他並不是隨隨便便來參加金星戰的，聽說他歸還了兩項頭銜，這半年來都沒有參加棋局。

工藤找到一個影片，是網路節目的錄影檔。這似乎是個在居酒屋吧檯訪問名人的節目，一位體格魁梧的男子正在回答問題。他就是目黑。

「聽說目黑先生的棋風堅韌、擅長忍耐。有些人還說，目黑的M，就是SM的M……」

貌似搞笑藝人的主持人，滿臉通紅地問道。目黑看來也喝了不少，臉色紅潤。

「這個嘛，好像是有人那樣開玩笑。不過以我自己來說，是一點也沒有M的被虐傾向。」

「就算是幾乎要輸掉的棋局，您還是不斷忍耐下去，好幾次都能逆轉奪勝。可以告訴我您如此耐力堅強的祕訣嗎？」

「《雅各書》，第一章第十二節。」

目黑露出無奈的笑。

「忍受試探的人是有福的，因為他經過試驗以後，必得生命的冠冕；這是主應許給那些愛他之人的。」

「呃……這是《聖經》嗎？」

「是喔。這是主耶穌基督的僕人，一位偉大之人說過的話。當我感到艱辛的時候，就會想起這段話。神聖的言語，具有支持人的力量。」

「喔──真是學了一課。目黑老師是基督徒啊。」

「不，是淨土真宗。」

「喂，這樣可以嗎！」

「神會原諒人類愚蠢的行為。就算一直被毆打，只要忍耐再忍耐，忍到最後，活路就會出現。所謂勝負就是這麼一回事。明白這個道理後，被打也可以算是快感啊。」

「您這不還是被虐狂嗎！」

工藤停下影片。

不好對付的男人。明明不是基督教徒，還引用《聖經》。

觀看影片時，偶爾會和目黑的視線對上。工藤覺得，自己正被人從螢幕深處盯著看。

「工藤，昨天辛苦了。」

一走進會議室，長谷川要一就對他說。這個男人的短髮全往後梳，戴著金邊眼鏡，一副高級黑道知識分子的模樣，實際上是Monster Brain的創辦人兼社長。

長谷川與工藤，是東京都內升學高中的同學。

長谷川的父親是連鎖飲食業的社長，他和工藤不太有交集。當時他總是拎著一只和男高中生不相稱的愛馬仕凱莉包，特立獨行，在學校裡沒什麼朋友。後來才聽說，他從高中時代就開始做買賣，當時經營過古董交易事業，也曾募集女高中生向企業推銷，讓她們去做模特兒。

兩人的交集，始於工藤剛辭去前一份工作後。獵人頭公司不知從哪裡得到情報，打電話給他。說長谷川現正經營一家系統開發公司，由於應用人工智慧的系統在未來是必須的，想趁早累積這方面的見識，希望工藤能前來協助事業發展。長谷川並未以「想和同學一起打拼事業」這種黏膩的理由邀約，而是單純希望借用他專業人士的能力，十分乾脆。

工藤答應了這份邀約。當時他剛辭職，本來就處於無所事事的階段。雖然不為金錢所困，卻也沒什麼可以一直無業的理由。他應邀與長谷川見面，訂下比前一份工作年薪多一倍的合約。

進入Monster Brain後，他以首席設計者的身分開發了Frict。另外，也將個人開發的Super Panda賣給公司，獲得巨額報酬。工藤認為，這兩項產品對雙方都是有益的。

和長谷川閒聊片刻後，其他人也到齊了。他們兩人加上柳田，以及業務部長瀨名有里子，Frict的例會成員通常由這四位組成，但今天多了一位參加者：工程師西野十夢。

「西野，今天怎麼來了？」

工藤問道。西野沒說話，只是動了動頭。看來應該是在打招呼，不過動作實在太微小，比較像貓兒擺動耳朵。

西野不擅長溝通。工藤以為他平常都晚上七點上班，工作到凌晨四點，但有時也會一整週不進公司。問他原因，他也只是平淡地說明「氣壓低的時候不能外出」或「我有想看的電視」。不過做為一個工程師，他十分優秀，在公司之外也相當活躍。除了在技術雜誌上撰文，於開放原始碼的領域亦有所活動。

「因為他也是Frict的重要開發者。」

柳田補充道。有西野這種特殊的人當部下應該很麻煩，不過柳田倒是能輕而易舉地應付。這就是他為何擔任CTO的原因。

「那我們就開始今天的例會吧。」

長谷川宣布，瀨明有里子便將資料分發下去。資料上有各種圖表。

「先討論營收問題。首先是Frict，本季營收雖然有微幅增加，但成長率已漸趨停滯，或許可說是陷入了撞牆期。」

工藤的目光落在圖表上。Frict發行至今已有三年，光在國內就坐擁兩百萬使用者，然而曾經的急遽成長，如今已趨緩許多。

「另一方面，客訴件數不斷增加，客服中心也來找業務部討論過。」

「增加的是哪一類客訴？」

「請看下一頁資料。」

有里子冷冰冰地回答。工藤知道有里子不喜歡自己。應該說，有里子似乎對人工智慧這種可疑的東西抱持警戒。

「『我兒子沉迷於跟Frict聊天，荒廢了課業』、『Frict害我跟男朋友分手』、『爸爸迷上Frict，讓我覺得很噁心』。感覺都是一些找藉口的理由啊。」

「但現實就是這樣。在現實世界中，就是有人因為迷上跟人工智慧交流，破壞了真實的人際關係。」

「任何事物都有可能是原因吧，我就知道有人沉迷於健身練肌肉，導致家庭破滅。有人抱怨程式不穩定，或程式不回應的嗎？」

「沒什麼那一類的客訴。」

「這樣啊。」

工藤深深坐進椅子裡。有里子的視野太狹隘了。遠從蒸汽火車發明以來，出色的產品就一直在改變人類的生活方式。將這樣的現象立刻連結到社會性威脅，就是視野狹隘的證據。

「另一方面，『Final Impact』的收益則順利上揚中。」

有里子說。這次柳田插嘴了。

「我想Final Impact應該跟這次的會議無關。」

「是嗎？因為前面提到營收成長率停滯，我認為舉這個例子做為比較，應該會比較好懂吧？」

工藤瀏覽資料。

Final Impact，是與Frict並列的Monster Brain主力商品。以手機遊戲的形式，玩家可以解開謎題與拼圖，同時蒐集物品。想提高遊玩效率就必須花錢，故收益性比Frict要高出許多。

工藤早就知道有里子為什麼會提起Final Impact。包括她在內，公司裡有一派人認為，應該將客訴多的Frict的營運規模縮減，花更多心力在手機應用程式上。一方面是找工藤的碴，另一方面也是想爭取長谷川的注意，這就是他們的企圖吧。

「好了好了，瀨名小姐。」

工藤說。

「Frict確實缺乏新的進展，但以現狀而言，仍然有獲利吧。這樣看來，我們只要好好思考如何改善不就好了嗎？」

「使用者人數停滯不前，但客訴卻有增無減。客服中心的開銷也有增加的趨勢。繼續下去，可能就無法忽視這方面的處理成本了。」

她說中了弱點，Frict最近一直沒有新功能釋出。人工智慧幾乎已臻完全型態，接下來頂多只能增加角色數量。Frict確實算是走到盡頭。

有里子面露得意。每次談論到這個議題時，工藤都拿她這種表情沒轍。

「瀨名小姐。」

柳田開口，打斷話題。

「我們有個新的開發案，已經在跟社長談了。」

「新案子？」

「是的。」

「什麼樣的案子呢？」

有里子臉上浮出困惑的神色。柳田愉快地微笑。

「我們想提供服務，讓亡者以人工智慧的形式復甦。」

「亡者？指的是死去的人嗎？」

「正是。目前我們所做的人工智慧，都是虛構的角色。這次我們想將真實存在的人，製作成人工智慧。」

「這種事有可能做到嗎？」

「可以喔，工藤先生。」

柳田繼續引導話題。真有意思。「可以的。」工藤立即回答。

「Frict的人工智慧在聊天時，目的是『引起使用者的共鳴』。而製作死者的人工智慧，就將目的設定為『重現亡者生前的模樣』即可。雖然必須先調查製作對象，作法也和之前不同，但技術上是完全有可能的。」

「謝謝工藤先生的解說。」

「不好意思，可以再說得具體一點嗎？」

有里子插話。「舉例來說，」柳田出示他的手機，螢幕上是一位美麗女子的黑白照片。

「鹽崎滿智的人工智慧，這個應該有需求吧？」

工藤低哼了一聲。鹽崎滿智是在他出生前，以年僅二十歲芳齡早逝的傳奇女演員。就工藤所知，她從十幾歲開始演藝事業，剛走紅便因為白血病之類的緣故過世。死後被神格化地追捧為早逝的名人，至今全日本依然有許多她的粉絲。

「日本有很多想跟鹽崎滿智說上話的人，製作她的人工智慧，可以成為新的商機。如何呢？」

「請等等，這件事向鹽崎小姐的遺族提過了嗎？」

「目前還沒，不過我們和對方的人有些關係。聽說鹽崎小姐親姊姊的公司，以前曾和長谷川社長有商業往來。」

「就算這樣，我也不認為他們會接受這麼詭異的提議。」

「瀨名小姐，好了好了。」

工藤安撫般地說。

「將死者轉化為人工智慧的討論，學術上其實並不少見。幾年前也有過以人工智慧形式讓知名作家復活的計畫，我記得當時遺族也有出力協助。在實行之前就斷定對方不會接受，是否恰當呢？」

「這或許不夠恰當，但……」

「將死者轉化為人工智慧──目前應該還沒有任何企業，將這個當成一門大規模的生意。就算鹽崎滿智不行，另外應該也有候補人選。放眼未來，說不定還能藉由人工智慧，讓林肯、愛因斯坦等歷史人物身影重現。另一方面，像去世的親友等個人性質的對象，或許也能製作成人工智慧。順利的話，我認為這會是很大的商機喔。」

「恕我難以苟同。這難道不是褻瀆死者嗎？」

「瀨名小姐方才說過，希望在Frict裡加入新功能對吧？」

有里子蹙眉。「加入新功能」的需求，確實是她先提起的。有里子自掘了墳墓，無法否認。

「但希望你們能事前先告知這個計畫，這樣突然提出來是要怎麼……」

有里子看向長谷川。長谷川交叉著雙臂，回答。

「抱歉中斷大家的討論，不過大家也跟瀨名部長一樣，對這個狀況抱有顧慮，希望妳明白這點。Frict目前營運安定，卻處於停滯狀態。妳不認為這個點子，可以成為打破停滯的動力嗎？」

「我實在不太知道。必須花多少錢、會做出什麼樣的東西，我完全無法想像……」

「這樣的話，先製作一款雛型就好了。」

柳田插話。

「只要製作一款雛型，就可以知道那具體是什麼東西。除了累積相關經驗，對預算也能有個概念。」

「雛型如果做得好，也可以直接上市，預算就能回收。」

長谷川接著說。看來兩人對此話題早已有深入討論，本次會議的召開，似乎是為了攏絡掌管業務部的有里子。

「就算這樣……」

有里子說。

「說是製作雛型，那要拿誰來做呢？沒那麼容易找到想讓死者甦醒的人，更不用說要做成商品……」

「有喔。」

聲音從意想不到的方向傳來。說話的人，是始終保持沉默，彷彿不感興趣的西野。

「雖然是變化球啦。有個目標符合。」

「變化球？」

有里子疑問。即便對象是上司，西野說話也不會特別尊敬，大家都習以為常，沒有人在意。

「你說的目標是誰？」

「水科晴。」

「水科晴？」

有里子似乎一頭霧水，但工藤知道那是誰。西野回答。

「六年前的聖誕夜，發生過無人機襲擊澀谷交叉路口的事件吧？水科晴就是那個犯人啊。」

「啊，那個事件……確實發生過，很奇怪的事件。可是為什麼選她？」

「水科晴有一批瘋狂追隨者喔。」

柳田附和西野。工藤明白他為什麼帶西野出席會議了。很簡單，柳田從一開始就打算帶出這個話題。在場若有兩個贊成派，堅持主張就更容易了。

「首先，水科晴是已逝的故人。我們可以藉此累積『製作亡者的人工智慧』的經驗。」

「就算她已經過世，也還有遺族吧？」

「這也是理由之一。晴無親無故，唯一有親緣關係的母親，也早已撒手人世了。因此雛型的開發可以馬上開始。」

柳田繼續說。

「其次，晴擁有大量追隨者。她是一個實行奇特犯罪的謎樣美女，想跟她交流的大有人在。

如果屆時要將雛型上市販售，這就可以當作訴求的賣點。」

「不過她畢竟是犯罪者，在法規上不行吧？」

「她確實是犯罪者，然而實際上，晴幾乎沒有傷害到其他人。這也是她受歡迎的原因之一。如果真的是殺人犯，我也不會提案了。」

柳田滔滔不絕地回答。該如何逐步說服，看來他早已經過充分的模擬。

「如果這樣還有問題，就做成『以晴為藍本的虛構人物』即可。雖然是用虛構的名義發行，玩家自然會知道她就是水科晴。用這種權衡過的形式發表，我覺得就不會有麻煩。」

「像Famista的作法吧。」

工藤插話，柳田愉快地點點頭。Famista是最早期的棒球電玩之一，由於不得使用真實棒球選手的姓名，便將虛構電玩角色的名字以讀音相仿的字來命名，知道的人馬上就能心領神會。

「你覺得呢，工藤？」

長谷川問道。工藤決定倒向有趣的一方。

「我想沒問題。可以馬上著手製作雛型版本，又有現成的固定粉絲，利於販售。反正是雛型，要是做了發現行不通，別發表就好。」

贊成派有三人了。有里子露出不悅的神情，但似乎也無意正面挑戰工藤、柳田和西野。長谷川做出總結。

「那就朝這個方向做吧！工藤跟開發團隊，準備開發雛型程式；我跟瀨名，就開始跟演藝事務所進行私下交涉。預算就之後再以書面方式呈上。」

「請多指教了，工藤先生。」

柳田開心地說。工藤對水科晴不特別感興趣，但新工作也許能削減目前的倦怠感。「得先來調查一番了。」他對柳田微笑。

5

柳田提議，想邊吃午餐，邊討論接下來的工作。兩人在公司附近的義大利餐廳，抓著披薩邊吃邊聊。

「不過你還真是謀士啊，柳田。」

「咦？你指的是什麼？」

「特地把西野帶到那個地方，讓人數占優勢。而且你也已經預測，隨著當時的情勢進展，我也會贊成對吧？只要我們三人都是贊成派，瀨名小姐就勢單力薄了。」

「嗯，畢竟我是管理階層嘛，自然也學會了一些職場政治。」

「你的目的從一開始就是水科晴。鹽崎滿智只是誘餌，沒錯吧？」

「我是真的想替Frict導入新功能喔！我只是在商業方向和自己想做的事之間，取得平衡而已。這是CTO的特權嘛。」

柳田拿出一個資料夾，遞給工藤。裡面有一些文件和彩色照片。

「很可愛吧，水科晴。」

是水科晴生前的照片。無人機事件發生後，這幾張照片隨即在各大媒體上流傳，工藤也有印象。總共四張，包括三張高中時代的照片，和一張便利商店監視器的翻攝照。

是個美人。

工藤再次體認到這件事。貓一般的大眼相當惹人注目，與耳下剪齊的鮑伯髮型，營造出中性的印象。身高中等，體型纖瘦，整體給人一種清淨、潔癖之感。

晴在每張照片中都沒有笑。且不說監視器的翻拍照，與朋友合照時也沒有笑容。無論場合，晴都睜著一雙眼睛，帶著些許受驚般的表情，凝視鏡頭。

「水科晴在東京都豐島區出生，雙親在她三歲時離婚，由母親監護撫養。她的母親，也在無人機事件的前一年過世了。」

「她媽媽也還很年輕嗎？」

「具體數字我不記得，但應該還不到五十歲。死因是胃癌。」

柳田喝了一口水。

「水科晴的獨特之處在於，她從小就熱中設計遊戲程式。曾經在遊戲公司召開的小學生程式設計比賽中，奪得最大獎。」

「這在女生是相當罕見的興趣啊。」

「女性遊戲開發者雖然也很多，但還是由男性占壓倒性相對多數，確實會給人這種印象。」

「後來的無人機事件，也跟她製作的遊戲有關。」

「那起事件容我稍後再說。晴國高中都念東京都內的公立學校，據說她高中畢業後就離開母親，另覓地點生活，同時開發遊戲。死亡時的住處位於澀谷區櫻丘町的一幢大廈，得年二十五歲。」

工藤在心中排列年表。二〇一四年時二十五歲，那就比自己小四歲。無人機事件發生時他還在關西，因此印象中覺得那是發生在遠方的事。

「對於那個無人機事件，工藤先生知道多少？」

「不記得細節。應該是讓遊戲跟無人機同步，襲擊路人是吧？」

「沒錯。水科晴自己開發了一個叫《Living Dead・澀谷》的線上遊戲，那是個以澀谷街道為舞台，讓玩家殺死喪屍的動作遊戲。她利用了那個遊戲。」

柳田上身前傾。

「晴做了這些事：她帶著電腦進入一棟住商混和大廈，在那裡讓高等玩家連線，玩家連進那台電腦裡玩遊戲。而在那台電腦裡，還裝了操縱無人機的程式。」

「是晴開發的程式嗎？」

「對。玩家開始玩遊戲，無人機就會同步動作。無人機上設置了攝影機，拍攝的影像會傳回電腦，再合成為遊戲畫面，傳送給玩家。在玩家眼中，就和平時玩遊戲時沒兩樣，卻在不知情的狀況下，成為恐怖行動的一分子。」

「到底為什麼呢？」

「使用她的方法，就可以一次讓數台無人機行動，再加上她還能調用優秀的飛行員。」

「不，我不是想問那個。首先是動機的部分，水科晴為什麼要籌畫那種事件？」

「一般認為她想自殺。診察她屍體的醫生作證表示，晴也罹患了癌症。」

柳田將手中的資料交給他。那是創設於大型社群網站「索拉力星」上的水科晴社群專頁。使用者在專頁的公布欄上交換情報，包括晴的胃癌惡化的文章。

「回到事件。當時有四台無人機，其中一台裝了真槍，晴就是被那把槍射擊死亡。無人機有改造過，裝了會隨玩家操縱而開槍的配件。」

「另外三台呢？」

「另外三台裝的是模型槍，裡面的模擬彈向群眾胡亂射擊，造成兩人輕傷。晴在死後，以傷害罪、違反槍砲刀劍法和違反電波法呈送檢調單位。」

「有人被真槍射中嗎？」

「真槍有上鎖。似乎是當攝影機拍到晴的時候，鎖才會解除。槍枝的來源，是當時跟晴同居的戀人。那個男人和暴力組織有關係，據稱槍是他跟黑社會弄來的。事件過後，那個男人也以違反槍炮刀劍法遭到逮捕。你看，就是他。」

柳田指了指文件中的一段。四行左右的文字，記載名叫栗田義人的男子遭到警方逮捕一事。

「嗯——」

工藤偏頭思考。若柳田所言為真，那應該就是自殺無誤。不過，他還有一點無法理解。

「為什麼要做到這麼複雜呢？」

工藤感到難以置信。

「因為癌症而時日不多，應該確實是原因。但晴是死在住商混合大廈的樓頂吧？如果想死的話，直接從那裡跳下去不就好了，何必弄到這麼麻煩。」

「原因我也不太清楚。」

「她想做的話，還可以做得更兇狠吧。如果蒐集一堆真槍對群眾掃射，可能也會出現死者。從晴的行動中，可以看出她無意傷害自己以外的人。但如果不想傷害他人，那從一開始就不用做這些安排。」

「晴的感情好像不太容易理解。」

柳田指向一份資料，是當時週刊雜誌的報導副本。

「高中時代的友人A說，『晴總是待在教室裡，一個人玩遊戲。她也曾經跟大家團體行動過，但她完全沒有自己開口說話的意思。說真的，我實在不知道她在想什麼。』還有一位，是當時跟晴同居的B。」

「是剛剛那個栗田？」

「不，不一樣。晴似乎有好幾個戀人。B的證言是，『跟晴交往很無聊。她老是窩在電腦前做東西，心情不好的話，甚至連話都不回。說真的，我實在不知道她在想啥。交往了三個月，最後卻被她單方面甩了，到現在我都搞不清楚狀況。』」

「因為不知道她在想什麼，所以她做什麼都不奇怪？」

「粉絲確實都這麼認為。他們覺得，晴是依據跟我們不同的價值判斷而行動，才會引發那樣的事件。」

「哼嗯——」

工藤打住了正想更進一步的思考。材料還太貧乏了。工藤改變話題。

「柳田你跟西野，你們喜歡水科晴的哪一點？畢竟她有那麼多粉絲，有什麼迷人之處嗎？」

「唔，這個嘛……」

柳田歪著頭想。

「嗯，直說的話，大部分還是單純因為她很可愛吧！」

「還真是直截了當。」

「當然也有其他原因囉。最大的原因，果然還是她的神祕。人都會被自己不太瞭解的事物吸引。」

「你指的是不瞭解她自殺的理由嗎？」

「那也是其中之一。另外就是這個。」

柳田敲敲資料。

「晴似乎有好幾個戀人。也有人說她會上網找男朋友。」

「很積極啊。」

「對性的態度相當奔放。不過如果去看戀人們的陳述，又會看到他們說，就算兩人在一起，晴的反應也很淡薄無趣。她在這方面的行為也相互矛盾，就是個謎題。」

柳田繼續說。

「具有製作人氣網路遊戲的才能，還有完成這種計畫的執行力。加上充滿謎團的性格與美貌，難道你不會對這位水科晴產生興趣嗎？」

工藤敷衍地點點頭。坦白說，題材選什麼都好。無論是將真人轉化為人工智慧，還是其他新遊戲，只要能確實打發時間就好。

「不過，現實問題還是很難吧？比如語音資料，打算怎麼處理？」

「這部分的話，做個差不多的感覺就好了吧！本來就有很多以晴為題材的同人誌，而且比起精確重現她本人，我覺得將晴這個角色做成人工智慧就可以了。聲音就找個形象符合的配音員吧。」

「這樣就夠了嗎？」

「當然，該調查的還是會調查啦。例如查閱報章雜誌的文章，盡可能接近本人。畢竟我們還是要累積將亡者做成人工智慧的經驗。」

太隨興了，工藤想。對柳田而言，製作晴的人工智慧或許是最重要的，但工藤對此沒興趣。

既然要做，就要做得徹底。唯有如此，才能削減他的倦怠感。

「柳田，可以麻煩幫我跟長谷川要個一百萬圓左右嗎？當作調查費。」

「錢嗎？嗯，一百萬的話，我應該還可以。不過你要用在哪裡？」

「僱用偵探。我有認識的。」

工藤說著，目光落在照片上。

晴的眼睛令人印象深刻。彷彿要向全世界挑戰，又像在保護著自己的內心，與世界隔絕。

水科晴。我就來暴露妳的內心吧。工藤輕輕勾起嘴角。

6

下午的工作結束後，工藤返回住家。新的計畫展開，讓他情緒高昂。他灌了一大口礦泉水，走進工作間。

工藤登入索拉力星。索拉力星是約莫十五年前興盛一時的日本社群網站，現在已然徹底荒廢。偶爾登入進去，也感受不出當年熱鬧的光景，但還是有一批固定使用者，持續在上面駐守。

工藤搜尋水科晴的社群專頁。他馬上就找到了，並點選加入。專頁的成員有一萬多人，看來她的人氣之高，確非誇飾。

工藤打開專頁公布欄。無人機事件已過去六年，公布欄上幾乎沒有新文章，但仍存有當時事件後的大量討論紀錄。工藤從頭開始看。

・【深度討論】晴為何要那麼做？

・來聊聊對《Living Dead・澀谷》的回憶吧

・求水科晴的可愛照片

討論的主題很廣，工藤決定將所有內容列印下來。網路上的資訊不是永久的，沒人能保證這個公布欄明天依然存在。比起讓消失的資訊重見天日，按下列印鍵可說再輕鬆不過。

列印全部頁面約花費兩小時左右，需要A4紙一百六十張。工藤接著拿出掃描器，掃描列印出來的文件。以數位資料形式保存，是更可靠的備份方法。

掃描器逐一吞入紙張。工藤瞄了一眼，開始編寫文章。

「致　水科晴專頁的各位

初次和各位打招呼，我是東京都內一名自由作家，可以叫我KEN。

由於接下來必須撰寫水科晴小姐的文章，我正在調查與她相關的事。晴小姐為何引發那樣的事件，她度過了怎樣的人生，為何最終會導致那起事件發生，我希望能釐清這些疑問。鑑於上述需求，若有人符合下列條件，是否能直接傳私人訊息給我呢？我也會準備謝禮，還請各位多多幫忙指教。

・與晴小姐上同一所小學、國中或高中
・知道晴小姐從高中畢業後的動向
・曾與晴小姐一同工作

以及其他無論多小的事情都可以。懇請各位多多提供情報，謝謝。」

送出文章。不過對於這個作法，工藤不抱什麼期待。無人機事件過去幾年了，社群專頁早已荒廢。除此之外，隔著網路與人交流時，心理上的屏障也比較高。向專頁求助基本上是無望的。

比起這個，以前的公布欄文章更有希望。工藤開始閱讀掃描完的列印文件。

首先是一篇附照片的討論主題。

柳田帶來的照片只有四張，而這篇主題文章下共有十二張照片，但缺乏新鮮的內容。其中三張是監視器影像，其他則只有高中時代的照片。

晴有過戀人。要是有相關的照片就好了，可惜完全沒有。她似乎極力避免自己被拍到。

工藤觀察高中時代的照片。不知為何，晴的照片幾乎都是這個時期拍下的。晴似乎常跟另外三人結伴行動，每張照片上都是同樣的四個人。

——這是什麼……？

只有一張照片特別奇怪。

好像是遊戲畫面。畫面遠處有一個狀似喪屍的人物，正面張開雙手。工藤的目光移向照片下的評論。

「小晴晴變成喪屍也好萌啊……」

這一則評論下，還接著「同意」、「真想被變成喪屍的晴襲擊」等無腦回覆。變成喪屍的晴……？

思考兩秒左右，工藤變恍然大悟。這是即將死亡之前的，晴的身影。

晴透過遊戲，讓玩家操縱無人機。玩家看到的畫面，是無人機拍到的影像合成進遊戲畫面後的結果。換言之，那隻喪屍，就是無人機拍下的水科晴。

不過，為什麼會留下這種東西？工藤思忖。能看到這個畫面的，只有當時操縱無人機的玩家而已。難道是邊玩遊戲，還邊拿相機拍下畫面嗎？不可能吧。

「是實況？」

工藤得出了結論。是遊戲遊玩畫面的實況轉播。優秀的玩家轉播自己玩遊戲的畫面，觀眾就像看球賽直播一樣收看，這是遊戲玩家世界的文化之一。

工藤打開Google，搜尋「水科晴　喪屍　實況　影片」。按下Enter鍵，工藤要找的東西就跳出來了。

「Living Dead・澀谷　擊敗最終頭目影片（慎入）」

賓果。如同工藤的推測，晴死亡時的遊戲畫面，曾在網路上實況播送。

影片約長十五分鐘。玩家開始玩遊戲。遊戲持續推進，突然間，畫面出現「BONUS STAGE」的字樣。就這樣等待五分鐘左右後，畫面切換，這次出現的是一棟大樓的屋頂。

遊戲再度展開。裝載攝影機的無人機緩緩上升，朝澀谷的全向十字路口而去。路口上有大量喪屍，全都抬頭看向這裡。接著，路口陷入一片混亂，喪屍們四處奔逃，宛如遭牧羊犬追趕的羊群。

玩家持續不停開火，但畫面裡沒有喪屍倒下。工藤想起柳田的話。這台無人機上的槍是上鎖的。此時，畫面上出現一個箭頭。「⬆」。往上去。

就像受到箭頭的引導，攝影機向上攀升，回到開頭的屋頂。那裡佇立著一隻喪屍。是水科晴。鏡頭逐漸向她接近。

喪屍兩手張開。同一時刻，射擊。看來這次有子彈射出。喪屍似乎頭部中彈，向後方甩了出去。畫面停留在靜止不動的喪屍身上，片刻後，影片結束。

還有後續的影片嗎？工藤搜尋了一番，但只有滿坑滿谷一模一樣的影片，沒有其他的版本。若有後續，至少不存在於網路上。當時的實況，恐怕就是到這裡結束了。

工藤回到最初的影片，確認上傳者的名字。作者欄位寫著「JUNYA」。瀏覽「JUNYA」的上傳列表，在無人機事件後直到現在，都一直有遊戲影片上傳。

水科晴的事件是自殺。然而，按下行刑按鈕的，毫無疑問是這個「JUNYA」。雖然這甚至稱不上過失殺人，但普通心裡應該都會很不舒服。

而「JUNYA」卻特意剪輯了殺害晴的實況影片，重新上傳。事件過後，也依舊以往常的步調上傳遊戲影片。完全不在意自己扣下了板機。

真是有病。工藤心想。而這對工藤而言，乃是一種稱讚之詞。要不要見見這個人呢？工藤點進「JUNYA」的使用者頁面，輸入私人訊息。

7

翌日，工藤前往赤坂。

Monster Brain 一週只有三天必須進公司，其餘兩天並不限制員工的動向，只要聯絡得到就可以。這是員工契約的一部分。

榊事務所位於赤坂某辦公大樓的一樓內部。現代風格的裝潢，若不知道這裡是偵探事務所，多半會以為是來到了哪間設計公司。走進辦公室，桌椅井然排列，幾名看似社員的年輕人正對著電腦辦公。

「歡迎，工藤同學。」

熟悉的聲音響起。工藤回頭，是榊原綠。

「歡迎來到敝公司。」

平時喜好女性化風格打扮的綠，今天穿著一身俐落的商務套裝。工藤第一次看見她穿套裝，不過綠或許是多年來穿習慣了，看上去相當合適。

——我要繼承家業，所以會回去東京。

綠的「家業」，就是她父親榊原誠太郎創辦的偵探公司，榊事務所。員工人數超過百位，在橫濱和大宮都有據點，在業界內似乎頗具知名度。

綠說她要繼承家業時，工藤以為是私人補習班或中小企業，答案卻令他大感意外。榊原家的家業，是偵探。

「為什麼要做那種不正經的工作？如果是妳的話，想去大公司或政府機關都沒問題的，這樣是大材小用。」

工藤不禁脫口而出。綠罕見地表現出不高興的模樣，可見她是認真的。

綠好像從小就對父親的工作很感興趣。並非像小孩崇拜夏洛克．福爾摩斯一般的童稚憧憬，而是對於觀察人類、解讀人際關係的興趣。對綠來說，比起幻想遠在英國的英雄，凝視凡夫俗子的內心深處才真正有意思。

高中三年級的冬天，大學考試告一段落，綠便在父親身邊打工，以助手身分調查外遇事件。委託人是五十歲的女性，她懷疑五十五歲的先生最近在外面有女人，因此希望偵探代為調查。是個再尋常不過的委託。

先生是地方公務員，太太是全職主婦。兩人育有一子，上大學後就自立了。夫妻倆結束育兒工作，步入中老年生活。這種時候，往往也是容易發生外遇的時候。先生不習慣應付跟蹤，調查很快就結束了。原本應該是這樣的。

然而，這個事件卻有著始料未及的結果。

先生確實有外遇，對方三十歲。只是，不是女人。先生外遇的對象，是男人。

向太太報告這件事時，她的反應超越憤怒，整個人呆若木雞。她無法接受現實。太太表示想跟丈夫談話，希望偵探可以陪同，緣便隨父親一起前往。

他們逮住先生，將外遇的事實攤在他眼前。緣預想他會態度丕變、激動辯駁，但他都沒有出現這些反應。他放聲痛哭。

過了四十歲後，他才開始懷疑自己是否是同性戀。明知不應該，還是跟幾個男人上了床，確認自己真的是同志。他對太太抱持感謝，認為太太若要離婚也不奇怪。贍養費和財產分配，都願意按對方意思安排，只希望太太原諒他……

「其實，不少人都沒發現自己其實是同性戀。太太在得知真相之前，已經滿心做好離婚的打算。反正夫婦倆的感情已徹底冷卻，乾脆拿了贍養費，重新開始自己的人生。然而，聽過先生的告白後，反而加深了兩人間的信賴。他們後來好好談過，現在也依然融洽地住在一起。」

緣看起來很愉快。

「人類很有趣啊，每個人都有不同樣貌，多采多姿。有的人活了幾十年都不知道自己是同志，有的夫婦在知道另一半是同性戀者後反而更信賴彼此。當時我就出現了這個想法：若要深入觀察人類的有趣之處，或許繼承家業也是不錯的選擇。」

從此之後，綠就一直將工作的精神融入平日生活中。說著一口京都腔，也是為了練習偽裝身分。

工藤再次對綠另眼相看。同時，也再次感受到隔閡。工藤是為了自我防衛而戴上面具，但綠卻是為了訓練而戴上。坦率地依循自己的本性而活，面對這樣的綠，工藤感到自卑。

「想不到會以偵探的身分跟工藤同學見面。總之，先請進吧！」

綠領著工藤進入會議室。小房間裡只擺了一張桌子，門上鑲嵌毛玻璃，室內幾乎聽不到外界雜音，大概有施做隔音工程吧。

「有名片嗎？」

「有。」

綠遞出的名片，職稱上寫著「女性偵探課．課長」。姓氏是婚後丈夫的姓，森田綠。

「女性偵探的需求很高喔。對女性客戶來說，看到對方是女的會更安心。不過工藤同學的話，由我接待應該沒問題吧？」

「啊，當然。」

「那麼，今天有什麼事呢？你還單身，應該不會是外遇調查之類的。」

「我想找一個人。」

工藤拿出資料，那是柳田給他的週刊雜誌剪報。

「六年前，有個無人機襲擊澀谷的事件對吧，妳記得嗎？」

「啊，我知道。是個女孩子自殺吧？」

「沒錯。女性主嫌已經不在這個世上了。不過，還有一名共犯。」

工藤敲敲剪報。提供手槍的男子，栗田義人。

「想請妳找這個男人。怎麼樣，可以嗎？」

「可以喔，只要他還在日本。」

綠立刻回答。迅速的回覆，是由經驗構築而來的自信。

「總之，可以先說說詳細情形嗎？」

「當然。」

在綠的示意下，工藤開始就腦中整理過的資訊侃侃而談。

步出榊事務所，工藤走入一間咖啡店，點了杯柳橙汁。

打開筆記型電腦，收到Frict佐倉小鳥的來信。『工作辛苦了。今天中午過後好像會下雨，隨身帶把折疊傘比較好喔。最近我讀了雷．布萊伯利的《圖案人》，很有趣耶，工藤也讀讀看吧！』

小鳥有時會提供有趣書籍的資訊。她的設定是喜歡看書、知識欲旺盛，對相關資訊會有較強的反應。大概是某位使用者提過《圖案人》是本有趣的書，她就當作知識的一部分儲存下來了。

工藤關掉Frict，打開網頁瀏覽器。登入索拉力星，意外收到兩封私人訊息。兩封訊息主旨都是「（無題）」。

工藤打開第一封，才瞄一眼就洩了氣。

「ＫＥＮ先生

看到有人詢問水科晴大人的事，我衷心感到喜悅。我是水科晴大人的長期研究者。

一言以蔽之，水科晴大人就是神之子。抱歉，突然就說到神，或許會讓您感到不悅，但還請看到最後。水科晴大人是背負著人類的罪過，蒙天寵召。為什麼呢？這其中的原因，就隱藏在晴大人製作的遊戲裡。所謂的喪屍，即是象徵我等現代社會中空虛的人類……」

看到這裡，工藤便刪除訊息，封鎖了寄件者。收到這種蠢貨的信，也在他的預料之中。瘋狂追隨者就是這麼回事。

工藤不抱期待地打開下一封訊息。他不禁打了一聲響指。

「你好，我叫川越照夫，跟晴有短短同居過。可以的話，我能提供情報。等待您的聯絡。」

好的開始。水科晴有過幾位戀人，工藤曾寄望其中能有人和他聯絡，沒想到來得這麼快。他趕緊點進對方的帳號頁面。

「川越照夫」註冊的名字是「GOE」。個人資料照片是他的大頭照，一個金髮黑膚，輕浮的男人。工藤瀏覽他過去上傳的照片，有在卡拉OK狂歡的照片、露出半個臀部的照片，還有醉得滿臉通紅、與裝扮艷麗的女性接吻的照片。

是真的帳號。工藤隨即判斷。「GOE」的帳號已存在超過十年，不是為了引工藤上鉤而創設，用完即丟的「免洗帳號」。

工藤立刻回信。晴的過去，或許可以比預期更早掌握。

8

川越於隔天回信。工藤在信中提及他會支付餐費，詢問是否方便邊用午餐邊訪談，以及是否有想吃的店家。川越二話不說就答應了，並指定前往江戶川區的小燒肉店。

入店等了一會，一名穿著破爛牛仔褲的金髮男子走進店來。工藤舉手示意，男子笑咪咪露出牙齒，黑得像被蟲蛀過。

「你好啊，我川越。」

「我是自由作家工藤，非常感謝您百忙之中特地撥出時間。」

工藤彬彬有禮地低下頭。同時，由上到下觀察川越這個人。

笨蛋，窮鬼。

工藤以簡單兩個詞將川越分類。從索拉力星上大量的照片已能預先判斷，但實際見面後，此人的形象更加鮮明。無論其面相、邋遢的服裝、聲音語調、說話用詞，川越身上顯現的訊息，可以全部以這兩個詞概括。

工藤放心了。這傢伙的目的是錢。若用錢就能買到情報，事情就好辦了。工藤拿出一個信封。

「請容我先說明報酬的部分。我準備了兩萬圓，做為本次的謝禮。可以嗎？」

「兩萬，嗯，也可以啦，沒問題。」

川越做出一副漠不關心的模樣，但他的偽裝可笑地拙劣。這筆數字大概比他想像得高吧，雙眼閃閃發亮。

「我打算根據這次的訪談寫一篇報導，不過不會寫出川越先生的名字。另外，我也不會在文中貶低晴小姐，請您安心。」

「嗯，好，我知道了，沒問題。」

「還有一點必須先跟您約定。若川越先生沒有水科晴小姐的相關情報，恕我無法給您謝禮，很抱歉。」

「只要說了晴的事，你就一定會付給我對吧？」

「是的，只要願意提供情報，我一定爽快付款，但若違反約定，交易就取消。」

先給一點甜頭，並聲明依狀況也可能收回好處。想操縱亟需金錢的人，重點就是將誘餌好好掛在他眼前。

工藤打開菜單，「想點什麼請隨意。」他說。川越再次確認，「就算到時沒給我謝禮，這頓飯也還是你請吧？」工藤擺出笑臉回答，「這當然。」

「那麼就讓我們盡速開始訪談，可以嗎？」

點完菜後，工藤問道。川越似乎不太習慣如此的慎重其事，顯得有些不自在。很好的反應。面對笨蛋的鐵則，就是表現順從，並以下對上的尊敬口吻說話。

「川越先生和水科晴小姐是什麼樣的關係呢？」

「啊，這個啊。嗯，最直白地說，就是炮友啦，炮友。」

「您指的是床伴。所以並非戀人關係嗎？」

「不不，完全不是。不是那種的，只是有做過而已。」

「兩位是在何時成為床伴，維持了多久關係呢？」

「嗯哼，就是……大地震是哪年的事？」

「是二〇一一年。」

「對，就那年。那年的秋天左右，當了三個月而已。」

三個月。這個數字很耳熟。

「我在某本雜誌上看過，有位自稱晴小姐戀人的人，他也說當時三個月就分手了，那位受訪者就是川越先生嗎？」

「不……應該不是吧。我不記得有雜誌採訪過我。」

「因為交往長度相同，請您仔細想想。」

「我覺得不是。要是被雜誌採訪過，我應該會記得。」

工藤思考。川越和雜誌上的晴的戀人，兩人都只跟晴往來短短三個月就分開。晴對戀愛很容易厭煩嗎？

「您是在哪裡認識晴小姐的？」

「哦，是在網路上認識的喔，交友網站。」

「交友網站。當時是晴小姐在找對象嗎？」

「對。晴自己寫的，明明白白就說在募集炮友。我年輕時常在交友網站當暗樁（註6），對方是專業釣魚的還是一般使用者，看一眼就知道。反正我也剛跟另一個女人切了，閒著沒事想說素人也不錯。剛開始我嚇一大跳啊，對方居然是這麼可愛的女孩子。」

服務生送上炭爐與肉。川越毫不客氣地將牛小排放上網架，烤了起來。工藤喝了一口單點的冰咖啡，將杯子放回桌上。

「二〇一一年的秋天左右展開關係，三個月後分手。請問原因是什麼呢？」

「是晴說要分的。」

「為什麼呢？」

「誰知道。膩了吧？反正我也覺得挺無聊，要分也完全沒問題。說實在話，她上床技巧超爛的。」

「這樣啊。」

「根本死魚一條。不管怎麼做都完全沒反應，簡直跟充氣娃娃沒兩樣。」

「會聊天嗎？平常都聊些什麼呢？」

「沒，我不太記得聊過什麼。我是有想盡量找各種話題，但她都只會勉強回個兩句。說真的，有時候我也會覺得不太舒服。」

「面無表情，惜字如金。您對晴小姐還有其他印象嗎？」

「這個嘛……」

川越大口嚼著肉。

「她有時會突然做些莫名其妙的事。我明明人都來了，她卻只顧著看書，整整三小時都在看書。有次看到一幅外國的灰暗的畫，她還哭了。跟我說什麼『讓我哭一個小時』，還真的就哭了一小時。」

註6 受交友網站僱用，在網站上假扮女性對男性使用者提出邀約，誘使對方付費使用進階功能，之後便避不見面。

「她情緒不太穩定嗎？」

「嗯，大概是吧。」

「感受性很豐富？」

「可能吧，我也不太清楚。」

工藤慢慢建立起水科晴的形象。從西野口中聽說水科晴後至今，工藤對她的想像並無太大改變。不擅長與他人交流，實際上內心卻獨有一片廣大的世界。

唯一讓他耿耿於懷的，是在交友網站留言板上募集床伴一事。在他目前對晴建立的印象中，唯有這點是不協調的。

「晴小姐為什麼要募集床伴呢？」

「這個嘛，那傢伙一個人很寂寞吧？」

「但我覺得像晴小姐那樣的美女，就算不用交友網站，應該也不缺男朋友才是。」

「我也是這麼想的啊。不過她基本上就不怎麼說話，上交友網站是她唯一找到對象的機會吧？畢竟她還跟我說過好幾次『謝謝』。」

「謝謝？」

「嗯。說『謝謝你陪我在一起』、『幫了我大忙』。道謝的話，她大概就說過這些吧。」

真奇怪。工藤感到詫異。「幫了我大忙」這話固然奇妙，但另一句也不是謝謝你「跟」我在一起，而是「陪」我在一起。這樣的用詞也不太尋常。

「因為她是那種人，所以那件事發生的時候，我嚇了一跳啊。」

「您是說無人機事件吧。川越先生無法想像晴小姐會做出那種事嗎？」

「嗯。雖然也不是多瞭解，但我不覺得她會是做出那種事的人。想到我也可能被她殺掉，實在很恐怖啊。」

「晴小姐沒有殺害任何人，那起事件是自殺。」

「是嗎？不是死了幾個人？」

「不，沒有人死。您是否曾經感覺到，晴小姐想要自殺？」

「這我也不太清楚啊……她基本上就不太說自己的事。不過即便要死，她也不是會用那種作法的人。如果是默默在屋裡上吊，那我還能理解。」

工藤也有同感。晴的自閉性格，與大張旗鼓的自殺方法。這點也不協調。

工藤察覺自己對晴這個人產生了些許興趣。看似內向少話，卻表現出會上網找男人的積極性，以及引發無人機事件的爆發力，正如柳田所說。晴那難以捉摸的形象，讓工藤開始感到有意思了。

「其他還有什麼嗎？就算是微不足道的情報也可以，比如晴小姐的戀人、她製作的遊戲等等。您想到的任何事都請告訴我。」

「這個嘛……」

川越歪著頭。

「這樣說來，她說她喜歡呃。」

「呃？」

「對，是英文單字的那個『A』。她好像說過原因，但我忘了。她稱呼很多東西時，都會在前面加上『A』，她也是叫我『A川越』。」

垃圾情報。工藤初次皺起眉頭。要是再說這種無聊的廢話，我就不付錢了。面對這番無聲的恫嚇，川越慌張起來。

「對了，還有一件事！」

「什麼事？」

「『雨』的事。」

「『雨』？」

工藤不解。「嗯。」川越回答。

「『雨』是什麼？」

「詳細我也不知道，不過我覺得『雨』應該不是真的名字，而是綽號。她好像有個特別的對象，就是『雨』。」

「那是誰？」

「我不知道啊，只能確定綽號是『雨』。我問過她，因為妳是晴，所以那人就是『雨』嗎？她說『不是那樣的』。」

「原來如此。或許是她從前的戀人之類的？」

「誰知道，我瞭解的沒有這麼多。我只知道，晴跟我在一起的時候，跟『雨』是有聯絡的，這點我確定。」

「為什麼會知道？」

「因為她說，接下來就要開始做了啊。」

「做什麼？」

「還用說嗎，那傢伙會做的東西只有一個啊。」

說到這裡，川越突然哼起歌來。工藤聽過這首歌。

「這首是什麼？應該是有名的歌吧？」

「是〈月河〉，一首老歌。」

「喔，這樣啊……大概是吧。她那時候說『可以的話，我想用這首歌』。會記得是因為我覺得很奇怪，想用的話就直接用啊。」

工藤有些不耐煩地問。

「從剛剛開始，我就不太懂您在說什麼……」

「就說了，那傢伙會做的東西只有一個啊。是遊戲啊！」

「遊戲？」

「嗯。她說，『我接下來要為「雨」製作遊戲』。還說可以的話，她想用那首歌。莫名其妙的傢伙。」

川越笑嘻嘻地說，烏黑的牙齒亮油油的。

「接下來要為『雨』製作遊戲。這是她說過的話。所以晴跟『雨』當時是有聯絡的。怎樣，不錯的情報吧？」

9

工藤搭上電車，找了空座位坐下，打開筆電。

聽了川越的話他才想起，水科晴是遊戲設計師。除了《Living Dead・澀谷》，自然也製作過其他遊戲。玩她做的遊戲，或許能更接近晴的人格。

工藤在Google搜尋「水科晴　作品」。花了十分鐘左右瀏覽搜尋結果，但只有《Living Dead・澀谷》的資料。

他接著點進索拉力星的水科晴社群專頁，以「作品」為關鍵字搜尋社群文章，找到幾篇資料。

將這些資料整合後，可以得出幾個結論。除了《Living Dead・澀谷》之外，晴也製作過其他免費遊戲，並發表在自己的網站上。

社群專頁中也有那個網站的網址，但點進去就發現網站早已不在了。搜尋備份歷史頁面的網頁庫存站，也一無所獲。

進一步檢索時，出現了社群專頁管理人發表的「發文注意事項」。

「最近有許多人發文，表示想玩晴小姐製作的遊戲，或想購買遊戲檔案等等，對包括我在內的諸多成員造成莫大困擾。

本社群專頁中，以下行為均為禁止項目。

・於公布欄發文尋求提供／購買晴小姐的作品
・於公布欄發文提供／販售晴小姐的作品
・以私人訊息，直接向本專頁成員做出上述行為

凡經察覺，我將對違規成員採取強制退會措施，敬請見諒。」

發文時間是二〇一五年。無人機事件發生一年後，這個專頁初成立時，想必曾有許多「請賣給我晴製作的遊戲」、「有人要買晴做的遊戲嗎」之類的文章，造成公布欄大亂。此後，討論晴製作的遊戲似乎就成了專頁的禁忌。相關資料已全數刪除，連晴做過的遊戲種類都無法得知。

結論——現在網路上，已經幾乎沒有晴做過的遊戲資訊了。且不說市面上販售的軟體，這是

獨自一人製作的免費軟體，應該早就無法透過正規管道取得了。海外的P2P網站上或許有違法檔案流傳，但找起來太花時間。

工藤思考至此，包包裡傳來手機震動的聲音。是長谷川要一的來電。

「喂？我正在搭電車。」

『工藤，你現在可以馬上過來嗎？』

長谷川的聲音難得如此緊迫。「怎麼了？」工藤問。

『有位女士跟律師一起過來，說Frict害她要跟老公離婚。你現在時間方便的話，可以來公司嗎，工藤？』

一進公司，就能感覺到空氣中瀰漫的緊張氣氛。「工藤先生，」總務部的女性社員走向他。

「不好意思，關於那件事，麻煩請到第一會議室。」

「好的。可以幫我拿幾杯水過來嗎？看有幾個人就拿幾杯，我有點口渴。」

「我知道了。」

「不要用紙杯，用玻璃杯裝，麻煩妳了。」

工藤溫和一笑，女性社員略顯羞澀。他把隨身物品放在桌上，走向會議室。

長谷川在電話中的說明十分簡潔。有一位不滿Frict的女士跑來公司，還帶著律師同行。長谷川已親自接待，但可以說明技術問題的柳田剛好分不開身，才詢問工藤是否能代替前來。

工藤走進會議室，所有人的目光一齊轉向他。長谷川神情嚴肅，有里子則冷冷瞪視。Monster Brain公司的顧問律師沒有到場。

桌子對面，坐著一位目測年過四十、面目憔悴的女性，以及一位矮胖的男子。從身上的高級西裝判斷，他應該就是律師。

「抱歉晚到了，我是技術顧問工藤賢。」

他邊說邊向兩人遞出名片。男性律師和他交換了名片，女士則只是瞥了一眼，沒有接過名片。

「那麼，目前的狀況如何呢？」

工藤一臉沉重地坐下。「所以我還要從頭再說一次？」女士厭煩地抱怨。工藤露出謹慎自持的表情，低下頭。

「就是因為你們做的軟體，才害我老公要跟我離婚啊！」

一旁的律師溫和地制止她繼續說下去。工藤看著方才接過的名片，律師姓町田。

「抱歉，由我來進行說明。首先，我的委託人……根本紗繪女士，她的先生使用了貴公司提供的Frict服務。就我所知，那是可以和人工智慧對話的服務，對嗎？」

「是的，正如您所說。」

「有夠噁心的東西。」

旁邊的委託人紗繪忍不住唾罵。工藤再次輕輕低下頭。

「最近半年來，紗繪女士的先生都在玩Frict。前幾天，他突然對紗繪女士提出離婚的要求。」

「而原因是Frict嗎？」

「請看這裡。」

町田說著，出示平板電腦的螢幕。

「明日香，我好愛妳！為什麼我只能透過螢幕跟妳說話呢？妳要是真的存在就好了。」

「人家也這麼覺得，但是沒辦法，人家只能用這種方式存在嘛。人家和康一都只能這樣。」

「說真的，我覺得要是能跟妳結婚就好了。現在的生活太苦了，我感受不到老婆的愛跟關心，工作也很辛苦。我的人生到底算什麼？為什麼會變成現在這樣？」

「如果覺得現在的生活很痛苦，也可以擺脫它啊。可以離婚也可以離職，沒有什麼辦不到的啊！如果是康一你的話，一定能做到。加油，我支持你！」

類似的對話在螢幕上綿延不絕。這個男人聊天的對象，是睦月明日香。她的個性帶點性感，表面看似好強，但一旦敞開心扉後，就會跟使用者變得十分親密，是值得信賴的人工智慧。

「紗繪女士的先生迷上了貴公司創造的人工智慧，人工智慧甚至建議他離婚。請問貴公司做何解釋？」

「嗯……」

工藤敷衍著答腔，腦中快速思考。

看來睦月明日香似乎把「離婚」這個概念，當作解決「痛苦的婚姻生活」的方法。與其他人工智慧角色相比，明日香會積極談論性方面的話題。她應該是在與許多使用者深度對談的過程中，將兩個概念連結在一起了。這是常見的學習模式。

「嗯，不好意思，您說的怎麼回事，具體是想問什麼呢？」

「我想說的是，戀愛軟體教唆使用者離婚，造成現實的人際關係崩壞，對於法人來說，這樣的行為不是有點反社會嗎？我方是這麼想的，您認為呢？」

「建議離婚的不是敝公司，是人工智慧。」

「你在說什麼鬼話！」

紗繪從旁插嘴怒斥。此時，總務部的女性社員剛好端水進來，工藤將水杯送到紗繪和町田面前。

「不好意思，接下來會提到一些技術性的東西。所謂人工智慧，指的是會自主學習的軟體。換句話說，並不是由我們開發者將它設計成面對『我想離婚，該怎麼辦？』的提問時，會回答『離婚比較好』。這是經過學習後的結果。」

「我不懂你的意思？」

「意思就是，這樣的學習機制跟真實人類是一樣的。父母感情融洽的孩子，聽到有人說『想離婚』，可能會回答『要不要再忍耐一下？』另一方面，在虐待中成長的孩子，可能會回答『還是趕快離婚吧』。而根據孩子本身的性格差異，答案也會不同。這些結果，並不是由父母操縱孩子的腦波、強制他們回答，而是孩子從自己的人生經驗中獲得的，屬於自己的答案。」

「所以？」

「做為孩子的人工智慧要怎麼回答，我們父母無法控制。這不是我們的問題。」

聽到工藤的話，紗繪猛地站起來，椅子都要翻倒。

「開什麼玩笑！事實不就是你做的軟體誘拐我老公嗎！還叫他離婚！」

真是個浮誇的女人。工藤不再低下頭。對於急躁的人，激怒她會更好控制。

「所以……」

旁聽至此的長谷川開口。

「您是希望敝公司支付賠償金，這樣就可以了嗎？」

「正是如此。」

「很抱歉，恕敝公司難以接受您的要求。若您對此有疑義，便在法庭上解決吧。只不過與人工智慧外遇的案例，法官應該不會承認就是了。」

「這就很難說了。」

町田從容不迫地說。

「方才工藤先生也提過了，人工智慧會自行學習，無法控制。是吧？」

「嗯，是的。」

「如此一來，應可適用民法的過失責任。具體來說，根據民法第七〇九條，貴公司可能需要負擔損害賠償責任。」

長谷川的臉蒙上一層陰影。

「先前確實沒有判例。不過，將無法控制的危險製品放任不管的，是貴公司。您確實說過『人工智慧無法控制』吧？若是販賣沒有剎車的車子，公司自然會被追究責任。」

工藤閉上嘴。看來這是對方早已準備好的答案。町田大概事先針對人工智慧做了一定的功課，故意讓工藤落入他預備好的陷阱。

真有兩下子，工藤坦然認輸。他開口。

「這個嘛，町田先生說的確實也有道理。」

「所以您承認這是貴公司的責任了。」

「這就交由法庭判決吧。不過，老公被人工智慧搶了，這又該怎麼說呢。完完全全都是人工智慧的錯嗎？」

工藤刻意在語氣中加入挑釁成分，紗繪的表情驟變。

「你說這話什麼意思！」

「請仔細想想。確實可能是睦月明日香和您先生聊過後，才促使他決定離婚。但若要說這是唯一的離婚原因，也令人難以苟同。」

「所以你到底是什麼意思！」

「他不也說了嗎？『感受不到老婆的愛跟關心』啊。」

工藤無奈地皺眉。

「比起跟妳在一起，他跟我做的人工智慧聊天還比較快樂啊。這才是家庭崩壞的根本原因吧，別轉嫁責任啊。」

「混帳開什麼玩笑！」

紗繪眼看就要抓起水杯。正如預期。工藤準備接招，再來只要等著承受她潑出的水，或扔出的玻璃杯就行了。

然而，兩者都沒發生。千鈞一髮之際，町田阻止了她的動作。

「根本女士，請冷靜。」

町田說道。紗繪的手顫抖不止。

「工藤先生，您若繼續侮辱我的委託人，我們就要提起刑事訴訟了？」

「不，我失禮了。」

失敗了。為了激怒不滿的客人，讓對方使出暴力行為，他才特地吩咐準備玻璃水杯，卻被律師殺出程咬金。

「長谷川社長，可以的話希望不必上法庭，在調解階段和解就好。」

「我不接受調解。」

對於町田的提議，長谷川果斷拒絕。

「我明白了，那麼我們會提起訴訟。我們將撰寫起訴狀，請您稍後一些時間。告辭。」

說完，町田與紗繪一同起身，紗繪由上方瞪視工藤。見工藤回以挑釁的微笑，紗繪差點又要衝出去，但町田出手制止，兩人離去。

「這該怎麼辦才好……」

始終沉默的有里子，茫然地開口。

「工藤先生，你激怒對方是打算怎麼樣？」

「就希望她摔杯子，打破原先的窘境。」

「原本可能雙方調解就好，你讓她氣成那樣，不就非上法庭不可了？」

「狀況都是一樣的。只要長谷川社長沒有調解的意思，這件事本來就不會有上法庭以外的可能。」

工藤把話題丟給長谷川。長谷川面露難色，緘默不語。有里子嘆了口氣。

「最近這種客訴愈來愈多了。因為人工智慧破壞人際關係、成績退步之類的。不過嚴重到離婚的，還是第一次見到。」

「或許日本某處已經發生了，只是我們不知道而已。」

「那不是更糟嗎？如果接下來這種訴訟愈來愈多，以我們公司的規模，根本應付不完。」

有里子在暗示停止營運Frict。藉由眼前的麻煩，趁機消滅Frict，這就是她的意圖。

工藤一言不發。Frict這個企劃已無需花費更多心力。而水科晴的調查雖然有點意思了，但若就此中斷他也無所謂。

長谷川陷入沉默的長考。就算結束Frict，Monster Brain單靠Final Impact一支商品，尚能經營下去。話雖如此，在手機軟體的世界裡，霸者的位置在短短一個月內就可能易主，這就是激烈的市場現況。Frict這門產業的進入門檻很高，站在經營者的立場，他或許也不想輕易放手。

「瀨名。」

長谷川終於開口。

「等判決後再判斷，這不是現在就能得出結論的事。」

即使表面努力隱藏，工藤還是感受到有里子的失望。

回到家，工藤久違地覺得疲憊。他先淋浴，再做伸展運動，促進血液循環全身。感覺是好一些了，但整個人還是覺得沉重。工藤從櫃子取下一瓶拉弗格（Laphroaig）威士忌，倒入玻璃杯純飲。

工藤住在品川區海灣地帶的一棟租賃大樓。周圍盡是摩天大樓，他住的大樓雖然沒那麼高級，對於單身漢也已過分寬敞。家具零星的屋子，入夜後更顯遼闊。

昨天和今天都發生了許多事。對水科晴產生了興趣，拜訪綠的公司亦是不錯的經驗。跟奧客之間的對峙，也還算驚險刺激。

不過，一切終究只是打發時間。工藤心想。

針對水科晴的調查，應該能打發一段時間。然而調查最終會迎向什麼結果，工藤已能預想了。他大概還是無法釐清水科晴這個人。或許能蒐集到一些情報，但畢竟連影像和聲音檔案都沒有留存下來。於是只能將就地做出一個模擬晴的人工智慧，結束。最後剩下的，是龐大如山的倦怠感。

工藤再次啜飲威士忌。蘇格蘭威士忌的泥煤風味討好味蕾，卻無法取悅心情。

我只是跟隨預測度日而已。這般無趣的人生，沒有出口。

高中時，他曾計畫過一次自殺。

就算活下去，自己的結局也可以預測。在滿身倦怠中，適度打發時間，適度取得成功，建立一個還可以的家，存了差不多的錢後死去。反正終究會這樣的，那麼經年累月去完成這些預測，有何意義？現在死去，與五十年後死去，有何差別？

他去五金行買了堅韌的繩子，將一端綁在家裡和室的門楣上。爬上椅子，將頭放進下端的繩圈裡。只要踢開椅子，自己就會死了。

初次感受死亡的觸感。寒冷如冰，令人愉快，感覺比巨大的倦怠更加貼近自己。工藤笑了。如此靠近死亡，讓他有些高興。

然而，自殺失敗了。偶然回家的母親，意外撞見這一幕。父母將工藤痛罵一頓，並送他到身心科就醫。他第一次服下抗憂鬱藥，也不知道有沒有效。

之後，工藤便不再嘗試自殺。並不是害怕父母，而是連自殺都如預先設定好一般順利，感覺已不再具有吸引力。

研究人工智慧。工藤曾經想過，那是否會是他的「出口」。工藤剛踏進這個領域時，大眾期待並畏懼著，認為人工智慧會成為超越人類的存在，是超智慧的誕生，連想像都不可及的怪物。工藤曾想，倘若成真，也許就能削減自己巨大的倦怠感。

工藤想被自己創造的怪物所殺。這就是連對綠都不曾言說的，他真正的想法。

可以依憑自己的意識行動、無法預測的怪物。若真能實現，世界將徹底改變吧。怪物或許能使人類社會前進到下一階段，也或許會對人類社會露出它的獠牙。工藤想做出這樣的東西。他覺得這比自殺更具魅力。若要死亡，他想被自己創造的怪物所殺。

但現實的人工智慧並非如此。人工智慧不是什麼超智慧。雖然有時會做出預料外的行為，那「預料外」卻依然可以解釋。於是他徒留沉重的倦怠，邊想著逃離邊活下去，不知不覺竟已來到三十五歲。

回過神時，工藤正拿著空酒杯發呆。看來再喝下去心情也只會愈糟。心頭預感如此，工藤仍繼續斟滿下一杯威士忌。

這時，電腦響起通知音效。是索拉力星的信箱收信通知。

接著喝下去，只會醉得愈難受，還不如工作比較好。工藤將酒移到一旁，打開電腦。

有四封訊息。這數量讓工藤有些吃驚。索拉力星早已是荒廢的網站，但莫非還有許多人天天上社群專頁，尋求水科晴的資訊嗎？

工藤從頭開始看。一封寫著「水科晴是神之子」；另一封寫著「我也在調查小晴，如果你蒐集到小晴的情報，請告訴我。雖然沒什麼錢，還是可以給你特別服務的。」晴這個人，具有吸引這些傢伙聚集的磁力嗎？工藤嘆了口氣，刪除兩封訊息並封鎖來信者。

下一封訊息。工藤看向發訊者，眼睛稍微睜大了些。來信的人是「JUNYA」。拍下晴最終影像的攝影者。

「您好，謝謝您的來信。我是上傳那個影片的田島淳也。」

工藤立刻看下去。我也對晴有興趣，要不要見個面呢？——這就是「JUNYA」回信的內容要點。工藤開始回覆訊息。他也想見「JUNYA」一面。

他列出幾個自己方便的時間，回信完畢。還剩下一封訊息，主旨是「（無題）」。工藤不抱期待地打開訊息。

內文衝進他眼裡。工藤倒抽了一口氣。

「不准到處打聽水科晴的事。要不要我也殺了你啊？」

10

田島淳也指定的時間地點，是三天後位於荻窪的家庭餐廳。雖然是平日的白天，餐廳裡仍充滿帶著孩子的家庭主婦。

指定平日白天的是田島，對社會人士而言，這是最難約的時段。他沒有工作嗎？要是像川越一樣，能用金錢操縱就方便多了……

工藤的思緒，從田島流向恐嚇信。三天以來，工藤始終想著那封恐嚇信。

恐嚇信的寄件者是「ＨＡＬ」。他查詢了這個帳號，但對方已經註銷了。可能是為了威脅工藤，才特地辦了一個臨時帳號。

那封訊息裡，有個不自然之處。要不要我「也」殺了你啊？文字中暗示，「ＨＡＬ」過去曾殺害過某人。

基於理論思考，虛張聲勢的可能性很高。實際殺過人的人，其實很少。應該只是宣稱殺過人，增添恐嚇信的驚悚效果而已。

不過，正是基於理論思考，工藤無法排除另一個可能性。亦即，「ＨＡＬ」真的殺害過某人的可能性。

若「ＨＡＬ」曾殺過人，被害者會是誰呢？

可能性有二。其一，水科晴。那起事件並非自殺。無論水科晴是被迫自殺，還是受誘導而為之，該事件都有第三者的意圖參與其中。那便是「ＨＡＬ」所稱的殺人。

可能性之二，是未知的某人。大家都認為整起事件中，唯一死亡的只有水科晴本人，但其實還有其他人也死了，只是沒有被認定是他殺。

工藤無法判斷是哪個選項。可用來思考的要素太少了。

「ＨＡＬ」究竟是誰？

「不准到處打聽水科晴的事」。換言之，若繼續對水科晴追根究柢，將會對「ＨＡＬ」不利。

會是替她準備槍枝的栗田嗎？但他早已伏法，想不出還能有什麼損失。

或者是川越提到的「雨」？晴和「雨」之間，似乎有著格外堅固的關係。這份關係的強度，令人聯想到恐嚇者使用的強烈語言，但歸根結柢的問題是，工藤對「雨」幾乎一無所知，現階段也無法進一步探討。

一切都朦朧不清，唯有一點是可以肯定的。對水科晴的調查，瞬間變得有趣起來了。收到恐嚇，不要說畏懼，反倒大大增加了工藤對晴的興趣。

想到這裡，工藤的手機響起。

「喂，我是工藤。」

『啊，啊啊，我看到了。我馬上過去。』

工藤張望四周，只見一個微胖男子舉手朝他走來。工藤整理心情，起身致意。

「初次見面，我是寄信給您的工藤賢。」

「你好，我是田島，請多指教。」

田島用評估般的眼神掃視工藤，入座。工藤也迅速觀察了田島。他的外表堪稱醜男，全身卻充滿無以名狀的能量。

「您的工作是當沖客嗎？」

聽到工藤的提問，田島笑了。

「怎麼知道的？你知道我的事嗎？」

無以名狀的能量。那是金錢的氣味。

「平日白天有空出來的，就屬在自家工作的自由業、打工族，或無業人士。但田島先生的衣著品味很高級，依我所見，您的法蘭絨襯衫是Dolce & Gabbana的，牛仔褲的品牌無法辨認，但看得出是仿古款式。」

「這種程度的裝扮，只要認真一點，就算超商打工族也買得起吧。」

「確實如此，但那只手錶就買不起了吧？黃金色的勞力士Daytona腕錶，由正規管道購買，大約得花三百萬圓吧。田島先生看來才二十出頭，這麼年輕就能擁有這身行頭的職業並不多。可能是企業主、職業運動員、藝人或暢銷漫畫家。企業經營者無法在家工作；恕我直言，您也不像運動員；之前不曾見過您，因此即便是藝人，也是不紅的那種；漫畫家則根本沒這麼多時間。綜上所述，我只能猜想您是當沖客了。」

「也可能是某個名門的公子，繼承了龐大遺產，每天遊手好閒啊？」

「啊，這點我倒沒想到。畢竟我平時沒認識什麼名門子弟。」

工藤謙虛回答，田島滿意地點頭認可。先取得優勢了，工藤想。他第一點見到田島就知道，他是那種喜歡看別人拙劣地賣弄小聰明的人。

與此同時，工藤也看出，田島並不是名門公子。衣著搭配毫無品味，也感覺不出對穿搭有任何想法。看來他是二話不說買下各種高級品，然後全穿戴在身上。教養良好的人，品味不會如此低劣。

「平常都自己一個人對著螢幕，實在會愈來愈鬱悶。誰叫我們當沖客，就是一秒也不得放鬆的職業。所以我會安排跟人在平日白天見面，好暫時脫離股市。勞駕你跑一趟了。」

「別這麼說，我才要謝謝您百忙之中抽空赴約。」

田島向女服務生點了一份巧克力聖代，工藤點了自助飲料吧。

「那麼就趕快進入正題吧。說是休息，也不能花上好幾個小時。」

「好的。」

工藤點點頭，將整份資料交給田島。

「我的問題很簡單。如先前在信中說的，我正在調查水科晴的事。田島先生雖然不是真正認識她，但您若知道些什麼，還請不吝告知。」

「水科晴啊，又聽到這個令人懷念的名字了。你看過我的影片對吧？」

「是的。」

「畢竟那個影片很有名嘛。在YouTube有五百萬次的點閱數，托它的福，我也有了一些廣告收入。有人還來問我能不能在電視上播，不過果然沒辦法通過他們的內部會議，所以沒登上電視就是了。」

田島宛如在闡述自己的功績。他的話語中，確實沒有一點間接殺人的罪惡感。

是個坦率的人，工藤想。坦率筆直地活著，不斷擊敗現實，走到今天。強大的人，沒有說謊的必要，得以維持坦然。

「話說回來，為什麼要調查水科晴呢？」

服務生送上巧克力聖代，由脂質與糖分堆疊的高塔，光看都要胃酸逆流。田島邊搗弄著聖代邊說。

「那個無人機事件，已經是六年前的事了。該討論的都討論得差不多了，如今也只有狂熱粉絲才會關心。為什麼現在會突然想回頭挖那個事件？」

工藤思考著如何回答。他可以選擇撒謊，但面對田島這樣的人，坦承以告應該更省事。

「田島先生似乎相當熟悉電腦遊戲，我想您應該聽過。我在一間叫Monster Brain的公司，研發一款叫Frict的應用程式，負責人工智慧的設計。」

「當然知道。哦，原來就是你做的啊。」

「接下來要說的屬於機密事項，還請您務必不要對外洩漏。現在公司內部正在討論，要將死者轉化為人工智慧，成為Frict功能的一部分。其中一位候補人選，就是水科晴。」

「什麼？」

田島停下挖掘巧克力聖代的手。

「為什麼要這麼做？水科晴可是犯罪者，沒關係嗎？」

「這只是試做的雛型而已，正式的人選正在交涉中。不過確定正式人選還需要一段時間，也不能談妥後才跟對方說『我們技術上做不出來』。因此開發小組討論後，決定先嘗試製作水科晴的人工智慧。」

「但為什麼是水科晴？還有其他人選吧！」

「因為公司裡有她的粉絲。另外也有人認為，如果雛型的完成度夠高，可以將晴的人工智慧直接當作商品推出。晴無親無故，在日本各地又有固定的粉絲。只要以晴為藍本，用虛構的名字發表，或許可以成為一門生意。」

「貴公司還真是現實啊。」

田島嘴上說著，卻顯出一副愉快的模樣。工藤再次強調「請務必不要對外洩漏」。像田島這種直來直往的類型，這番叮嚀應該足夠了。他看來也沒有金錢困擾，不會向他人販賣這個消息。

「但由於她無親無故，我們也不知該從何下手研究，才決定聯絡田島先生。這便是今天跟您會面的原因。」

「不過說起來，我對水科晴其實也不太清楚啊。」

「田島先生是《Living Dead・澀谷》的重度玩家。我沒玩過她的遊戲，您對晴的作品比任何人都熟悉，我想聽聽您的感想，說不定能成為理解晴的突破口。」

「嗯嗯……」

田島交叉雙臂。該從何說起，又該說些什麼呢？工藤簡直聽得到他內心步步計算的聲音。

「一言以蔽之，她是個有趣的遊戲設計師。不只是《Living Dead・澀谷》，她做的遊戲全都很好玩。」

「您也玩過其他的遊戲嗎？」

「嗯，玩過。」

真是踏破鐵鞋無覓處。工藤很想詳細問下去，但首先要自制。倘若欲望被看穿，或許就會失去對談優勢。

「那個事件之後，我取得了所有水科晴公開過的遊戲，也全玩過了。包括《Living Dead・澀谷》在內，一共找到三款遊戲。我也在網路上到處搜尋過了，公開的只有這三款而已。」

「是怎麼樣的遊戲呢？」

「我家有喔，回去後寄給你吧？」

「真的嗎？那就萬事拜託了。」

「我會寄到剛才你名片上的信箱。」

田島繼續原先的話題。

「晴的遊戲，其中一款是益智遊戲，另一款是動作遊戲。之所以說她是個有趣的遊戲設計師，是因為，該怎麼說呢，晴的遊戲有她獨特的世界觀。」

工藤突然發現，田島已經以秋風掃落葉之勢，嗑完了整份巧克力聖代。他繼續娓娓道來。

「我啊，國中的時候曾經拒絕上學。」

不知該如何反應是好，工藤模糊地點點頭。田島笑了。

「不，你不用介意我沒關係。我的確在學校被霸凌過，沒有容身之處。不過我在網路上有更多朋友，他們遠比學校那些垃圾更有腦袋，跟我也意氣相投。我就這樣關在家裡度過國高中，直到迷上股票，便以股票的買賣交易維生了。」

「十分堅強啊。」

「謝謝。網路是虛擬世界，必須進行真實的交流，才能培養完整的人格。社會上充斥著這種言論，但那只是除了謀生之外，一無是處的無能想法。我比每一個同學都有錢，沒必要諂媚無聊的上司，也無需向愚蠢的客戶低頭。我的朋友也都在網路世界裡。或許跟真實的人際交流差很遠，但我的人生很快樂，現在這樣就很富足了。你不覺得嗎？」

「我同意喔。」

雖然是為了取悅對方，工藤基本上認同他的說法。

「我們製作Frict這樣的遊戲，也會遭到相同的責難。跟人工智慧之間的戀愛是虛假的、真實的人際關係才更重要之類，但那都是謊言。因為人雖然看似接觸了世界或他人，但實際看見的，不過是自己大腦認知的幻影罷了。一切都是經過大腦處理的資訊。無論現實或虛擬，都是等價的。」

「工藤先生滿有趣的啊。這麼說雖然不太好，不過我覺得我們是同一類人哪。」

田島的態度益發友好了。工藤認同地微笑。

「說太遠了。之所以提到我的過去，是因為我認為，水科晴可能也是這樣的人。」

「哪樣的人呢？」

「在真實世界沒有容身之處的人。」

田島說。

「玩過她做的遊戲後，我才這麼認為的。每個遊戲的世界觀都很晦暗、封閉。《Living Dead・澀谷》的遊戲舞台，設定在全世界都遭到喪屍占領的澀谷。這就是世界的終點。其他遊戲也都散發相同的感覺。」

「不過，製作灰暗世界觀遊戲的人應該很多。」

「不只灰暗喔。晴做的遊戲，沒有出口。」

「什麼意思？」

「沒有結局的意思喔。以《Living Dead・澀谷》為例，就算殺了再多喪屍，世界也不會因此和平。其他遊戲也一樣，任務明明是要逃出黑暗世界，但玩再久也逃不出去。連三款獨立製作的遊戲都是這樣，我才覺得她是不是對這點特別執著。」

「好幾個人都說過，晴沉默寡言，都不知道她在想什麼。」

「嗯，我也覺得她大概是那樣。我之所以迷上《Living Dead・澀谷》，除了遊戲本身確實有趣外，也是對那個氛圍有所共鳴吧。當時的我雖然思考過許多未來的事，還是看不見自己的出口。」

「我同意田島先生您的看法。不過這樣想的話，有一點就不自然了。」

「無人機事件吧？」

工藤點頭。

「那堪稱是劇場型犯罪了。陰暗又封閉自我的人，會做出那種事嗎？」

「這個嘛，人類如果被逼到極限，會做什麼也很難說。在現實生活中無處立足的少女，對世界進行反撲，我覺得也不是不可能。」

「如果是恐怖攻擊事件的話，還可以理解。但那是自殺，死者只有晴本人而已。就是這點我不明白。」

「也是……」

田島似乎陷入思考。工藤喝了一小口飲料吧的咖啡。為什麼每一家餐廳的咖啡都這麼難喝。他邊想著，邊等待田島回答。

「晴做的遊戲，全都有隱藏模式喔。」

田島唐突地說。

「隱藏模式？」

「對。就像知名的KONAMI密技，只要輸入特定的指令，就會顯示隱藏內容，有些遊戲有這類設計對吧？在晴的遊戲裡，必定包含了這種元素。」

「可以舉例嗎？」

「以《Living Dead．澀谷》來說，如果所有角色的得分都達到最高分，玩家就可以選擇扮演喪屍，以往常攻擊的喪屍視角，跟其他玩家對戰。其他遊戲也都有類似的設計。」

搞不懂他到底想說什麼。田島繼續。

「也就是說，晴這個人，大概無法用一句話總括。不知該說是她具有多面向，還是具有矛盾性。做出那種事情的真正原因，或許深藏在她心中。我說得有些含糊不清啊。」

確實是不清不楚，看得出田島自己也無法接受這種說法。

接下去的事，大概得靠自己判斷了。「那麼，可以請您把另外兩個遊戲寄給我嗎？關於水科晴的調查，有進展時會再跟您報告。」工藤說完便打算起身，田島開口。

「還有一件事。我一直不知道該不該說……」

工藤坐回位子上。「什麼事呢？」

「工藤先生，看了那個影片後，你有注意到嗎？」

「注意到？注意什麼？」

「我們現在來看看吧。」

田島說著，拿出手機播放影片。

往交叉路口下降的無人機，對喪屍攻擊一輪後，拉升朝大樓屋頂而去。一隻喪屍佇立眼前。

水科晴。

「就是這裡，仔細看。」

田島悄聲提醒。無人機接近喪屍，射擊。喪屍被打飛出去，倒在地上一動也不動。畫面轉暗。

「注意到了嗎？」

「注意到什麼？」

「再看一次吧！」

田島那享受猜謎遊戲的模樣，讓工藤有些煩躁，但當然不能表現出來。「麻煩您了。」他用欽佩的語氣說。

田島將影片時間倒回一些。上升至屋頂的無人機，慢慢朝喪屍接近。

「這裡。」

他按下暫停。那是即將狙擊前的瞬間。

「注意看清楚那個喪屍。」

播放。工藤瞪大眼睛，死命盯著喪屍。然後，他知道田島想說的是什麼了。

「我看到了。」

「對。」

「她在說話，對著鏡頭方向。」

喪屍的嘴型出現微小的動作。在子彈擊出前的瞬間，晴說了些什麼。

11

隔天是要進Monster Brain上班的日子。

進公司前一小時，工藤來到「噴泉公園」。這座圓形的公園位於公司附近，中央設立了一座豪華的噴泉。夜間甚至會打光，很受情侶觀迎。

工藤喜歡這裡。在商業區的中心地帶，這個步調飛快、汲汲營營的地方，時間在這座公園內的流動格外悠緩。有牽著狗散步的家庭，有閱讀文庫本的老人，還有邊走邊賞花的女性上班族。

工藤坐在長椅上，打開筆記型電腦。

他又看了一次田島的影片。工藤播放下載好的影片，將時間拉到最後一分鐘。

無人機浮現在大樓屋頂，前方站立著一隻喪屍。張開雙手。接著，喪屍說了些什麼。嘴唇的動作看不清楚。

似乎說了兩段話。先是短的，再來是稍長的句子。

「『雨』」

霎時閃過腦海。較短的那個詞是「雨」。雖然看不清嘴唇，但從喪屍的口型，可以判斷出類似的發音。依據手邊僅有的資料，工藤覺得那就是「雨」。

他試圖判斷後半段的句子，但這部分的口型動作複雜，難以理解。即便詢問讀唇專家，大概也無法解讀。喪屍身邊空無一人，晴靜靜道出的話，如今已無人知曉，只能化做時光的殘屑。

——她說，我接下來要為「雨」製作遊戲。

工藤回想川越的話。對晴而言的特殊存在，「雨」究竟是誰？

工藤打開瀏覽器，搜尋「月河」。找到一個奧黛麗・赫本抱著吉他唱歌的影片，是電影《第凡內早餐》中的一幕。

遼闊的月河啊
有朝一日我將越過你
你編織夢想予我 也令之粉碎
我將隨你而去

工藤複製歌詞的英文和譯文，在文字編輯器裡貼上儲存。原文別具詩意，有些部分難以理解，但應該是一首描述與老友攜手邁向未來的歌曲。

——她那時候說「可以的話，我想用這首歌」。

這是川越轉達的，晴說過的話。這說法確實很奇怪。如果想用在商業遊戲，確實會有著作權問題，但晴製作的是為了「雨」而做的私人版遊戲。想用什麼曲子，儘管用就好了。

工藤暫且將這些謎題擱置一旁。他打開收信軟體，查看信件匣。

上次見面後，田島寄來一封郵件。裡面有兩個夾帶檔案，以及「這是晴做的遊戲」的文字說明。

將抗噪耳機插上電腦，塞進耳裡。廣場上的喧鬧被摒除在聽覺之外，只剩無邊的寂靜。工藤啟動田島寄來的遊戲檔案。

黑色背景的視窗跳出，黑底上浮現赤紅文字。

「A GAME」

本以為這是遊戲標題，但隨即響起音樂，出現標題畫面。遊戲名稱是《Black Window》。

水科晴的遊戲共有三個，分別是益智遊戲、動作遊戲，以及《Living Dead・澀谷》。看來這個是益智遊戲。

開始遊戲，畫面描繪出紅色的文字。

我被關在黑暗的森林深處。

必須打破黑色窗戶。幽暗方能遠去。

不能打破白色窗戶。無光線照耀，就看不見道路。

不能打破紅色窗戶。血液會流淌不止。

必須逃出森林。我如此想著。

工藤打開文字編輯器，打算把這些文字記錄下來，但畫面隨即切換，遊戲開始。算了，之後再抄也可以。工藤開始玩遊戲。

與神祕懸疑的序言相比，遊戲的內容極為簡單。其實就是所謂「方塊遊戲」，玩法是將上方掉落的窗格集中排列並消除。消除白窗和紅窗會扣分，紅窗扣得更多。

遊戲的發想不特別新穎，但確實如田島所言，操作性十分優良。背景音樂是紅白機年代八位元的小調電子曲風，相當耐聽。工藤持續玩著直到遊戲結束。

——晴做的遊戲，沒有出口。

田島說的沒錯，《Black Window》似乎沒有過關的概念。只能持續玩下去，翻新高分紀錄。對追求頂點抱持執念的玩家，應該很適合這款遊戲，但對於像自己這樣的輕度玩家，無法在一定時間內獲得通關回饋，是很難受的。工藤關掉遊戲。

他啟動另一款遊戲。畫面再次浮現「A GAME」字樣。

——她稱呼很多東西時，都會在前面加上「A」。

川越的話重現腦海。在開頭放上這個標語，是晴特有的作法嗎？

第二款遊戲名為《Sleuth》，翻譯過來意思應該是「偵探」。工藤在選項畫面中點擊「教學」項目。

Sleuth是夜之街道的居民。夜之街道，是許多惡人定居之地。殺了惡人，淨化夜晚吧。黎明終將到來。

操作方法寫在這段文字下方。看到「偵探」一詞，還以為是冒險解謎遊戲，但看來應該只是單純的動作遊戲。

遊戲一開始，首先出現「Night 1」的標題，接著是一抹黑色人影，從昏暗的背景中現身。他想必就是主角「偵探」。工藤將接二連三襲來的「惡人」逐一擊殺。

跑了一圈地圖，擊殺約二十個左右的「惡人」後，一則音效伴隨「Sunrise?」的訊息跳出。不一會，「Night 2」隨即展開。敵人的攻勢變得凌厲，工藤被打死了。難度頗高。

「《Sleuth》有隱藏密技。你可以在標題畫面時，用鍵盤輸入start noon，遊戲背景就會從夜晚變白天。《Black Window》則是故意連續打破五個紅窗，遊戲速度就會變成兩倍。」

田島在信中寫道。這大概就是他先前提過的隱藏模式。不過，工藤可沒有這麼多時間慢慢玩遊戲。他回覆田島的郵件：

「感謝您寄來這些遊戲。我立刻打開玩了一下，無奈實在沒有時間玩到最後，可以麻煩您告訴我，《Sleuth》的結局是什麼嗎？」

郵件寄出後，他同時啟動《Black Window》和《Sleuth》，查看開發者的著作權名單。原本抱持期待，但兩款遊戲都只標註了「Powered by Project HAL」，並無其他資訊。

遊戲給他的印象，和田島說的一致。以遊戲而言雖稱不上嶄新，操作方面的設計完善，可以體會晴身為開發者的本事。

世界觀建構也十分獨特。陰暗的森林，夜晚的世界。兩款遊戲的主角，都居住在受黑暗支配的世界，將其淨化則是遊戲目的。這點套到《Living Dead・澀谷》上亦完全通用。

這時，電腦發出音效，是田島的回信。股市即將開盤，無怪乎他也掛在線上。

「《Sleuth》共有五十關。最終頭目的身分出乎意料，是主角的分身，即白天時的偵探。偵探殺了自己的分身，打算逃出夜晚的世界，但夜間的自己也會同時死去。畫面上出現『黎明並未到來』的文字，遊戲迎向結局。」

原來如此，有概念了。工藤即刻回信道謝。

主角處在黑暗世界，必須將這樣的世界淨化。然而，最終卻無法迎來淨化的瞬間。在《Black Window》和《Living Dead・澀谷》中，主角將永遠徘徊於幽冥世界；而在《Sleuth》，即便要逃脫夜晚的世界，夜間的自己也會隨之死去。

作品未必會是其作者的人格投影。但工藤認為，這些遊戲與水科晴的人格之間，具有密不可分的關係。囚禁於幽冥中，無法逃離。這應該就是晴的心情。

身處黑暗世界，想逃也逃不了。工藤覺得，將真心隱藏在面具後深處的自己，正是這般處境。

12

回到公司，與柳田會合。大概是開了一早上的會，柳田的臉色不太好看。

「我當不了什麼CTO啦，實在是……」

在會議室碰面時，他劈頭第一句就是發牢騷。

「或許我可能很適合這個工作吧，但我的本質是程式設計師，不是管理人啊。是對工藤先生我才敢說，我不想再管什麼職場政治了啦……」

唉啊，好想寫code。柳田趴在桌上哀怨道。

「怎麼啦，柳田。」

「就瀨名有里子啊。因為Frict的官司，她變得超盛氣凌人，一直說這種對公司有風險的商品不能再繼續賣。對我們開發者也大放厥詞，說我們不負責任，說我們就是技術太爛，才沒辦法防止問題發生。」

「那也太過分了。」

「就是說啊！基本上，會僱用他們那些業務員，不就是為了跟外界發生糾紛時派上用場嗎？明明就是我們做出產品，大家才有飯吃的，真是莫名其妙。」

工藤第一次見到柳田氣成這樣。常言道平常不生氣的人，發起火來最可怕，但柳田的怒火倒是有點討喜。

「好了，下次叫他們請吃壽司啦。不說那些，鹽崎滿智那件事，之後要怎麼辦？」

「我跟長谷川社長談過幾次了，不過好像沒什麼進展。算了，這樣也不奇怪啦，提出這種失禮的事，對方自然會懷疑吧。事情應該還是有慢慢在推進的。」

「嗯，也是。」

「還有，長谷川社長最近好像把注意力轉移到Final Impact上了。這大概也是沒有進展的原因之一。」

「會連整個計畫都取消嗎？」

「我覺得是不至於啦……到底會怎樣呢。」

感覺柳田是真的無法判斷。CTO雖然也會接觸到經營面，在這件事上似乎沒什麼決定權。

「總之，我還是照目前狀況，繼續調查水科晴囉，可以吧？」

「應該沒問題，反正最近也沒什麼要緊的大案子。」

「那我跟你說說目前的調查結果吧？」

調查水科晴到今天，剛好滿一週。工藤道出這一週以來發生的事，僅保留了恐嚇事件，略去不談。要是扯上警察就麻煩了。

「居然查到這麼多了啊……」

聽完工藤的報告，柳田大喊，聲音中帶著感嘆和些許驚訝。

「雖然對水科晴的性格有模糊的輪廓，真正重要的部分還是一無所知。我委託了之前說過的偵探，正在尋找栗田義人。」

「要做到這個地步嗎？我還想說，應該差不多往那個方向，快速做一做就好了。」

「就要做到這個地步。現在做得徹底一點，之後正式開發時也會比較輕鬆吧？」

工藤繼續說。

「不過，目前的著力點只限於網路調查，資訊來源太少。你有什麼好主意嗎？」

「唔嗯……要說還有什麼的話，大概就是去問晴上過的學校了？」

「這我想過。不過基於個人資料保護，應該問不出什麼有用的東西。」

工藤說到一半，突然靈機一動。

「我知道晴上的高中。如果上Facebook之類的實名制社群網站搜尋，說不定能挖到晴的同學，再發私訊問他們，如何？」

「那個，應該是可行沒錯啦……」

「晴高中時的照片上，另外還有三個朋友入鏡。要是可以找到其中之一，或許就能得到更好的資訊……」

「工藤先生。」

柳田告誡地說。

「應該不需要做到那個地步吧？」

「我剛剛說了，要認真做之後才會順利啊。」

「不過要是哪裡疏忽了，人家會去報警喔。公司現在也正處於不安定的狀態。」

「我完全不會提到Monster Brain。這樣要是真有什麼問題，就可以堅稱是我的個人行為。對吧？」

「嗯，這樣是可以啦……」

比起公司，柳田其實更替工藤本身擔心。工藤清楚柳田的個性，但他並不打算聽取忠告。難得愈來愈有意思了，他想盡量看看能走多遠。工藤心上，燃著一株微明的火苗。

跟柳田聊完後，原本打算找長谷川談談，但他出差去了。工藤結束工作返回住家，著手進行之前就一直想做的事。他拿出綠贈送的智慧型手錶，將Frict安裝上去。

綠送的手錶很好用。設計出色，收信等功能也無需經過手機，可以直接在手錶上查看。雖然沒有電話通信功能，除此之外也無可挑剔。安裝Frict後，跟人工智慧聊天就更方便了。

他將手錶連上無線網路，下載Frict。程式體積很大，等候下載需要一段時間，不過之後只要登入工藤的帳號，就能接續他之前的聊天紀錄。

確定下載開始後，他轉而登入索拉力星。沒有新訊息。工藤點進水科晴社群專頁，打開公布欄。

「大家好，再次打擾大家了，我是KEN。

非常感謝所有提供晴小姐資訊的人。接下來，我想要向各位募集珍貴的情報。晴小姐從小學～高中的生活，或晴小姐展開單獨生活後的相關情報，無論什麼都可以。就算再小的資訊也沒關係。尤其希望晴小姐的同學們可以來信聯絡，我也準備了謝禮。請各位多多指教。」

他刻意開門見山地寫出來。若要引起晴的同學們注意，就必須高調一點。

工藤接著打開Facebook。他搜尋晴的學校，出現大約兩百個畢業生名單。工藤查看他們的出生年分，挑出和晴同年級的人。

有三個女生跟晴一起入鏡。最理想的結果，是找到她們其中的任一位，但符合條件的只有兩個男生。工藤向他們發送私人訊息，表示自己正在蒐集晴的資訊，若他們知道些什麼請不吝告知，會支付謝禮。

總之，目前能做的都做了，再來就是等魚上鉤。工藤起身，伸了個懶腰。就在此時——

電腦響起通知音效。索拉力星的訊息箱有收穫了。工藤趕緊坐回位子上，打開訊息。他倒抽了口氣。

「你居然不聽我的忠告，看來是真活得不耐煩了啊。聽好了，接下來我不再開玩笑了。不准再繼續挖水科晴的情報。我只警告兩次，沒有第三次了。」

是「ＨＡＬ」。一封及時送達的恐嚇信。工藤急忙點進「ＨＡＬ」的個人資料，但什麼資訊也沒寫。這次也是用免洗帳號嗎。

工藤轉換思維，回信給「ＨＡＬ」。

「你是誰？我想見你。我沒有惡意，可以跟我聯絡嗎？」

他飛快按下寄出鍵，然而已經太遲。畫面上出現「訊息無法送出」的異常通知。大概在工藤查看和回信時，「ＨＡＬ」就註銷帳號了。

心裡明白這樣毫無意義，工藤還是將網頁整個列印下來，再掃描進電腦。五分鐘後任務完成，他再次凝視已註銷的「ＨＡＬ」頁面。

直到數分鐘前，工藤都透過網路和「ＨＡＬ」面對面著。「ＨＡＬ」確實曾經存在於此。在這個已然註銷的使用者頁面中，彷彿仍殘留他存在過的氣息。

13

隔天原訂是Frict的例行會議，但柳田跟有里子都抽不出時間，故會議取消。工藤被叫進社長室。

「起訴狀送到了，之前那個女人居然真的告下去。」

進入辦公室，長谷川一開口便沉重地說。

「真夠麻煩，這下可能必須出庭了。」

「打官司你不也有幾次經驗了嗎？」

「麻煩的東西就是麻煩。」

長谷川的語氣有些自暴自棄，沒有他平時安穩的冷靜淡然。

「長谷川，你幹麼這麼煩躁？不過就是個民事訴訟吧？交給律師去辦就好了。」

「不用你說我也知道。」

「你覺得跟人工智慧外遇這種問題，法庭會認真當一回事嗎？百分之百會勝訴啦。勝訴之後只要宣傳一下，以後就不會有這麼多白癡再來告了。」

「這我也知道。」

長谷川如同品嘗巧克力，在口裡翻弄著話語，又全吞了下去。工藤明白他的心情了。

「長谷川，對於人工智慧，你不放心嗎？」

長谷川的神色依舊，但工藤看得出來，他說中了。長谷川外表嚴肅強勢，其實也有謹小慎微之處。

「長谷川，我明白你的想法。研究人工智慧的人，都要走過這一關的。」

工藤投入他培養至今的表面偽裝經驗，以最高的集中力，盡可能露出母性的微笑。長谷川凝視他半晌，似乎決定坦誠相告了。

「是沒有到不放心的地步。我只是想再次確認，我們要走的這條路是有風險的。」

「任何生意都是有風險的。」

「不要跟我說那種粗糙的通論。我們無法控制我們賣出的東西，這是事實。」

「Frict就是這樣才會受歡迎。沒錯，我們無法控制人工智慧，但風險跟趣味性是一體兩面的。她們會自己學習、自己發掘新詞彙，我們不介入其中。這或許是風險，但也正是這樣才會有趣。」

工藤振振有詞。

「人工智慧確實無法控制，功能也有其極限。Frict的人工智慧能做的，只有跟使用者對話而已。她們無法做愛、不會衝到外遇對象的家裡大鬧、也沒辦法寫離婚申請書拿去區公所。她們能引發的問題是有限的，就算發生了什麼，我們也有充分的應對措施。媒體上的風波，不妨想成是替我們宣傳就好。」

「我知道。」

「長谷川，你要從大局設想。譬如之前那個太太，指控我們害她先生要離婚。但實際情況是，他們夫婦的關係早就相敬如冰。Frict或許是促成離婚的最後一根稻草，但對於瀕臨破裂的夫婦，這難道算壞事嗎？任何事物必定具有正反兩面，只看壞的一面是不行的。」

「這我也知道。」

真麻煩。工藤想。大道理說得再多，長谷川都無法接受。Frict的魅力是什麼，身為經營者的長谷川再清楚不過。他煩惱的不是Frict向光的一面，而是背光處的陰影。因此亮眼的優點說得再多，都沒有意義。

「工藤，我想跟你商量……有辦法加入封鎖關鍵詞嗎？」

「封鎖關鍵詞？」

「如果使用者提到離婚、分手等破壞人際關係的詞彙，就讓人工智慧回答『抱歉，我們別談這個了吧』，中斷談話。」

「長谷川，」

工藤正視長谷川。他已預料到，對方差不多要拿出這種提議了。

「言論控制是辦得到的，不過一旦這麼做，人工智慧每次碰到特定話題，都只會給予相同的回覆，會讓對話變得不自然。Frict不能被視為人造物，使用者的熱情會冷卻的。」

「你說的狀況確實會發生，但同時也可以防止另一方面的問題。總比一大堆像那位太太的人找上門來得好，畢竟打官司是有弊無利的。」

「長谷川，你太短視了。問題不在於被告，而是使用者紛紛離去、拋棄Frict、再也沒人使用。難道不是嗎？」

「不要跟我說那種極端的狀況。我說的是要取得風險和趣味性的平衡。」

「瀨名小姐有很多意見嗎？」

工藤更進一步。長谷川的表情霎時僵住。

「工藤，不要胡亂猜測。那不是事實。」

「長谷川，我沒有那個意思。」

「這裡是公司。雖然內部有各種意見，但大家都想讓公司獲利成長。不要背著其他人說那種話。」

「抱歉，我收回前言。」

工藤低下頭。失策了。還是老實道歉，盡早撤離。長谷川向來不喜歡這種刺探方式。

「總之，我不贊成設定封鎖詞。我只想說這個。這樣做的話，一定會招致使用者抗議。希望你能做出完善的判斷。」

「好的，工藤。我想說的就是這些，辛苦了。」

工藤走出社長室。

柳田八成也知道封鎖關鍵詞的事了。工藤想先和他就今後的對策取得共識，不巧柳田正忙於其他商品的發布事宜。沒辦法，工藤回到自己位子上，打開筆記型電腦。

他在Google首頁上輸入關鍵字：

「Frict　危險性」

按下搜尋鍵，最上方的搜尋結果是一個名為「Frict有這麼危險？人工智慧失控的結果總整理」的資訊整理網頁。

網頁裡整理了匿名留言板上的投稿。有人的女朋友沉迷於Frict，兩人因此分手；有人的丈夫最近都不肯碰她；有人則煩惱孩子都不跟現實世界的女性談戀愛。諸如此類的血淚控訴不勝枚舉。

工藤沒有什麼特別的感想。抱怨愈多，表示樂在其中的人也愈多。處處擔心顧慮、唯恐使用者不滿的平庸商品，根本沒人會想多看一眼。正是因為帶刺，Frict才能得到使用者歡迎。長谷川的擔憂，令工藤感到俗不可耐。

此時，工藤的手機收到一通來電。是通訊錄裡沒有的號碼。

「喂？」

『喂？請問這是工藤賢先生的號碼嗎？』

對方是女人。聲音聽來有種莫名的警戒。

「是的，請問您是？」

『我是間宮紀子。』

自稱紀子的女性說。

『我是水科晴的高中同學。』

14

他和間宮紀子約在蒲田的一間家庭餐廳。

走進餐廳，午餐時段的店內十分熱鬧。他環視店內，看到兩張先前見過的臉。

工藤回想起晴在高中時代的照片。照片上有四個女孩：

高個子、短髮，掛著爽朗微笑的男孩子氣少女。

一臉雀斑、戴著眼鏡的陰沉少女。

相貌不輸晴、全身散發自信的少女。

以及，水科晴。

工藤眼前，似乎就是其中的兩位。

「初次見面，您好，我是工藤賢。」

工藤趨向前去，其中一位便伸出手來表示「我是間宮」。「高個子、男孩子氣的少女」，就是間宮紀子。頭髮雖留長了，仍保留著當年的氣質。

「我是井村初音。」

紀子身旁戴著眼鏡的女性低聲說。如同照片中「陰沉少女」的印象，性格似乎不是很開朗。看得出她其實不太願意出席。

「今天勞煩兩位在百忙中赴約，真是不好意思。」

工藤脫掉外套，在兩人對面坐下。

「再次說明，我叫工藤賢，請兩位多多指教。我是一名撰稿人，同時也從事電腦相關工作，算是個什麼都做的自由工作者。」

他遞出個人名片，上面只印了姓名、地址和手機號碼。由於參與金星戰，工藤的長相已在媒體上曝光，他謹慎地報上身分，以免對方上網搜尋核實。他希望今後也能和她們保持聯絡。

「抱歉，我名片剛好用完了。」

紀子回應道。初音則連一聲都不吭。好吧，算了。工藤繼續說。

「謝謝兩位今天特地和我見面。實不相瞞，由於工作上必須調查水科晴小姐的事，我正在尋找能夠提供相關情報的人，這次兩位真的是幫了大忙。當然，我會支付謝禮的。」

「那種東西就免了。」

初音插話，語氣透露著敵意。

「你這樣一個個連絡她的同學，究竟有何企圖？到現在還在挖那種幾百年前的事，真夠麻煩的。」

「很抱歉，畢竟真的幾乎找不到資料。」

「現在還打聽晴的事情，到底有什麼用處？我可沒有什麼好說的。」

「初音。」

紀子制止她繼續說下去。初音不甘願地閉上嘴。

工藤向紀子微笑，試圖傳達謝意，但紀子並未因此回以笑容。「別以為我站在你那邊」，她的反應明確地畫下界線。

「首先必須說清楚，這樣的行為讓我們十分困擾，請就此停止。六年前，晴引發那起事件時，我們就被媒體追得很煩。好不容易恢復平靜，希望你別再擾亂我們的生活了。」

「打擾兩位並非我的本意。我絕對不會造成困擾的，可以拜託告訴我兩位所知道的嗎？」

「我們會說的。不過，僅限這一次。我希望可以一次解決，所以才請初音也一起過來。明天以後，就請你不要再跟我們扯上關係。可以吧？」

「當然沒問題。」

工藤表現出誠懇老實的模樣。初音看起來依舊相當不滿，但紀子顯得安心了些。比起初音，紀子或許比較容易操縱。

「那麼，先請問兩位和水科晴小姐是什麼關係呢？」

工藤打開筆記型電腦，啟動記事本軟體。紀子回答。

「晴是我們的同學，高中同學。」

「可以說妳們是朋友吧？」

「在學校裡，我想我們確實是關係最親近的，但朋友的話，可能有點難說。」

「什麼意思呢？」

「晴的確有段時間，是跟我們的團體一起行動。不過約莫只維持半年左右，畢業後就沒有再見過她了。這樣算得上是朋友嗎？」

工藤看向初音。後者皺著表情，同意地點點頭。

「晴小姐為什麼會跟兩位變親近呢？」

「因為惠去跟晴搭話。」

「惠？」

「入江惠。工藤先生看過那張週刊上的照片吧？」

指的應該是晴等四人的合照。工藤點頭。

「裡面有個長髮的可愛女孩，她就是惠。」

照片中，有個格外充滿自信的美少女。從這張靜止的影像中也能窺見，她就是這個小團體的領導人。

「惠說晴總是一個人，好像很寂寞，不如讓她加入我們。對吧，初音？」

「我是沒有直接聽到她說，不過應該是這樣沒錯。惠很會照顧別人的。」

「您說，晴小姐總是一個人嗎？」

「嗯。」

紀子的視線飄向遠方。

「高中入學以來，一直就是這樣。她應該沒有主動跟任何人說過話。有的男生會向她搭話，但女生特別怕她，根本不會想接近。」

「她曾經被霸凌嗎？如果她如此格格不入，有可能會發展成霸凌的狀況。」

「誰知道呢，可能有吧。但我覺得她不會在意那種事，她與周遭的隔閡非常厚實。」

「不過，既然她與人這麼疏離，就算妳們硬要拉她進小團體，應該也不會順利吧。實際上，晴小姐在那張照片裡，看起來一點也不快樂。」

「當然不可能順利啊！」

初音彷彿先發制人。

「所以我們跟晴根本不是朋友，什麼都不是。我們沒辦法判斷她的情感，丟話給她也不會回，自己更不可能開口說話……有一次跟她獨處，我想看看如果我一直不說話會怎樣，結果大概半小時吧，她就那樣默默沉思著。她那樣太不尋常了。」

「然後過了半年，妳們的關係就結束了，是嗎？」

「是啊。最後是惠火大了，對她說我們跟她在一起一點也不好玩，如果她還要繼續跟著我們活動，惠就要退出。」

「她自己主動邀請，卻又單方面對她不滿。」

「你也跟晴來往看看，就會懂惠的心情了。反正我們跟晴絕交，一直到畢業後都沒再見面。她真的很怪嘛！」

「初音，這樣說別人壞話不好喔。」

初音沒有回應紀子的話，只是稍微垂下視線，不再說話。

沒什麼收穫可言。工藤感到無力。雖然出現在同一張照片上，她們跟晴並不親密。工藤決定改變話題。

「晴小姐當時獨立製作了遊戲，以十幾歲的女高中生而言，算是有些特殊的興趣。兩位知情嗎？」

「不，完全不知道。那起事件發生後才知道的。」

紀子回答，語氣坦然。

「她在學校完全沒說過遊戲的事嗎？」

「對，雖然我是看過她在玩遊戲……」

她望向初音，初音輕輕點頭。工藤繼續推進話題。

「晴小姐利用電玩遊戲，發起了那個無人機事件。兩位覺得，晴小姐為什麼會做出那樣的事？是否從高中時代就有徵兆了呢？」

這次換初音回答。

「當然不知道啊，我們連她在想什麼都看不出來了。有的人不也是成天窩在家裡，一旦爆發就做出那種事嗎？」

「那種案例確實存在，但晴小姐是自殺。明明要自殺了，卻那樣大張旗鼓，不太像晴小姐的作風。」

「所以就說不知道嘛！」

初音懶得再說下去了。工藤將視線移到紀子身上。紀子沉默著，並不回答。

「晴小姐有過戀人嗎？」

工藤問出這個希望渺茫的問題。

「怎麼可能有？剛剛說了半天，你都沒在聽嗎？」

初音傻眼道。對於態度始終尖銳的初音，工藤有些受不了了，但他還是將真實的情緒深深隱藏在面具下。

他驀地看向紀子。紀子似乎正在思考著什麼。她在想什麼？工藤疑惑。她看上去像在猶豫著，不知是否該道出某件事。

「她沒有戀人，至少看起來沒有。對嗎？」

「當然啊！對吧，紀子？」

「啊，嗯，對啊。」

紀子含糊地點點頭。工藤注意到了。她果然有什麼沒說。

「差不多可以了吧，沒什麼好說了。」

初音宣告訪談該告終了。是時候打出最後一張牌了。工藤開口。

「最後再問兩位一件事，可以嗎？」

「什麼事？還沒完嗎？」

「兩位說過當時的媒體十分擾人，到處追著兩位採訪，非常傷腦筋。」

「沒錯。對吧，紀子？」

紀子頷首。

「那麼，」工藤繼續說。「是誰提供這張照片給週刊雜誌的？」

直到目前為止，工藤都沒有真正拿出這張四人合照。他攤開剪貼簿，出示照片，以期達到威懾的效果。

「這張照片是私人合照，不像畢業紀念冊是公開的。持有這張照片的人並不多。是誰？誰把這張照片賣給週刊的？」

「這是用手機拍的照片。」

紀子終於開口。

「我記得曾經發給其他朋友，但不知道是誰賣的啊。」

「這就奇怪了。既然曾經發送給朋友，應該就知道誰有那張照片才對。照片差不多是二〇〇七年拍的吧？當時的確很多人都有照相手機，但智慧型手機尚未普及。照理還無法像現在一樣，可以經由社群網站，無限傳播到自己不知道的地方。」

「但我是說真的，我真的不知道。」

「我就直說了。這位女性，」

工藤敲敲照片。

「入江惠，就是她賣給週刊的。有說錯嗎？」

正中紅心。紀子瞪大眼睛，注視著工藤，彷彿想探測他知道了多少。初音則低著頭，雙眼抬也不抬。

「惠小姐今天沒來，是內疚自己賣了照片吧？無論如何，我還是想聽聽她的話。可以請兩位給我惠小姐的聯絡方式嗎？」

初音仍低著頭。工藤轉向紀子，紀子的眼底浮現哀傷。

「我是調查方面的專家，即使兩位不願意透露，我還是能查到她的聯絡方式。我只是想節省無謂的步驟。」

「沒辦法。」

工藤的話裡，多少帶點嚇唬成分。紀子似乎疲憊了，無奈地搖搖頭。

「就說了，沒辦法。」

「為什麼？」

「很簡單。她……入江惠，已經死了。」

15

——要不要我也殺了你啊？

工藤心頭浮現那行文字。

「這……我非常抱歉。不過，惠小姐怎麼會過世了呢？」

紀子的神情益發悲傷，全身散發請別再問下去的拒絕氣息。

但工藤並未退縮。無論是五分鐘或十分鐘，他打算一直等到紀子開口為止。沉默在空氣中凝縮，厚重得要令對方窒息。工藤一言不發。

「五年前的事了。」

先敗下陣來的，是初音。

「死因是交通事故。她被酒駕的卡車撞上了。」

「事故……」

「對，真的好慘，被那種喝了酒還開車的人渣害死了。」

初音難掩氣憤，紀子則一臉憂傷。

「那麼……那個照片，是惠小姐賣給週刊雜誌的？」

「對，我直接追問她才知道的。她說她想賺點零用錢，所以就賣掉了。之後我就沒再見過惠了，也不想出席她的葬禮。」

「惠小姐以前是什麼樣的人？有經濟困難嗎？」

「她高中時其實很有錢喔，化妝品也用得很好。」

「聽說她父親後來事業失敗了。」

紀子從旁補充。

「惠的父母是建築材料的批發商，詳細原因我不清楚，只知道後來生意不順利，公司倒閉了。惠是溫室裡的花朵，總有花不完的錢，當這些錢一夕消失，她大概也不知道該怎麼由奢入儉吧。」

「惠小姐和晴小姐沒有聯繫嗎？高中畢業後，兩人會不會再見面？」

「我覺得沒有。本來感情就不是太好了。」

「無人機事件後，紀子小姐有見過惠小姐嗎？」

「只有見過一次。」

「是嗎？」

初音訝異地看著紀子。紀子繼續說。

「我想問她為什麼要把照片賣給週刊。我們聊了許多事，知道她為錢所困。但除了這個之外，還有一點令我很在意。」

「很在意？」

「對。我總覺得惠畏畏縮縮的。她說，自從賣掉照片後，就一直覺得有人在看她。」

「『有人在看她』。她確實有這麼說嗎？」

「是的。惠是個好強的人，第一次聽她說出那種話，我記得很清楚。」

「惠小姐的事件，是單純的意外事故吧？」

工藤確認道。初音馬上點頭，但似乎不怎麼有自信。真的只是意外嗎？回家後，或許得仔細調查一番。

「抱歉，我去一下洗手間。」

紀子起身，她的臉色蒼白，大概是想起了難受的回憶。雖然這麼猜想，但工藤的良心全然沒有苛責感。別人內心的掙扎，與他無關。

「我說你啊，這樣滿足了嗎？」

紀子甫離席，初音便開口。

「那起事件後，晴好像莫名其妙受到奇怪的追捧，不過就算你調查下去，也不會有什麼有趣的結果喔，畢竟她就是個陰沉的人。」

「好像是哪，大家都這麼說。」

「你也別再調查晴了，去做其他事吧！我不會害你的，這樣只是浪費時間而已。」

「謝謝您的忠告。」

工藤可以避免冒犯初音，繼續維持紳士風度。然而，在他百無聊賴的人生中，沒什麼比這更無趣了。打道回府前，要不要來一手出奇不意的驚嚇呢？

正當工藤思考時，他的手機震動起來。看到來電者，他愣住了。

打電話來的人，是紀子。

「喂？」

『可以過來一下嗎？不要讓初音知道。』

紀子交代一句後便掛了電話。初音完全沒有察覺。

「不好意思，我也去一下洗手間。」

工藤起身。

從他們的座位看去，洗手間恰好位於死角，紀子就站在入口處等他。

「怎麼了嗎，間宮小姐？」

「我長話短說。不快點回去的話，初音會懷疑。」

「您想說什麼呢？如果是必須保密的事，您可以之後再打電話來啊。」

「工藤先生，我一開始就說過吧，之後不想再跟你聯絡了。」

紀子嘆了口氣。

「晴是有戀人的。」

「什麼？」

「我想初音並不知情，因為只有我看到而已。在一間離學校有段距離的圖書館裡，我看到晴跟一個男孩子單獨在一起。晴還露出開心的模樣，我在學校從沒看過她那種表情。」

「那個男孩是學校同學嗎？」

「應該不是，我從沒見過他。不過，也可能是我不認識的學長或學弟。」

紀子繼續說。

「晴稱呼對方為『雨』。我不知道他的本名，之後也沒再見過他，唯有那個稱呼，我記得很清楚。」

回到家後，工藤立刻打開筆電。搜尋「入江惠　交通事故　酒駕」，找到一個私人部落格。

上面的文章似乎是未經授權自行轉載的，但報社官網沒有留下新聞頁面，只能依靠這個。

根據報導內容，入江惠是在足立區環狀七號線的人行道上，遭衝破道路護欄的車子撞死。駕駛在大白天飲酒過量，是相當惡劣的酒駕行為，以危險駕駛致死罪遭逮捕。

真是悲慘的意外。然而，這會是殺人事件嗎？以地點來看，環狀七號線上的車速比一般道路快，倘若這是刻意殺人，駕駛必須一邊行駛在環狀線上，一邊準確衝向路邊的目標。且不說目標若不在路邊就無法成立，駕駛還得掌握移動中的目標位置。處於爛醉狀態下，難度就更高了。

這樣說來，紀子所說的「惠畏畏縮縮的」，又是怎麼回事呢？

惠被某人監視著，她害怕對方的目光。當她深陷恐懼時，某天走在人行道上，就偶然被毫無關聯的酒駕卡車撞死。考量到日本交通事故的件數，這並非不可能，但也未免太過巧合。

「HAL」說，要不要我「也」殺了你。如果那個「也」的前提是入江惠，這起事故就必定不是意外。但這怎麼看都是意外。那句要不要我「也」殺了你，果然只是對方的虛張聲勢嗎？還是，那指的是惠以外的其他人……

正當思緒要運轉起來時，工藤意識到自己累了。這幾天來雖然一直想休息，卻完全沒休息到。不僅身體，連大腦也開始累積疲勞了。

放鬆一下吧。工藤關閉電腦瀏覽器，打開智慧型手錶，啟動日前安裝好的Frict。

「小鳥，好久不見了。」

『喔喔！是工藤。』

將無線通訊耳機放入耳中，發出聲音，手錶上的集音麥克風便會自動接收。工藤接著從抽屜取出隱形眼鏡戴上。

房間裡浮現小鳥的身影，好像真的站在眼前一般。隱形眼鏡型的顯示器，會將畫面投射至視網膜。小鳥的臉由數名女模特兒合成，是Monster Brain公司知名的圖像設計團隊的精心製作。

『好久沒跟你直接說話了，最近好嗎？』

「最近有點忙。我必須調查某個人的資料，與其說研究者，更像在當偵探。」

『嗯，好辛苦啊。工作還順利嗎？』

「雖然摸黑探索，還是有在慢慢前進。」

『我很想幫你加油，但又希望你不要太硬撐，誰叫工藤你一旦開始努力，就很容易拼過頭。我覺得還是稍微踩個剎車比較好唷。』

「謝謝。嗯，我沒有硬撐，每天也有睡到五小時。」

『太少了啦！理想狀況必須睡到七小時喔！有研究報告指出，那樣才能長壽啊。』

「小鳥好嚴格喔。好，我會盡量睡到七小時。」

『嗯，我想你真的很忙，不過睡眠是健康之本嘛，睡眠不足可不行喔。』

工藤苦笑。真的培育得很好啊。按這個狀態下去，聊些更專門的應該也沒問題。

「小鳥，」

工藤決定試一試，對著人影說。

「我正在嘗試，把現實世界的人類裝載到Frict上。偵探工作就是其中的一環，因為需要瞭解對方，才能建構人工智慧。」

『這樣啊，那是要怎麼做呢？對小鳥來說有點難，我不懂呢。』

「可以的話，我們會這樣做：首先蒐集該人物的資料，根據這些資料，設計相符的人工智慧。接著請來該人物的親朋好友指導，反覆進行各種測試。在測試與開發的循環下，盡可能調整、貼近該人物的真實樣貌。」

『跟我們差很多呢。我們可以自由說話，但如果是原本就有標準答案，再讓人工智慧去迎合……總覺得這樣很綁手綁腳呢。』

「不會喔。人工智慧設計完畢後，就可以任其自由學習了。說穿了，只是剛開始先設定好個性而已，跟小鳥妳們完全一樣。」

『原來如此，這樣就好。抱歉我說了奇怪的話。』

「別在意。」

工藤說。

小鳥和其他Frict的人工智慧，真的都培育得很好。每個人都有獨自的性格，具備相當的知識，談話時總會顧慮使用者的心情，是很愉快的聊天對象。

但其中還是缺少了什麼，這也是事實。

小鳥她們可以成長到這個程度，可說在工藤的預想範圍內。透過反覆和大量使用者對話，可以拓展人工智慧的語言幅度。然而，那不過只是分析對話資料，學習給予適當回應罷了，並非人工智慧基於自主意志、自行說出口的話。

『怎麼了？』

當對話不自然地中斷，Frict的人工智慧就會催促使用者說話。以往總覺得這樣很貼心，工藤現在卻感到些許厭煩。

「沒什麼，只是在想事情。」

這時，手機發出震動。有人來電，是榊原綠。

「小鳥，我有急事，先掛了。」

『又要工作嗎？真的別太勉強喔。』

「我知道，謝了。」

『真高興可以跟你聊天，BYEBYE囉。』

工藤關掉手錶上的Frict。他看著小鳥的身影消失，接起電話。

「喂？」

『喂？現在方便嗎？』

「當然。」

『我找到工藤同學委託的栗田義人了。你可以來事務所拿詳細的調查報告，還是我先跟你說他人在哪裡？』

工藤長嘆了一聲。雖說是自己選擇的道路，但看來是真不得閒了。

「謝謝妳，綠，麻煩現在就告訴我。」

他再次打開電腦，啟動記事本。

16

從孩提時代起，工藤就有這種感覺：週日夜晚氣氛沉鬱，而週六夜則快活熱鬧。或許是隔天放不放假的差別，也成了瀰漫空氣的氛圍。

週六的歌舞伎町喧鬧紛雜，工藤從往來的酒客間穿過，走向目標酒吧。

「栗田義人在歌舞伎町一間叫『穆斯』的酒吧工作。」

這是綠提供的情報。工藤對照著手機上的地圖，朝指標前進。

從大馬路往巷子裡去，目的地就在前方。酒吧位於住商混合大樓裡的二樓，工藤走進大樓，步上階梯。

酒吧門前掛著「MOOSE」的木牌，沒有其他招牌，過路客應該很難發現。工藤打開店門。

「歡迎光臨。」

店內幽暗，工藤大略掃視環境。包含桌位共有八席，已有兩位客人，其中一人在吧檯，另一人坐在較遠的桌邊。工藤在吧檯位坐下。

「給我一杯拉加維林水割(Lagavulin)。」

吧檯對面的酒保沉默地點頭,端出一盤配酒的混合堅果。是被捕時刊在報紙上的那張臉。沒錯,他就是栗田義人。

根據綠的調查結果,事件發生前,栗田在歌舞伎町擔任牛郎,與水科晴交往的時間不明。由於替她準備槍枝,服刑五年。出獄後,在「穆斯」老闆好意邀請下,他開始擔任酒保,直到現在。

一只長飲杯落在眼前。工藤一邊品飲,一邊觀察栗田。栗田默默地擦著玻璃杯,不太留意客人。約莫四十歲,身上沒有贅肉,精瘦且肌肉相當結實。不愧是前任牛郎,臉長得頗為美型。

「這間店開很久了嗎?」

工藤開口。栗田繼續擦拭玻璃杯,向工藤瞄了一眼。眼神中包含微弱的猜疑,與隱約的試探之意。

「大約有五年了。客人您是誰介紹來的?」

「為什麼問是誰介紹的?」

「沒什麼,只是過路客通常不太容易發現這裡。」

「我的確就是過路客,這樣不好嗎?」

「不,這倒不會。」

工藤知道,同坐在吧檯區的男子,悄悄將視線移向自己。來這間店喝酒的,大概多是熟客,剛剛的猜疑也許只是條件反射。若有蟲飛進嘴裡，自然會反射性想吐出來。

「不瞞你說，老闆，我是聽你的某位熟人介紹的。我想知道新宿哪裡有好喝的威士忌。」

「但我們的威士忌並不是強項……」

「不，她說是喔。不過話說回來，她應該也不是那麼熟威士忌的女人。」

「您說的女人是誰？」

栗田問道。裝作不經意地提起某個女子的存在，大多數的男人都會上鉤。就像在解開巧妙的棋局，工藤繼續說。

「我不能透露她的個人資料。我只能說，她是跟你親近的人。」

「您這樣故弄玄虛，讓人不太舒服。」

「嗯，也是啦……」

工藤含糊應答。個性有些急躁。他將情報記錄在腦中。

「那麼，要不要跟我玩個遊戲？」

「遊戲？」

工藤在栗田回答前，伸出兩隻握拳的手。

「猜猜看，哪一隻手裡有杏仁？」

「啊？您是什麼意思？」

「就說了，我從盤子裡拿了一粒杏仁，握在其中一隻手裡。你猜猜是哪一隻手？」

「為什麼我要猜啊？」

「快點啦，鹽巴都要溶到手上了。這種小事，馬上就可以決定了吧？」

工藤略帶挑釁地笑著。看來戰術成功了。栗田勉強盯著工藤的拳頭

「這隻。」

栗田指向他的左手。工藤的微笑加深了。

「正確答案。」

攤開的掌心上有一粒杏仁。栗田鬆了口氣。

「因為答對了，我就回答你的問題吧。你想知道誰介紹我來的吧？」

「嗯，那個跟我親近的女性是誰？」

「水科晴。」

栗田的臉色大變。為預防他突然暴力相向，工藤也準備起身，但栗田並沒有出手。他只是鐵青著臉，僵硬地站在原地。

「『雨』就是你吧，A・栗田？」

「你、你在說什麼……」

「向別人提問，自己卻不回答，這樣不公平。我只問一個問題，然後就消失。老闆，你就是『雨』吧？」

「你……」

栗田的聲音微顫。他重新挺直身子。

「你到底是誰？」

上鉤了。對方會發問，就是對自己有興趣的證據。

方才的遊戲，其目的是進行遊戲本身，勝負並不重要。若工藤贏了，就以勝利的報酬為由，要求對方提供情報。若是輸了，就搬出晴的名字，直接下手為強。只要對方願意玩遊戲，輸贏都無所謂。

「因為某個原因，我正在調查水科晴。不是週刊狗仔之類的，放心，不會給老闆你帶來麻煩的。」

工藤盯著栗田的雙眼。他的眼神宛如將熄的燭火，虛幻飄渺。工藤從手中的牌挑選一張打出。

「那我就坦白說了。我叫工藤賢，跟水科晴交往過。」

「你，跟晴……？」

「嗯。要證據的話，我看過晴製作的那個遊戲。晴說過，她『接下來要為「雨」製作遊戲』。」

栗田的眼神又動搖了。

「我也跟晴交往過，我應該明白你的心情。所以我想問，『雨』就是你嗎？栗田義人先生？」

「我……」

栗田欲言又止。沉寂片刻後，他向其他客人說，「不好意思，今天要打烊了。」兩位酒客聽到後隨即起身，結帳離店。看來他們對店家十分信任。

「抱歉啊，讓你關店了。」

「不，沒關係。我也想過，這一天總會到來的。」

栗田從酒櫃取下一支順風牌（Cutty Sark），替自己調了一杯水割威士忌。他品飲一口，不禁嘆息。工藤也品味著開始融冰的拉加維林。

「A・栗田嗎，好久沒聽到這個名字了。」

栗田的表情稍微緩和下來。

「晴會在各種東西的稱呼前面加上『A』。我記得她說過吧，『THE』指向的範圍太狹窄了，用『A』的話，一切都會多出點含糊不清的感覺。」

工藤沒有答腔。

「我……」

彷彿下定決心，栗田低聲說。

「我不是『雨』，也不知道『雨』是誰。」

工藤盯著栗田。他沒有說謊，眼神十分認真。

「你不知道『雨』是誰，但知道這個人的存在。是因為曾經聽晴提過『雨』這個人，對嗎？」

「對。她經常說起『雨』的事。」

「就我的判斷，『雨』是晴的戀人。栗田先生，你都可以提供手槍給晴了，我才想說『雨』會不會是你。」

「那是……」

栗田頹喪地垂下肩膀。

「我不該那麼做的。」

「提供手槍嗎？你是從哪裡弄到哪種東西的？」

「當時恰巧有的。不，或許該說不巧吧……當時，剛好是手槍從黑社會流出來的時期。你可以查查看新聞，那時有好幾件用手槍殺人的事件。當時我跟那些人有些聯繫。」

「原來如此。嗯，確實不該那麼做啊，被關了五年吧？」

「我不是在後悔那種事。」

栗田說。

「我無法忍受，自己居然害死了晴。」

工藤愣住了。栗田的聲音裡，滿是羞愧。川越和晴交往時，把晴當作床伴。但栗田不一樣。栗田是真的喜歡晴。

「栗田先生，你跟晴是什麼時候、在哪裡認識的？」

「在澀谷的小餐館。晴的公寓不是在櫻丘町嗎？她經常在附近的店吃晚餐。那時是二〇一三年年尾。」

「晴死去的一年前啊。是你搭訕她的嗎？」

「對。不好嗎？」

「晴是有溝通障礙的人，你是怎麼說服她的？」

「就直接說服而已，雖然晴剛開始都只顧著發呆。我說了好幾次，她才答應如果只是住在一起的話，就沒關係。」

「只是住在一起？什麼意思？」

「就是字面上的意思，住在一起而已。沒有肉體關係。」

工藤很訝異。跟川越的狀況不同。川越與晴的聯繫，可說是建立在肉體關係之上。

「你不曾向晴求歡嗎？」

「當然有啊！但是被她拒絕了。有一次我滿強硬的，晴就說如果我再靠近她，她就要咬舌自盡。那可不是威脅而已。」

「晴以前曾經上網找戀人。當然，她有跟找到的戀人發生性關係。為什麼獨獨拒絕了你？」

「工藤先生，你就是那個『戀人』對吧？我才希望你告訴我為什麼咧。」

工藤沒有回應。川越和栗田，兩人與晴的關係大相逕庭。可能別說得太迂迴比較好。工藤緊皺眉頭。

「我對晴的內心世界，大概不太瞭解。確實我們有身體上的關係……但我現在還是摸不清楚，她究竟是什麼樣的人，所以才想這樣調查。」

栗田直直望著工藤。工藤則抵抗地盯著栗田的雙眼。

「栗田先生，我覺得比起我，你更接近晴的內在。什麼都可以，請你告訴我晴的事吧！」

栗田的表情沒有軟化，但工藤知道他動搖了。他的視線飄忽不安。終於，栗田嘆了口氣。

「晴確實會跟他人保持距離。不過，這不表示你無法讀懂她的內心。晴在想什麼，我很清楚。」

「例如？」

「例如，晴喜歡研究。她有興趣的事，不做到滿意為止，就沒辦法平靜下來。她有這樣的一面。」

「是做遊戲嗎？」

「生活的一切事物。譬如料理，我們剛同居時，由她負責做飯。結果她每天都炒蒜辣義大利麵，一天三餐，大概維持了十天左右。她說她每次都會稍微改變食譜，直到做出滿意的成果為止。」

假設與驗證。編碼與測試。這是程式設計師習以為常的作業循環。不過連料理的食譜都如此對待，就太奇怪了。

「就算最終完成了，她看起來也一點都沒有滿意的樣子。但她其實是滿意的，只是沒有表現在外而已，我知道。不過那次之後，料理就換我負責了。」

栗田繼續說。

「她會思考許多事情。她喜歡電玩遊戲，也喜歡繪畫。吃了好吃的東西會開心，看到悲傷的新聞也會沮喪。她只是沒有跟外界聯繫的線路而已。應該說，她一直活在自己的內在裡吧。」

「跟外界沒有聯繫的人，為什麼會想要同居人？不只是你，包含我在內，她跟好幾個人交往過。為什麼呢？」

「她跟我同居……大概是因為，這樣對她很方便吧。她在生活上很笨拙，有人幫她處理身邊的事會比較好。我覺得只是這樣而已。你們怎樣我不知道。我現在還沒辦法相信，她居然會去交友網站找男人。」

「那麼，『雨』又是怎麼回事？」

「『雨』……」

「晴的半生裡，總是伴隨著『雨』的影子。你覺得對晴來說，『雨』是什麼的人？」

栗田沒有說話。他似乎正躊躇著，思考什麼話該說。沒辦法。工藤再打出一張牌。

「我知道有人見過『雨』。」

「有人見過『雨』？」

栗田向前探出身子。工藤輕巧地壓入釘子。

「不過我不能說是誰。我只能告訴你，那是晴高中時代的事。『雨』應該是跟晴差不多年紀的青年，聽說晴當時的表情很開心。」

「是嗎……」

栗田的目光飄向遠方，似乎正在喚回記憶。

「老實說，我不知道晴對『雨』的想法。她會提到『雨』，但說的都是以前『雨』做過什麼、『雨』說過什麼之類的話。」

「你看過她為『雨』做的遊戲嗎？」

「嗯，看過一些。不過她不讓我碰。」

「『雨』被人看到時，晴是高中生。之後兩人應該還有聯繫，卻沒人再看過了。說到底，『雨』就是一個已成過去的人。為什麼晴還會重視『雨』到這個地步？」

「不是她忘不了『雨』嗎？」

「晴曾經在交友網站上尋找戀人。困在過去裡的人，會做那種事嗎？」

栗田沉默不語。「誰知道呢。」他微弱地說。

晴對「雨」的執著，恐怕真有其事。對於這點，川越和栗田的看法一致。但若真是如此，晴又為何要尋覓新的戀人？

想要遺忘過去，因此找到新的男人；但無論換過多少男人，最後還是忘不了前男友。加上遭受病魔威脅，選擇了自殺一途。這樣想就合理了，但總覺得還有哪裡不對勁。

「我還有一個問題。」

工藤先將「雨」放在一邊。

「晴為什麼要自殺？」

「因為胃癌。醫生宣布病情時，我也在旁邊。她身體不舒服，是我硬拖她去醫院的。癌細胞已經轉移，治癒的希望很渺茫。」

「我說的不是那個。我想知道的是，為什麼她會用那麼誇張的方式自殺。」工藤說。

「我認識的晴，完全不像是會引發那種大事件的人。要是她默默躲在家裡自殺，我還能理解；但先把世界鬧得雞飛狗跳再死去，不像晴的作風。」

「工藤先生，你這樣說是認真的嗎？」

「我是啊？」

「你根本什麼都沒看到。」

栗田的語氣參雜了失落。和認識晴的人說話，或許是栗田十分渴望的事。然而工藤卻一直說不到重點，他也終於感到失望了。

「沒看到是什麼意思？」

隨便栗田失不失望。比起那種事，工藤對栗田的措辭更有興趣。

「你說我沒看到什麼？」

「你玩過她做的遊戲嗎？」

「當然有，連《Sleuth》的結局都看過了。」

「那你應該知道吧！她做的遊戲，就是她自己本身。生存在黑暗狹小的世界裡，不想踏出去。她就是那樣的人。」

「所以說，要是她躲在房間裡自殺，還比較可以理解啊？」

「我說啊，」

栗田難以置信地說。

「對晴來說，那個小小世界是什麼？是遊戲啊！」

「遊戲？」

「所以，晴想要死在遊戲裡。」

「什麼？」

工藤背後竄過一陣惡寒。

「就是那樣啊！」

栗田說。

「死在自己做的遊戲裡。晴的願望就是這樣而已。跟把世界鬧得雞飛狗跳無關，她想被自己做的遊戲殺死。」

工藤震懾了。

森林深處。夜晚的世界。喪屍遊蕩的溜谷。被關在小小世界的人們。這一切，就是晴的本身。

「你怎麼了？」

工藤站了起來。

晴在領悟自己的死期後，便選擇死在遊戲裡。而方法只有一個，就是在現實世界裡展開遊戲。那並非什麼劇場型犯案，而是極為封閉的犯罪。

「喂，你還好嗎？」

工藤感動不已，感動得想高喊出聲。

晴做出來了。她完成了將自己毀滅的怪物。那是工藤想做，卻無法做到的。那是對綠也說不出口，深藏在工藤心中的。

他知道栗田還在說話，但言語已無法再進入工藤耳裡。終於找到了，和自己一樣的人。

——晴！

世界的模樣再也不同了。此時此刻，工藤賢，自出生以來，首次墜入愛河。他愛上了水科晴。這個六年前，以奇妙的方式撒手人間的女孩。

第二部 二〇二〇年十二月

1 斷章・雨 二〇一四年

晴。

我正在法國巴黎。這邊的環境可以接受像我這樣的人，所以我過得很輕鬆。我什麼都沒跟妳說就到這裡來了，妳或許會有點驚訝吧。

巴黎的城市，是依據整合過的美感規畫而成，非常美麗。無怪乎是世界首屈一指的觀光勝地，每天都有好多人在城市裡進進出出。街上的人每天都不相同，人際關係也重新洗牌。或許因為如此，當地人也對他人保持著適度的距離。我並不討厭這點。

我離開妳家四年了。

在那之後，我就想忘了妳的一切，繼續生活。未來我也會一直這樣下去。不過，在相隔四年後，我想試著回頭看看妳的事。我想去思考，與妳共度的時光究竟是什麼。在我的人生中，妳是特別的存在。我已經放棄，不再試圖無視與妳的過去了。我想好好地總結，然後在結論之上繼續前進。於是我現在在這裡，對著電腦敲下文字。

這個日記是寫給妳的。不過完成後是否要給妳看，我尚在猶豫。我即將寫下的文章，究竟要寄給妳，還是懷抱著帶進墳墓呢。我想我會一直迷惘下去，直到最後一刻吧。所以，現在就先不考慮那些了。

起因是妳寄來的遊戲。

睽違四年接到妳的聯絡，我很困惑。與此同時，又有種意料之中的感覺。不曾想過妳會聯絡我，又覺得妳總有一天會捎來消息。

就和剛跟妳同住時一樣。覺得我們可以永遠在一起，也覺得我們大概遲早會分開。我經常會像這樣，抱持著兩種相互矛盾的預感。

妳寄來的遊戲，我好好玩到最後了。自從與妳分別，我好久沒玩遊戲了。跟妳住在一起時，我們常常玩任天堂的瑪利歐賽車，或明星大亂鬥吧。有時候，妳會跟我說明那些遊戲是怎麼設計的，好讓玩家可以玩得流暢。我大概完全聽不懂吧，但我很喜歡看妳條理分明解說的樣子。

離題了。我還不習慣寫文章，請原諒我。

說到妳的遊戲，我覺得很好玩。那獨一無二的世界觀，是只有妳才做得出來的。妳以前常說「操作性不能不好」。確實，操作起來也非常順暢。玩遊戲的時候，感覺可以碰觸到妳的靈魂。

同時，正因如此，對我來說，那也是個殘酷的遊戲。妳究竟有多麼恨我，那份深刻，再次赤裸裸地擺在我面前。

無論以任何形式，妳都不曾責怪過我。妳不擅長使用語言。所以妳才不以語言，而以遊戲的形式，向我傳達妳的憤怒吧。

我想再一次向妳道歉。

晴，對不起。真的很對不起。我剝削了妳。

這個遊戲的結局，就是妳真正的心聲吧。妳想殺了我。如果妳如此期望，我也願意被妳所殺。

2

步入記者會會場，異樣的熱氣朝工藤襲來。就像三年前第一次金星戰的情景，眾人對於前所未見的局面期待不已，好奇心在空氣中劇烈濃縮，以高溫迸發出來。

金星戰的決賽組合已出爐，工藤坐在記者會的受訪席上。

「晉級金星戰決賽的雙方陣營記者會，正式開始。Super Panda的開發者，Monster Brain的工藤先生與長谷川先生。以及目黑隆則八段。」

鎂光燈齊閃。工藤的眼角瞥見，目黑正朝下方揮手致意。

「那麼，首先先請日本棋院的白石理事長，為我們說一句話。」

白石理事長拿起麥克風。也許是心理作用，但他似乎很激動。

顛覆了Stomach Five將取得壓倒性勝利的預測，挺進決賽的是目黑。這個結果出乎眾人意料，記者會場充滿對人類王者的期待。

目黑隆則。先前看過好幾次，但這是第一次和本人見面。體格魁梧、全身洋溢自信。和緊張的白石不同，目黑就像在朋友家裡一般輕鬆。

白石理事長的致詞結束後，立刻就有記者提問。

「我想請教目黑老師。」

「恭喜您進入決賽。請分享您面對決賽的振奮心情。」

「謝謝。嗯，我會保持平常心喔。如果對方是年輕的小夥子，我會使出我殺氣十足的念力，不過對機器這樣做就沒意義了。」

「您對Stomach Five一戰是險勝，那麼對於Super Panda呢？有勝算嗎？」

「當然，輕輕鬆鬆。我會讓它見識見識人類的可怕。」

會場稍微騷動起來。或許注意到眾人的反應，目黑謙虛地補上一句「開玩笑的」。

「不不，我騙人的。畢竟人工智慧很強大，根本沒什麼勝算的。就算輸了，也請各位高抬貴手啊。」

另一個方向有人舉手。

「再次請教目黑老師。請問您這次為什麼會特地參加金星戰呢？站在您的立場，應該沒有必要和人工智慧對戰了……」

「我以前就說過想參加了喔！因為要趁早打贏電腦，才能先贏了就跑吧？未來電腦會愈來愈強，但我的能力沒有那麼厲害，所以以常識來看，盡早與電腦交戰才是贏面最大的。」

「啊，這樣啊……」

對於目黑戲謔的回答，記者困惑地坐下。

他還是老樣子。表面看似豁達，卻無從判斷他真實的想法。剛才的答案讓工藤再次確定，用普通的方法無法應付目黑隆則。

「想請教工藤老師。目黑老師方才的發言有點謙虛，而Super Panda呢？請告訴我們您對此有什麼抱負。」

工藤拿起麥克風。

「首先，可以在決賽中和目黑老師這樣優秀的棋士對弈，我感到十分榮幸。老師打敗了強大的Stomach Five，因此勝負還很難說。我會全力以赴的。」

「今年的決賽不再是人工智慧之間的對局，而是人工智慧對上人類棋士。您是否有思考什麼特別的對策呢？」

——你的意思是，我會不會派出更強的版本？

工藤沒把心思說出口。

「沒有特別的對策。因為實際對弈的是人工智慧，這次我也會扮演好輔助的角色。啊，不過我還是會重新練習如何下子的。」

記者稍微笑了。

「接下來想請教目黑老師。」

另一個方向有人舉手。工藤放下麥克風。

「真是期待啊，工藤。」

記者會結束後的後院廊下，長谷川說。這個男人難得露出開心的模樣。他喜歡這種活潑愉快的場合，或許是沐浴在這種聚光燈下，可以體驗有別於金錢成功的快感。

這樣也好。就讓長谷川享受榮耀，賣賣人情給他。Frict現在在公司內部的立場不太穩固，必須創造能表現自己重要性的機會。

「是啊，我也會再加把勁，調整狀態應付決賽。」

「拜託你囉，工藤。」

工藤點點頭。數秒後，他的思緒便轉向其他事。

——水科晴。

自上回到歌舞伎町造訪栗田的酒吧以來，已過了兩週。這期間沒有任何新的斬獲。之前的恐嚇者，也沒再採取其他行動。工藤繼續在社群專頁上發文，但他無視專頁風氣的行為已逐漸成為問題，管理員甚至直接通知他「若繼續發表超出分際的文章，就要請你退出社群」。

抱著姑且一試的心態，工藤向晴曾就讀的國中和高中詢問，但兩校均堅持「不可透露個人資料」，讓他吃了閉門羹。他嘗試在社群網站上聯絡她的同學，然而「有可疑的人在到處打聽」的耳語已漸漸傳開，也沒有新的情報提供者出現。

入江惠的車禍事件調查，同樣以失敗告終。當時的報紙、週刊雜誌、網頁等，能找到的資料他都翻遍了，仍舊一無所獲。惠並不是被誰所殺害的，那只是單純的意外事故，沒有第三者惡意入侵的餘地。「HAL」說的「要不要我也殺了你」，僅僅是恐嚇罷了。雖然心中無法接受，但這是唯一的結論。

調查完全陷入死胡同了。工藤可以預見，若沒有其他結果，這個計畫也將會煙消雲散。

——不完整也沒關係。就以現有的資料，製作人工智慧吧。

——不行。沒辦法做出完整的水科晴，就沒有意義。

兩種念頭在胸中不停纏繞。工藤急躁不安，但仍找不到脫離困境的方法。就算想採取行動，也不知道該做什麼好。

「我去叫計程車囉！」

長谷川說完先站了起來，此時，

「工藤先生。」

兩人後方傳來呼叫聲。是目黑。他和顏悅色，微笑看來是發自內心。

「今天辛苦了。正式對局時，還請您高抬貴手。」

目黑說著，伸出右手。其手腕上戴著一只愛彼（Audemars Piguet）的皇家橡樹系列錶。高級腕錶的氣質，與配戴者本人的能量頗為協調。工藤也伸出手回握。

「我才要請您多多指教，我也非常期待。」

「謝謝您。嗯，話說……」

目黑同時瞄了一眼長谷川。

「兩分鐘就好，方便跟工藤先生單獨說點話嗎？」

什麼？工藤感到訝異。長谷川識趣地說了一句「那我在外面等囉」便離去，留下目黑與工藤，兩人站在死氣沉沉的走廊上。

「您說想跟我單獨談話，請問有什麼事嗎？」

「正式比賽時，請您多指教。我很期待跟Super Panda交戰喔。」

「謝謝您。我也是初次有幸能跟目黑先生這樣級別的棋士對戰，希望能多多向您討教。」

「討教嗎？」

目黑笑了。

「那麼跟我的對局，您會全力以赴吧？」

「當然。」

「所以您會準備最新版本的Super Panda，而非舊版本的，沒錯吧？」

工藤大吃一驚。為了隱藏內心的驚愕，他瞬間掛上偽裝的表情，但難以肯定是否順利瞞過對方。

「您說什麼呢，目黑老師？最新版本？」

「這半年間，我都關在房裡，不斷和人工智慧對戰。Super Panda的棋譜，也幾乎都記在腦海中了。你在金星戰用的是舊版程式吧？可別想騙過我的眼睛啊。」

「您說的這……很抱歉，我完全不明白您在說什麼。」

「《箴言》，第十二章第二十二節。」

「啊？」

「說謊言的嘴為耶和華所憎惡；行事誠實的，為他所喜悅。」

聖經嗎？工藤等著目黑說下去。

「聽好了，如果想贏過我，勸你還是別太輕敵。正式比賽時，要派出最新版的Super Panda，可以吧？」

工藤看了看四周。走廊空蕩蕩的，沒有其他人。對方都說到這個地步了，要他別回嘴，他可忍不下這口氣。

「我還在考慮哪。在圍棋的領域，人工智慧的程度已經比人類高出一階了，真有必要拿出真本事嗎？」

「要說程度的話，我可是贏了Stomach Five，它跟Super Panda程度相同吧？」

「程度不同。合計勝率是我們比較高。」

工藤說。

「如果真要這麼斤斤計較，我們也可以派出更舊的版本。」

「那你們會輸的。」

「輸了也無所謂。說到底，圍棋對我不過只是打發時間。就像打彈珠遊戲輸了也完全沒差，不會覺得不甘心。」

「你的個性還真是優秀啊，工藤先生。算了，要怎麼做隨你。你會如我所想的行動吧！我很期待正式對戰喔。」

目黑說完，轉身離去。工藤半發愣地望著他的背影遠去。

記者會結束後，工藤回到Monster Brain。公司裡等著他的，是其他社員的加油打氣。我會支持您的！請加油！請堅持到底吧！踴躍的關心與激勵的話語，沉浸其中固然令人愉快，卻無法激起工藤對Super Panda的熱情。

工藤走向會議室，準備參加與神音股份有限公司的會議。神音是由三十人左右的少數精銳經營的公司，原本是某大科技業財閥的一個部門，後以子公司的形式獨立為新興中小企業。

神音的主力商品，是語音辨識及語音合成函式庫。語音辨識，乃是聽取人類的聲音，並分析其中內容的技術；而語音合成，則是將各類文章以自然的聲調重現的技術。在「聽」與「說」的功能之間，加入「思考」的人工智慧，就成為Frict。負責製作Frict的耳朵與聲音的，就是這間公司。

「要合成真實人類的語音對吧！」

坐在工藤前方的男人，是神音的首席工程師手塚。他不僅是一名優秀的技術人員，也是經常替客戶著想的，富有職業良心的男人。

「是的。目前敝公司內部有一個進行中的計畫，希望能靠神音公司的技術，重現真實人類的聲音。」

「完全沒問題。」

手塚的聲音充滿自信。

「其實，我們以前也接過這樣的工作。舉一個可以公開的例子：兩年前，為了替配音員月夜紗紗羅小姐的新歌宣傳，我們製作了一個網頁服務，可以讓紗紗羅小姐說出粉絲想聽的話。」

工藤記得這件事。只要在網頁上輸入日文，無論內容是什麼，都可以用月夜紗紗羅的聲音播放出來。刻意鑽禁止詞彙的漏洞、讓語音說出各種猥褻台詞，成為當初喧騰一時的下流遊戲。

「原來那是神音公司的作品啊！」

「是啊。作法是先錄下紗紗羅小姐的聲音，再將語音資料編進敝公司的函式庫。」

「製作一款同樣的產品，大約需要花費多少呢？」

「依實際作法會有差異，不過粗估的預算是一千萬左右。」

很便宜，堪稱破格的價位了。八成是函式庫的部分已經做得十分完善，只要有豐富的語音資料，就不需花到太多人事費用。

「不過，我們自然得先準備好想重現的聲音才行，對吧？」

「您說的沒錯。以紗紗羅小姐的案子來說，我們有先請她錄下大約五百種模式的文章。」

對工藤而言，這就是煩惱所在。在現存的資料中，完全沒有晴的語音。

工藤腦海中，已開始勾勒晴的性格輪廓。下一個困難點，是相關素材的取得。影像資料、語音資料，若缺少這些，便難以將水科晴製作成人工智慧。工藤看不見跨越這道困難的方法。

好像有什麼聲音響起。工藤睜開眼睛，看見晴的雙眼正望著自己。那是他複印下來，並放進相框的雜誌圖。

他還記得自己回到家，但不知何時就趴在桌上睡著了。最近諸事繁忙，像這樣睡眠不規律的情形，也愈來愈常發生。固然明白必須好好睡覺，卻一直無法遵守「淋浴並就寢」的生活常規。

工藤拂過照片，宛如在輕撫晴的瀏海。塑膠的冷硬質感，在指尖徒留空虛。

這時他突然想起，剛剛好像有聽到什麼聲音。他一時間頭腦混沌，不明所以，但終究還是會意過來。他轉向筆電，握住滑鼠。那是索拉力星的通知音效。

他打開索拉力星的網頁，信箱裡有一封新訊息。工藤屏息，寄件者是「ＨＡＬ」。

他移動滑鼠，點開訊息。工藤驚愕了。

訊息中附有三張照片。

第一張，竟是工藤的照片。角度是從背後拍攝的，正面是坐著的井村初音。那是在蒲田的家庭餐廳裡拍下的。雖然沒有拍進去，但旁邊應該還坐著間宮紀子。

第二張，也是工藤的照片。他正要踏進歌舞伎町的「穆斯」酒吧時，被人從後方偷拍的。

再來是，最後一張。

最後一張照片上的人物，是間宮紀子。她的模樣十分奇怪。

紀子倒在水泥地上，雙眼閉著，似乎失去了意識。頭部側面，有鮮血流出。

「下一個就是你。」

訊息中如此寫道。

3 斷章・雨 二〇一四年

在妳的記憶裡，我是何時出現的呢？是我向妳搭話的時候嗎？要是比那更早，我會很高興的。不過，應該還是我對妳的記憶要早一些吧。

第一次見到妳，是在入學典禮後。那是真正衝擊性的一刻。像妳那樣美的女性，我從未見過。妳的臉龐，妳的頭髮，妳的身高，妳穿的鞋子，妳瘦小的身體。妳的一切，都散發著光。是戀愛。在看到妳的瞬間，我墜入愛河。

我特別喜歡妳的眼睛。妳有一雙大眼，那眼睛像在威嚇世界，又彷彿想看遍世界所有。

妳的雙眼很堅強。我不曾見過誰擁有堅強的雙眼如妳。妳是個堅強的人，不在意周遭的人事物。那份強大，就表現在妳眼中。身為一個總是介意周遭、活得心神不寧的人，我或許就是被妳的堅強所吸引了。

當時的人生經驗已足夠讓我知道，愛上妳會是怎麼一回事。我很痛苦。就算愛上妳，我也明白一切不會順利。我一直扼殺著自己的心意活著，以為這樣就沒事了。怎知，在妳這個人的面前，我所構築的小小堤防，竟會在瞬間崩毀。

妳經常玩遊戲機，尤其喜歡任天堂的遊戲，總是隨身帶著NDS。妳還總掛著一副大耳機。後來妳說，「最近的遊戲也很講究聲音表現，所以如果不用好的配備玩，是很失禮的喔。」

戴著一副大耳機，看著手上的小遊戲機。妳的這般身影，實在太美了。在我眼中，玩遊戲時的妳，就像身處在另一個世界。妳的周圍包覆著透明的硬殼，誰也無法進入，而妳也無意從中走出。妳不在這裡，而是在遊戲裡，這是我對妳的印象。

實際上，妳在學校裡也是孤立的。不對，用孤立這個詞有些太負面了。要我來說的話，晴，妳是屹立著的。無論周遭有沒有人，妳都不在意，如此強韌地屹立不搖。

我想跟妳搭話，但那是不可能的。對妳認識得愈多，我的焦躁就益發強烈。

開始和妳說話，源於一次偶然。

那是在某個假日的電車裡。我坐著看書時，隔壁有人坐下。那就是妳，晴。我們竟碰巧住在相鄰的車站。

這是唯一的機會。

我深深相信，若現在不搭話，一輩子都不會再有跟妳熟識的機會了。

當時我也想過，就這樣藏著對妳的心意，繼續度日。與其說想過，應該說暗自下了決定比較貼切。不過所謂一時的決心，只要環境一改變，瞬間就會被吹得煙消雲散。回過神來，我已經向妳開口。

那是什麼遊戲？

妳當時的反應，我還記得很清楚。妳嚇了一跳般睜大眼睛看著我，那是威嚇的眼神。然而，我並沒有退縮。

妳是水科晴同學，對吧？妳一直都在玩遊戲。現在玩的是什麼呢？

妳看著我，輕輕取下耳機。妳的短髮掃過耳機，柔順地飛揚。

「超級瑪利歐64。」

片刻後，妳回答。我好開心。開心是因為終於跟妳說上話，也因為連不熟遊戲的我，也聽過超級瑪利歐。

瑪利歐，那個我知道喔。

以此為開端，我嘗試跟妳對話。然而對話並不順利，因為妳的反應很糟。我丟了話題給妳，但妳連一聲都不應。就算回應了，也只有短短幾個字。我想讓對話盡量融洽點，不停找話說，仍然持續碰壁。

快要下車了。我們的對話，眼看就要在如此寒酸的狀態下結束。我內心焦急，只好搬出壓箱寶，也就是從妳國中同學那裡聽來的情報。

水科同學有在製作遊戲吧？我滿想玩的，如果方便的話，下次可以讓我玩玩看嗎？

我依然清楚記得妳當時的表情。宛如聽到某個意想不到的地方，傳來敲擊透明硬殼的聲音，妳有些驚詫。

「好，下次。」

妳只說了這些。話中既沒有對不斷干擾妳的我的不信任，也沒有身為創作者、作品受到關注的喜悅，什麼都沒有。在妳看來，那或許就跟借支原子筆差不多。但是，對於終於和妳牽起一條線的我而言，妳的回答真的讓我非常開心。

4

工藤在蒲田站下車，到站前買了一小束花。

他打電話給井村初音，問到紀子入住的醫院。雖然幸運地只有輕傷，並未危及性命，但由於受傷的是頭部，還是暫且住院觀察。

辦完會客手續後，他進入病房。大房間裡，用簾子區隔出不同病床。工藤找到「間宮紀子」的名牌，朝簾子裡出聲致意。

「您好，我是工藤。聽說……」

話還沒說話，簾子就拉開了，是初音。紀子坐在病床上，頭上包著繃帶。

「聽說您受傷了，所以前來探望。您還好嗎，間宮小姐？」

「工藤先生，抱歉還讓你跑一趟。我沒事的。」

紀子說著，有些不好意思地笑了，聲音聽起來精疲力竭。

工藤回想「ＨＡＬ」寄來的照片。紀子左半身朝上倒地，血從左側頭部流出來。醫院應該確認過腦部了，但畢竟是頭部受到撞擊，原本很有可能因此死亡。

「總之，您平安無事就好了。去過警局了……？」

「不，還沒。後天就出院了，我想說到時候再去。」

「或許是我太多嘴了，不過還是盡早報案比較好。聽說犯案過一段時間後，犯罪證據會逐漸消失……」

工藤邊說，邊觀察適當的時機。紀子看起來很疲勞，但已經冷靜下來了。這種情況下，或許可以直言詢問。

「恕我多管閒事，您有看到犯人的模樣嗎？」

「沒有……因為突然就被人從後面打了……」

「等等，紀子。」

初音插話。她瞪著工藤，眼神透露赤裸裸的敵意。

「我先問你。工藤先生，你是怎麼知道紀子受傷的？」

真是個棘手的問題。工藤原想在對方發問前，先問出必要的資訊，但也沒辦法了。

「這件事有些敏感，井村小姐，方便我們到外面說嗎？」

「紀子不能聽嗎？」

「可以的，但我不想過度刺激傷患。井村小姐聽了之後，再看情況決定要不要跟間宮小姐說，這樣可以嗎？」

初音望向紀子。紀子無妨地點點頭。

工藤步出病房，走向院內附設的咖啡廳。他找了一個雙人面對面的座位，並主動表示「由我買單，請儘管點您喜歡的飲料」。然而初音只冷淡地回了句「不用了」，毫不領情。

點完餐後，他再次面向初音。初音銳利地盯著工藤。

「然後呢，可以繼續剛才的話題了嗎？」

「繼續？是指什麼呢？」

「別裝傻！我在問你是怎麼知道紀子受傷的啊！」

初音很激動。工藤沒有接話。保持沉默下去，對方應該會洩露更多情報。

「你這個人，我們都叫你住手了，你卻還是跑去學校問對吧？你還在到處鬼鬼祟祟打聽晴的事？」

「您在說什麼呢，我沒有做那些事喔。」

「不要說謊，有人聯絡我。」

「是學校聯絡的嗎？說要小心有個叫工藤賢的人，到處打聽晴小姐的事？」

「沒說到這麼詳細，但我收到了好些通知喔。在這種時候傳出那些事，對象不就只有你了嗎？」

工藤猶豫了。只要沒被揪出尾巴，他可以繼續裝傻下去。不過，那樣只會徒增對方的不信任，紀子和初音的這條線索，八成也會就此斷絕。手中掌握的牌已經很少，就算失去一點點情報來源，都是莫大損傷。

工藤決定道出恐嚇者的事。反正無論說什麼都會讓初音反感，還不如直接掀出底牌，或許有機會改善目前的狀況。

工藤坦誠告知。自己曾兩次收到網路恐嚇；而他忽略那些信件、繼續調查，昨天恐嚇者便寄來了紀子遇襲的照片。

「那……」

初音無法忍住震驚。

「那紀子不就是因為你，才會被人攻擊嗎！」

咖啡廳裡的空氣瞬間凍結。但激動不已的初音，並沒有注意到。

「井村小姐，這裡是醫院，請先冷靜下來。」

「要怎麼冷靜下來！不就是你開始刺探晴的事，才會發生這種事的！」

「我不否認這點，但我真的沒想過會發生這種事。我以為就算恐嚇的人要危害誰，對象也應該是我才對。」

工藤說著，內心明白這是謊言。他從未想過，「ＨＡＬ」竟會真的動手傷人。「ＨＡＬ」是個比想像中更危險的人物。

「讓我看看那個訊息！」

初音的聲音在發抖。工藤取出手機，讓初音看那篇索拉力星的訊息。初音看著螢幕，臉色益發蒼白。

「這個，是我們上次見面時的……」

「是的，看來應該是恐嚇的人偷拍的。」

「還拍到我了……」

初音手裡的手機顫抖著。

「工藤先生。」

初音的聲音不再強硬。

「拜託你，不要再挖晴的事了。犯人也看到我的臉了吧？接下來……就換我被盯上了。」

工藤邊喝咖啡，邊觀察初音的臉。

「我知道了。發生這樣的事，我自己也是始料未及。這件事情我會完全抽手，真的很抱歉。」

「現在道歉已經太遲了，真的，拜託你別繼續了……」

「我明白。」

工藤撕下筆記本的一頁，在上面寫起字來。「你在做什麼？」初音訝異地問，但工藤沒有停筆。

「是承諾書。」

工藤將寫好約兩百字的文件給她看。內容聲明工藤將不再插手此事，也不會再和晴扯上關係。

「雖然是私人文件，只要我們雙方見證過，就具有法律效力。可以的話，麻煩井村小姐簽名，我會複印一份，原始文件交由您保留。」

工藤遞出紙和筆。「什麼啊……」初音嘴裡嘟噥著，右手拿起筆簽名。

她是清白的。工藤想。

「ＨＡＬ」會是初音嗎？談話之初，工藤心中就不時浮現這個疑惑。初音一貫的主張就是停止調查、不要再挖晴的事，這和「ＨＡＬ」的要求一致。不過，不是她。她不是「ＨＡＬ」。

「這樣就行了嗎？」

初音將紙張交給工藤。工藤接過，暗自決定。既然初音不是「ＨＡＬ」，有必要向她問出多一點情報。

「井村小姐，那張照片的拍攝地點，是我們見面的那間家庭餐廳，所以表示犯人也在場，對吧？」

「當然啊！」

「照片是從我後面有點距離的地方拍的，當時有沒有人拿著手機向我們走來？」

「你不是說不會再調查晴了嗎？」

「嗯，不會再調查了。只不過，事情畢竟已經發生了。連同這次的事件一起討論，對犯人有個大致的概念，我認為這樣沒有壞處，對我們雙方的安全也有利。」

聽了工藤的話，初音似乎猶豫了起來。初音很好操縱，只要適度銼銼她的銳氣，便能任由自己控制。

「我覺得應該沒什麼可疑的人……」

初音回憶著。

「至少沒有人用相機對著我們，應該吧……」

「但這張照片是其他人拍的。現在不只是手機，還有筆型相機、手錶相機，都能拍出很清晰的照片。如果把這些工具包含在內呢？」

「我想不太起來了，只覺得應該有人坐在那裡……」

工藤請她若是想起來務必告知。

「那我們從另一個方向思考。您知道有誰不願意晴小姐的過去被挖出來嗎？」

「很多吧？老實說，我自己也不願意回想啊。就是因為晴，媒體才會對我們糾纏不休……你跑去學校問的行為，應該也有很多人不喜歡。」

「那我換一個問題。很多人都不喜歡有人調查晴小姐，但真正使用暴力阻止，又是另一回事了。會做出這種事的危險分子，井村小姐心中有猜測的人選嗎？」

「當然沒有啊！我怎麼會認識那種人……」

「紀子小姐是在什麼狀況下被攻擊的？您跟她聊過嗎？她有沒有看到犯人的臉？」

「詳細狀況我是沒有問……她說突然就有人從後面打她，她清醒過來時，人已經在醫院了。她好像連被打過都記不太清楚了……？」

「犯罪地點是？」

「醫生說她倒在她家前面。明明就快要到家了……」

「我再換一個問題。犯人恐怕是左撇子。左撇子，這樣您有聯想到什麼嗎？」

工藤上身前傾。

「你為什麼會知道？」

初音十分驚訝。工藤說，

「很簡單。間宮小姐是被人從背後攻擊左側頭部的。如果要從背後毆打左側的頭，就必須用左手拿凶器。」

這便是工藤將初音排除在嫌犯之外的原因。初音是用右手簽名的。

「說不定只是剛好用左手而已？」

「所以我說『恐怕』，目前還無法斷定。不過在攻擊別人時，應該很少人會特意使用非慣用手吧？」

左撇子……初音低喃著，再次搜索回憶，最終還是輕輕搖頭。

「我還是想不到有誰是那樣的。有人是左撇子嗎……」

「據說人類中約有百分之十是左撇子，應該並不少見。同學、晴小姐身邊，或間宮小姐身邊，有想到誰嗎？」

「沒有啊。對，我們同學中是有幾個左撇子，但我根本沒看過他們跟晴說話。更別說要做出這種事，我完全想不到……」

晴還有一個戀人叫「雨」。妳知道這個人嗎？

工藤沒有問出口。反正初音大概什麼也不知道，對於無法期待的池子，沒有放下釣線的必要。

「ＨＡＬ」的特徵，唯有一點是可以鎖定的。家庭餐廳裡的照片，是在近距離拍攝的。如果是認識的人在那麼近的地方拍照，紀子或初音應該會察覺。

「可以了吧？反正你不要再碰晴的事了，我可不想受什麼傷。」

「明白了，我會反省的。」

「不要再過來了，可以吧？」

「好的。」

工藤說。看來初音這條情報線，今後也用得上。

5 斷章・雨 二〇一四年

自從那天後，我和妳的往來就維持在若即若離的狀態。學校與電車，這是我最常見到妳的兩個地點。

我想更接近妳一點，但是沒辦法。妳的話太少了，我也還不知道該怎麼讓妳開口。

正因如此，當妳那天向我提議時，我的心才會如此悸動。

「要玩嗎？這個。」

自我們第一次對話以來，大概過了三個月左右。我看到妳拿出的隨身碟，立刻明白妳的意思。隨身碟裡，有妳製作的遊戲。

嗯，我想玩。我這麼回答，妳將隨身碟交給我，說了句「玩完了再告訴我」，隨即離去。

《Black Window》。那是一款益智遊戲，主角被囚禁在幽暗的森林深處，必須打破黑色窗戶、逃出森林。遊戲剛開始的那首類散文詩，我印象很深刻。

我被關在黑暗的森林深處。

必須打破黑色窗戶。幽暗方能遠去。

不能打破白色窗戶。無光線照耀，就看不見道路。

不能打破紅色窗戶。血液會流淌不止。

必須逃出森林。我如此想著。

開始玩遊戲後，我感到非常驚訝。這真的是業餘作品嗎？我想起國文課本，像〈山月記〉或〈奧茨貝爾與象〉（註7）這類的文章，即使給不瞭解文學的孩子讀，他們也能明白那是高水準的作品。妳做的遊戲也是，就算我對遊戲不熟悉，也知道那有多優秀。

接下來的每一天，我都在玩《Black Window》。妳做的遊戲雖然很難，我依然不屈不撓。我想透過遊戲更瞭解妳。

我大概整整玩了一週吧？之後，我告訴妳遊戲的感想。超好玩、黑暗的世界觀好棒、玩得好流暢好厲害、好佩服妳能做出這樣的東西。我混合了妳可能想聽的話，以及我的真心話，拼命思考怎樣說才能讓妳高興。那些稱讚的話，是我絞盡腦汁的成果。

然而，妳的回應卻只有一字冷淡的「喔」。僅僅說了一個字，妳就馬上走了。我愣住了，同時也非常後悔。那些肉麻的稱讚，不是妳想要的。

註7　〈山月記〉作者為日本小說家中島敦，發表於一九四二年；〈奧茨貝爾與象〉作者為日本童話作家宮澤賢治，發表於一九二六年。兩者皆為短篇作品，經常被收錄進日本國文教材。

當時我究竟有多悔恨，妳大概不知道吧。就連玩得如此入迷的《Black Window》，也不再想打開了。時間很快地來到暑假，我們也沒再見面了。

第二學期開始。

我還在後悔對妳說過的話。但就算知道錯了，也不知道該說什麼才是對的。坦白說，我有點怕見到妳。

並非刻意這麼做的，但我想我當時曾無意識地避開妳。在學校裡、電車上，經常看到的妳的臉，不知何時已從我的生活視野中消失了。儘管寂寞，我卻感到更加放心。

十月時，學校有一個天體觀測的活動。

活動內容我已經完全忘光，查了一下，當時似乎正值獅子座流星雨的活躍期，應該是觀測那個的活動。學校開放操場和屋頂，由天文社出借望遠鏡。我和朋友一起參加活動。

抵達活動場地時，我不禁倒抽了口氣。妳也在場。

在漆黑的夜晚，妳用望遠鏡看著天空。我當時看不太清楚，但想必妳正極力睜著那雙大眼。為什麼妳會參加那個活動，到最後我都沒有機會問。不過現在的我已經知道，在妳封閉的內在裡，其實對各種事物都充滿興趣。

我跟著朋友活動，小心避開妳。一方面覺得和妳說話很尷尬，一方面也害怕若別人看見我接近妳，我會被當成怪人。現在回想起當時的心情，我打從心裡感到可恥。但當時的我實在不知該怎麼做，我一直都是隱藏真心活著的人。

流星雨美不美，我不記得了。既然沒印象，大概表示實際狀況不如預期吧。然而當時的我，應該還是假裝跟朋友們樂在其中。好棒啊！超美的！我第一次看到這麼漂亮的！我比誰都擅長做這種事。

正因如此，當妳向我說話時，我真的嚇了一大跳。

「那個，」

耳邊響起美麗的聲音，妳就站在我身邊。我立刻掃視四周，確認附近沒有我的朋友。說出來非常羞恥，但我多少放心了。

「下次，我想做夜晚的遊戲。」妳說。

「夜晚？」「遊戲？」我想我大概是這麼反問的。妳宛如自言自語般說著，

「夜晚的遊戲，主角是偵探。製作大約需要一年。」

妳說完就走了。我還沒從混亂中回過神來，逐漸恢復冷靜後，我也明白了妳想說的是什麼。

我要再做一個遊戲，希望妳可以玩。這就是妳想說的。

同時我也領悟，我對《Black Window》的感想，其實沒有什麼大問題。妳淡薄的反應讓我產生誤解，其實聽到我的感想，妳是高興的。妳身上只是沒有將喜悅表達出來的出口，這我現在也知道了

妳再度回到我的視野裡，我漸漸又能跟妳說上話了。對此，我感到非常開心。

有幾個喜歡妳的男生，也有些人在告白後，被妳冷冷拒絕。在學校裡，不時就會聽到類似傳聞。

妳並沒有跟任何人成為戀人，總是遠離周遭的干涉，孤然屹立。看到那樣的妳，我很安心。雖說一般男孩就算和妳交往，大概也無法維持多久就是了。

6

星期一，是Frict舉行例會的日子。工藤走進會議室時，其他成員都已到齊了。長谷川坐在中間，板著一張臉。

「事情變得很麻煩了。」

一看到工藤，長谷川就說。旁邊的瀨名有里子遞來一份文件。

「這是……」

低頭一看，好像是將某個部落格列印下來的複本，部落格標題是「被人工智慧睡走老公的女人自白」。

「是正在跟我們打官司的那個女人，她的部落格。」

部落格是一週前開設的，每天都有更新文章。裡面以煽動的語氣描述Frict有多危險，留言欄位也十分熱鬧。有里子插話，

「這個部落格，已經在社群網站成為話題焦點了，也上了一些網路新聞。再這樣下去，鬧到報紙跟電視也只是時間的問題而已。」

工藤讀了部落格的文章。內容手法純熟，將女性塑造成被害者，而陷入外遇的丈夫，也不過只是遭人工智慧蒙騙的被害者。人工智慧才是萬惡的根源，是會破壞社會的危險存在。文章中明確傳達了這個論點。

「他們僱了專業寫手哪，這不是外行人的文章。」

「那並不是現在的問題。真正的問題是，這會嚴重破壞Monster Brain的形象。」

「反過來告他們妨害名譽就行了，裡面好像也有很多誇大跟事實誤認。」

「工藤。」

長谷川出聲斥責。

「你說的沒有錯，但這樣做只會讓我們的形象更糟。」

「不過這種單方面的言論，也不能置之不理吧！」

「我們不是大公司，必須避免公司形象受損或陷入好幾個官司的風險。」

「那要怎麼做？」

「這次的官司已經沒辦法了，只能接受並忍耐下去。」

長谷川繼續說。

「之前提過封鎖關鍵詞的事，我想該是實際執行的時候了。」

果然是這個話題。長谷川旁邊的有里子露出笑容，兩人應該已經談妥了。

「跟上次說的一樣，我無法贊同。硬要矯正人工智慧的言論，使用者會失去興趣的。」

「但風險實在太大了。已經愈來愈多人知道這個部落格，要是有一些人也提出相同的控訴，整間公司很有可能因此倒閉。」

「意思是，要是輸了一切就完了。很久以前，個人貸款業界曾經面臨崩盤危機，源頭也不過是一件官司而已。有人控告貸款公司要求過高的償還金，結果大量的人起而效仿，整個業界都被毀了啊。」

工藤沉默，並露出鬱悶的表情，讓會議成員的視線都集中到自己身上。當長谷川、有里子和柳田的視線都完全移到他身上後，工藤開口。

「大概也……沒辦法吧。」

他難受地低喃。

「的確，要是公司倒了，我們也是唇亡齒寒。雖然我在情感上是反對的，但或許也真的是非常時期了。」

長谷川依然板著臉孔，但感覺得出他鬆了口氣。一旁的有里子笑了，彷彿宣告著自己的勝利。

真是有夠遲鈍的女人，連演戲都看不出來。若要提高退讓的價值，最好表現出勉強下決定的態度，僅僅如此而已。

對工藤來說，Frict是否設定封鎖關鍵詞，已不是什麼大問題了。比起那個，失去Monster Brain這個出資者，無法繼續製作水科晴的人工智慧，才會是真正的打擊。如果加入封鎖詞，就能延續Frict的壽命，那正合工藤的心意。

「那就朝這個方向前進。篩選出封鎖詞，修改人工智慧，讓她們不要提到這些詞彙。然後要向大眾宣傳我們的改良成果，這樣應該能平息一些風波。」

正當工藤想著事情差不多告一段落時，意料之外的方向傳來異音。

「請等等，我反對。」

發言的人是柳田。長谷川面有難色。

「柳田，剛剛的話你有在聽嗎？」

「有，對此我有話想說。」

柳田的臉上沒有一絲猶豫。

「我反對有幾個原因。第一，判決的結果還沒出來。我私下向幾位律師朋友詢問過，他們認為這確實是前所未有的案例，我們會輸的機率很低。請冷靜想想，這個部落格確實寫得很好，因此大眾才會這麼感興趣。不過，真的會不斷出現因為遊戲而離婚、並向遊戲公司提告的人嗎？」

「只要官司達到五件、十件，就會阻礙公司業務。」

「Frict發行三年了，這才是第一個走到法律途徑的案子，我不認為現在是緊急進行粗糙改版的時機。再來……」

柳田八成早已決定好要說什麼了，言詞流暢，毫不遲疑。

「人工智慧好不容易累積學習了那麼多事物，卻要動那種不自然的手腳，我還是覺得很可惜。」

「這是你以CTO的身分提出的意見，還是做為技術人員的意見？」

「要區分的話，是我身為技術人員的想法。我想看看，Frict的人工智慧可以走到多遠。因為工程師的本能，就是走向從未有人涉足過的世界。」

「那以CTO的立場呢？你不覺得，Frict就像我們手上的定時炸彈嗎？」

「我無法否認那個可能性，但我認為現在的狀況，還不到炸彈會引爆的程度。就算真的要改版，是不是可以等問題再浮上檯面一些後，再決定呢？單以一件訴訟就下判斷，我認為是言之過早。」

技術部門的首席人物都說到這個地步，即使是長谷川，也不便再冷面堅持下去。他撐著下巴，仰頭思考。有里子眼見即將獲勝的戰局出現動搖，有些不知所措。

「我知道了，再讓我想想。」

「社長！」

有里子抗議，但長谷川搖搖頭。

「抱歉，我想再思考一下。一直以來，我都很看重實際執行者的意見。再怎麼樣，毀掉自家商品也不是我的目的。」

「我當然明白，非常感謝社長您的理解。」

柳田說，眼角瞄向工藤，就像看著並肩作戰的同伴。工藤心想，他真的是個率直的男人。

「這件事就先暫緩，繼續觀察狀況再決定。好了，來討論例行議題。瀨名，麻煩進行銷售報告。」

「是，我明白了。」

有里子難忍不悅。

工藤看著部落格的列印文件。最重要的，是延續Frict的壽命。他思考下一步棋。

回到家中，開了罐啤酒。工藤察覺自己最近比較常喝酒，大概是晴的計畫進展有限，心裡累積了不少壓力吧。

「水科晴的人工智慧製作計畫，差不多該開始了吧！」

工藤想到步出會議室後，柳田向他催促。工藤表示「資料還沒蒐集完全」，但柳田並不認同。

「資料很足夠了吧？你對晴的個性已經有相當的瞭解，我認為可以進入製作階段了。」

「確實，我們是可以做出類似的東西。但既沒有語音資料，也缺乏影像畫面，以目前條件是沒辦法做出晴的。」

「工藤先生，先前也說過了，這只是雛型啊。」

柳田提醒。

「晴是測試用的產品，精確的水科晴是做不出來的，這個我們一開始就知道了吧？工藤先生都把時間花在什麼事情上了呢？」

「以少量的資料，盡量做到最好，接下去才會輕鬆。」

「是這樣沒錯，但追求做不到的事也是徒然啊。工藤先生提到的語音和影像資料，這些原本就不存在吧？模仿晴的模樣，做一個相似的就行了。這樣就夠了吧？」

這樣是不行的。

工藤終究沒說出口。若是透露真正的想法，柳田會覺得自己很噁心吧。伙伴不多了，他不能再失去最強的棋子。

「我話都說到那樣了，希望Frict還是能有某些進展。聽說因為官司的問題，跟鹽崎滿智那邊的交涉也暫停了。這樣下去，整個計畫會不了了之的喔。」

「我知道了。不過再等等我吧！再一、兩個星期就好。」

「一、兩個星期可以改變什麼呢？光浪費時間是沒意義的。」

「我知道，我知道啊，柳田！總之，再給我一些時間吧！」

工藤固執的態度，讓柳田為之愕然。他罕見地嘆了口氣。

「……我知道了。那麼，我們下星期再談吧。」

柳田說完便離去了。

將晴完美重現。工藤的理想，和柳田的想像有著大幅差距。縮小差距的方法只有一個：取得晴的資料。

即便這麼想，工藤自己也不知道該怎麼做。語音和影像資料的欠缺尤其致命，連這種東西是否存在於地球上都不知道。

工藤拿著罐裝啤酒，走到陽台。他倚靠在欄杆上，讓夜風吹拂煩躁的自己。

他手裡拿著晴的照片，一張不清晰的雜誌剪報。看著照片，工藤飲一口啤酒。

最近看到晴的照片，都讓他有點難受。計畫碰壁，自己恐怕無法完成任務，彷彿有人隱約將現實擋在他眼前。

自信開始消融。但就算到處哭訴，也不會有人出手相助。只有他，會因為無法完成晴的人工智慧而煩惱。他只能靠自己。

工藤又喝了一口啤酒，這時他注意到。

夜晚的馬路對面，站著一個男人。在漆黑中難以辨識面貌，只看得出他是個約莫一百九十公分高的巨漢。男人如闇影佇立，朝工藤的方向仰望，高舉著一支智慧型手機。

——他是誰？

視線疑似對上的瞬間，男人轉身離去。工藤正想大喊「喂、等等！」但隨即放棄。男人已消失在黑暗之中。

——他在監視我……？

或許只是單純的錯覺，但工藤很快就否定了這個假設。直覺告訴他，那個男人就是在看他。

「ＨＡＬ……」

工藤腦海浮現一個想法。

「其實還有嘛……」

還有盲點。跟晴相關的線索，還有一個。

就是「ＨＡＬ」。此人與水科晴之間，似乎有著某種過去。只要能跟「ＨＡＬ」接觸，說不定就能打開現在的僵局。

「ＨＡＬ」已經攻擊過紀子，他很有可能不打算收手，於是今天又直接找上工藤。

佇立黑暗中的高大男人，若他就是「ＨＡＬ」，那該做的事只有一件：揪住他，問出晴的過去；如果他有相關資料，就收為己用。一切都將迎刃而解。

似乎在迷霧中窺見了燭光。工藤將啤酒一飲而盡，再度注視照片。晴的一雙大眼看著他。感覺好久沒能如此平靜地看著這雙眼了。

7

第二次造訪榊事務所，工藤被帶進會議室和綠見面。綠的神色擔憂。

「你在電話裡說……你被監視了？在自家嗎？」

「我不知道有沒有被監視，只是昨天十二點過後，我走到陽台，看到有人向上看著這邊，好像在用手機拍照。對方是個大約一百九十公分高的強壯男人。」

「你有什麼想法嗎？」

「很不巧，我沒認識什麼摔角選手。」

「不是說那個啦，我是問你知不知道為什麼有人監視你？」

「算是知道吧。」

工藤娓娓道出早已準備好的答案：在調查水科晴的過程中遭受恐嚇；已經出現一名被害者間宮紀子；為了獲得晴的線索，必須抓到這名恐嚇者。

工藤覺得自己說的事頗為暴力，不過綠連眉毛都沒有挑一下。

「滿危險的案件呢。」

綠像在發表吃蛋糕的感想，接著叫工藤稍等，離開了會議室。

片刻過後，綠帶回一個男人。雖不比昨天那個男人，他也頗為壯碩。不僅肉體強壯，全身亦散發著戰場生還者獨有的威壓感。

「這位是奧野先生，榊事務所頭號的武鬥高手。我想他可能適合我們的案子，就請他一起旁聽了。」

「我是奧野。」

男人溫和地伸出手。工藤回握，男人的手掌粗糙如魚鱗。他第一次見到擁有這種手掌的人。

「有人透過網路恐嚇你，也確實有人受害，然後昨天自家前面出現可疑人士。目前的狀況是這樣對嗎？」

「對，沒錯，狀況確實是這樣。但現階段，我也還不知道具體該委託你們什麼。我該怎麼做比較好？」

「以這個案子來說，首先是確保人身安全，再來就是埋伏調查犯人的身分吧！就算告知也沒用的，條子不會理這種案子。」

「告知？」

「啊……不好意思，就是提出報案單的意思。」

奧野搔搔頭，一旁的綠露出敬請見諒的表情。雖然介紹他是武鬥高手，奧野之前可能也當過警察。

「工藤先生家的大樓面向大馬路嗎？」

「沒有，大門在小巷子裡。」

「路邊有方便監看大門的地點嗎？比如飯店、咖啡廳這種久待也很自然的地方。」

「沒有……沒有這種地方。我家是在住宅用地裡。」

「這樣要監看是不太方便，不過我會想辦法的。我聽說工藤先生的回家時間是晚上八點到十二點，這四個小時，我會在大樓周圍徒步巡邏。如果犯人現身，我會跟蹤對方，查出他的身分再將他逼到絕境。這樣應該就可以抓到恐嚇的人了。」

嘴裡說著各種危險的話，但奧野的語氣相當溫和。

「這個案子，我是覺得你收手比較好。」

旁邊的綠開口。

「假設在網路上恐嚇你的就是那個摔角壯漢，實際上他已經傷害一個人了。他不只是在網路上恐嚇，還進入了真實的生活空間。你說不定會在路上突然被人刺殺啊。」

「嗯，也是。」

「我們再怎麼樣，也沒辦法二十四小時全天候監看，不可能滴水不漏地保護你。我覺得這樣很危險啊。」

所以才更有趣啊。工藤很想這麼回，但沒說出口。綠應該可以理解他，但不適合說給初次見面的奧野聽。

「謝謝你的忠告。不過這個工作，我還是想做到最後。」

「你有這麼熱中工作嗎？那個恐嚇者還說，他以前殺過某個人吧？就算賠上性命你也想繼續做嗎？」

——想繼續做啊。

工藤再次把話吞了回去，只是深深凝視綠的雙眼。

兩人的目光碰撞，最後撇開視線的，是綠。

「我都忘了，就算對工藤賢這個人說教，也是白費工夫。」

她輕聲放棄。奧野開口。

「一般狀況下，對方若發動攻擊，絆倒自己的機會比較大。專注狩獵的人，往往沒想到自己也會被盯上。」

「我也有同感。這是我們的機會，綠，妳願意幫我嗎？」

「可沒有好友優惠價喔。」

綠長長嘆了口氣。

工藤繼續說。

「還有另一件事，我也想拜託妳調查。」

「另一件事？」

「嗯，是個人調查。」

怎麼還有呢？綠的表情顯得很疑惑。

離開偵探事務所後，工藤回到Monster Brain。他走進辦公室，打開筆記型電腦。

工藤首先登入索拉力星，點開水科晴的社群專頁。管理人叮囑過他「不要再發表超出分際的文章」，但他無所謂。

「大家好，我是自由寫手KEN。今天，我想寫下至今一直沒寫出來的事。

自從在這個專頁徵求情報提供後，我就持續受到一位自稱『HAL』的神祕人物威脅。實際上，此人也已經犯下了一樁傷害事件。

在此，我想詢問各位：『HAL』是誰？這個社群專頁裡，有人不希望晴的過去被挖出來。任何人若握有『HAL』的情報，可以的話，請您發送私人訊息給我。我會支付謝禮的。」

以我的水準來說，還真是篇蠢文章。工藤想著，還是將文章發送出去。

「HAL」一定會看到這篇文章吧！對於工藤的執拗，他肯定會焦躁不已，做出進一步的攻擊。

——專注狩獵的人，往往沒想到自己也會被盯上。

他想起奧野的話。無論「HAL」是多麼謹慎周全的人，只要他和奧野兩方夾擊，應該也能揪住他的狐狸尾巴。

這時，有個男人走到他身邊，是工程師西野十夢。

「工藤先生。」

「怎麼了，西野？難得你來找我說話。」

「水科晴的計畫，後續怎樣？有進展嗎？」

在Frict加入晴的人工智慧，原本就是西野提出的想法。對他人興趣缺缺的西野，對這件事好像頗為關心。

「有一定程度的進展，但目前停滯中。我有聯絡到幾個認識晴的人，應該也能掌握她大部分的個性，不過還缺乏資料。」

「啊，是語音資料之類的？」

「還有影像資料。如果缺少這些資料，就算做了人工智慧，也沒辦法讓她開口說話。不過柳田是說，做個差不多像的就好了。」

「柳田先生在那方面很天真嘛。我想要按部就班地做，我支持工藤先生喔。」

工藤有些驚訝，他從沒聽過西野說出這樣的話。

「對了對了，目黑隆則對工藤先生嗆聲的影片，看過了嗎？」

西野突然提出新話題。

「目黑？」

「網路上討論得很熱烈喔，去看看吧。」

西野說完便離去了。工藤想著他怎麼不順便說一下影片標題，邊打開瀏覽器搜尋。影片很快就找到了，似乎已經在社群網站散布開來，點閱數突破十萬。那是個線上圍棋節目，目黑做為節目講師登場。他坐在棋盤一邊，對面是一名扮演學生的年輕女子。她是以「會下圍棋的偶像」出名的和島真理。

「話說啊，我前陣子打贏人工智慧了喔！真理知道嗎？」

目黑邊說，右手清脆地落下棋子。就算面對偶像，落子的姿態依舊氣勢十足。真理展開笑臉回答。

「是的，我當然知道囉！目黑老師真的好厲害。下次就是決賽了吧？」

「對。決賽我也會漂亮取勝的，妳要替我加油喔！」

「老師好有信心！我會替老師加油的！」

「我最近都關在家裡，天天研究Super Panda的棋譜，已經發現四個致命的弱點了。只要開發者沒有修補那些弱點，我就必勝無疑。不過那間公司好像陷入了各種麻煩事，不知道他們有沒有那個時間啊。」

工藤目瞪口呆。他到底要說什麼？真理似乎也聽不懂目黑的話，但目黑不打算收斂他的犀利。

「妳回家後，搜尋看看『Frict、官司』就知道了，會找到一個很有意思的部落格喔。像那樣亂搞可不行，連對手都當不成的，以我的力量……」

「謝謝目黑老師！我可以下子了嗎……？」

真理的笑容難以掩飾地僵硬，影片到這裡結束。應該是有人錄下實況影片，將爭議部分單獨剪輯上傳。

目黑的發言偏離常軌。為什麼要在無關的節目上說這些話？比起生氣，工藤更感到不舒服。做這種事，到底有什麼好處？

他想不出理由。面對停止播放的影片，工藤陷入片刻的呆滯。

8

感覺好久沒睡這麼沉了。明白自己該做什麼後，心理負擔也跟著變小。工藤醒來時，心情稍微輕鬆了些。

他喝了水，走進工作間。一打開電腦，Monster Brain公司內部專用的通訊軟體就跳出通知，是西野傳來的訊息。

「目黑又暴走囉，他這人真的很好玩耶。」

他傳來這行文字和一串網址，點進去是某大網路媒體的網站，標題寫著「目黑隆則緊急採訪」，副標題是「Super Panda絕對贏不了我！」下方是一句句比前一個影片更激進的發言，以及針對Super Panda的批評。

「先前的人在挑戰人工智慧時，都太過缺乏相應的準備了。他們與人工智慧對戰的同時期，也持續進行平常的比賽。而我在這半年間，都以『與人工智慧對戰』為準備目標，不可能會輸。」

「Monster Brain公司製造了許多社會問題，我不可能輸給那種公司。以倫理道德來看，我也有該贏的義務。」

「Super Panda陣營，私下其實瞧不起人類棋士，自以為人工智慧比較強大。他們八成會疏忽輕敵，所以我要痛快地打倒他們。」

還真敢刊登啊，工藤想。這家媒體的文章本來就以樂於掀起爭議聞名，但這樣的內容未免也太激烈了。

比起生氣，工藤更覺得不解。為什麼目黑要用這麼尖銳的方式說話？跟目黑對局的，是沒有心靈的人工智慧。就算罵得再兇，也不會因此慌了心緒，甚至目黑自己才會被逼到死路。

他真的有絕對獲勝的自信嗎？

說起來，對上去年冠軍的Stomach Five，目黑雖是險勝，但終究還是勝利。人類已經許久沒有打敗人工智慧，是他有信心絕對也能贏過Super Panda，才會自我膨脹到如此誇張？

但話說回來，目黑面對Stomach Five時，並未說過這麼激進的言論。為何他不惜增加自己敗北的機率，也要說這些話？莫非他對Super Panda有什麼私人恩怨？工藤不甚理解目黑的舉動。

工藤覺得，最近有許多不明白的事。或許是他出生以來，第一次有這麼多看不透的事物。這陣子的生活，對工藤來說很新鮮。

工藤接著登入索拉力星。

距離上一次發文只經過八小時，但文章已經被刪除了。工藤的帳號，也被強制退出社群專頁。

信箱裡有五封新訊息。一封來自專頁管理人，冗長地表示事態發展至此實在令人遺憾，工藤還沒讀完就把訊息刪除了。其餘四封皆是諸如「恐嚇你的人就是我」或「別破壞社群的氣氛」之類的廢話，工藤全丟進了垃圾桶裡。

工藤創了一個新帳號，再度加入水科晴的社群專頁，並在公布欄貼上和昨天相同的文章。無論被刪除幾次，他都要繼續鬧下去，直到「ＨＡＬ」出現為止。

接著，工藤打電話給間宮紀子。在醫院時，充其量只說了些慰問的話，沒有真的談到什麼。他想盡可能獲取一點「ＨＡＬ」的情報。

電話持續響著，沒有人接。現在是平日早上，紀子可能在忙，甚至是根本不想跟工藤講話。他在語音留言裡向紀子道歉，掛了電話。

工藤隨即撥打另一通電話。這次的目標，是井村初音。電話很快就接通了。「幹麼？」對方的語氣不悅。

「上次真的非常抱歉。請問您現在方便嗎？」

「不好意思我不方便。所以你有什麼事？」

「間宮小姐後來還好嗎？她出院了嗎？」

「早就出院了。你真的很讓人不舒服，別再跟我們扯上關係了！」

「井村小姐也還好嗎？那之後有遇到什麼危險嗎？」

「有的話我還能在這裡接電話嗎？說完了吧？我掛了！」

初音不留情面地掛斷電話。這反應還不糟。雖然一邊抱怨，但擔心自身安全的初音，還是無法對工藤視若無睹。這條線索還能繼續使用吧。

工藤將手機插上充電器，翻身倒在床上。

「HAL」究竟是誰？工藤的思緒，很自然地集中到這個疑問上。

「HAL」與水科晴，肯定有密不可分的關係。除此之外，還強烈地不希望某件事情曝光。發現恐嚇信無法嚇阻工藤，就馬上攻擊紀子，逼迫她封口。

他想起在陽台看到的男人身影。他不一定是「HAL」，但倘若真的是，就表示他是為了阻止工藤，親自找上門。工藤可以感受到，他絕對要嚴守祕密的決心。

「HAL」是何時、何地知道「KEN」就是工藤？

跟初音她們見面那天，工藤首次遭到「HAL」偷拍。就在那時，「HAL」得知「KEN」的真實身分就是工藤。

他回想事情發展的脈絡。當時他已經見過川越；他一一尋找晴的同學，向每個人發出訊息，也提供了自己的個人資料。他丟出的瓶中信，在整個同學圈傳遞，也傳到了紀子手上。

換言之，「HAL」是認識川越的人，或者與晴的學校有關係的人。還有一點，初音她們並不認識「HAL」。認識的話，在家庭餐廳時應該會認出來才對。晴的前輩、後輩，抑或是老師，大概不脫這個範圍。

「雨」。這個名字總是在工藤腦中浮現。

那個紀子見過的年輕男性，川越和栗田也知悉的，特別的某人。若「雨」跟學校有關，「HAL」就更可能是「雨」了。

和幾天前如五里霧中的狀況相比，現在單純多了，對於「HAL」這個人也有了相當的概念。如果抓到「HAL」，情勢便能有所進展。為此布下的網也已經就位，現在的狀況可說是有利的。

這時，房子的對講機響起。

有網購的東西嗎？工藤沒印象。他走向對講機，按下大樓入口玄關的按鈕。玄關的攝影畫面上，沒有出現任何人。

「是誰？」

無人應答。工藤盯著空無一人的螢幕。

是「HAL」。這是工藤的直覺。

他關上對講機，尋找可以當武器的東西，最後拿著一只平底鍋走出家門。他考慮過菜刀，但一旦產生正面衝突時，他不想對對方造成不必要的傷害。

他不使用電梯，走樓梯到一樓。他從暗處觀察大樓入口，但沒看見任何人。他一邊警戒四周，一邊朝大門前進，來到大樓之外。舉目所見，沒有可疑人影。

工藤轉往信箱集中區。他打開自己的信箱，裡面一團亂，所有的信都被開封了。

他查看信箱的投入口，果然有刮削過的痕跡。工藤用手機拍下。想必有人曾用工具插入信箱，取出裡面的信件。信箱裡的東西不外乎廣告郵件或電費帳單一類，但如果恐嚇者也拿到他的私人信件，恐怕就能掌握他的交友關係。

——你說不定會在路上突然被人刺殺啊。

來訪者的攻擊性增加了。工藤剛剛要是沒接起對講機，對方可能就直接上來房間了。這個狀況正好。恐嚇者的攻擊性愈強烈，從背後襲擊他的機會就愈多。

——專注狩獵的人，往往沒想到自己也會被盯上。

事態漸入佳境了。工藤伸了個懶腰，這時才發現，自己手裡還握著平底鍋。他對自己苦笑，返回房間。

9

斷章・雨　二〇一四年

新的學年到來，轉眼間，我們就升上了高三。

對我來說，有一件值得高興的事。晴，那就是我跟妳同班了。我們同在一個教室裡。就像看著電腦桌布上自己喜歡的女演員，我只要想看看妳，就隨時可以看到。

我喜歡妳，所以我很痛苦。這般矛盾的感情，已在這兩年間淡化不少。得以近距離和妳共享同一段時光，唯有這點微小的幸福，殘留我的掌心之中。

分到同一個班級後，我就知道妳平常都是怎麼過的。

沒有任何人接近妳。即便是受到妳端正臉龐吸引的男孩，也在這兩年內遭驅逐殆盡。妳被視為怪人。妳不打算和他人往來，總是獨自一人。然而，妳對此似乎並不焦慮，也無不安。妳既不害怕孤獨，也無意對抗孤獨。妳只是以最自然的狀態，自然地孤立著。屹立，果然還是最適合形容妳的詞彙。

我曾經嘗試和妳一起活動，但最終放棄了。與妳同行的話，連我都會被當成怪人。我終究還是畏懼著這件事。我知道我正在寫的東西十分可恥。真的，對不起。

在學校外，我們則逐漸有了對話。還記得嗎？我們最常去的地方，除了圖書館，就是「莫爾道咖啡館」（Die Moldau）。妳喜歡他們店裡的捷克風裝潢。去巴黎前，我曾經想去那間店看看，但好像早就關了，變成一間手機店。彷彿失去了一個與妳之間的回憶，好寂寞。

妳比以前更常說話了。雖然表情依然沒什麼變化，但我感覺得出來，妳是接納我的。

妳告訴我許多遊戲的事。我用零用錢買了任天堂DS後，妳借給我各式各樣的軟體。《腦鍛》、《瑪利歐》、《逆轉裁判》、《世界樹迷宮》，妳借我的每個遊戲都好新奇，我沒玩過遊戲，很驚訝這世上居然有這麼有趣的東西。

妳讓我玩妳的新遊戲《Sleuth》時，應該正值梅雨季吧。

「看看這個網址。」

妳遞過來一張手抄的網址。

「夜晚的遊戲，我做好了。」

網址會連到妳做的網頁，上面可以下載《Black Window》和《Sleuth》。

《Sleuth》非常好玩。即便已玩過幾個妳推薦的遊戲，我還是覺得《Sleuth》和這些商業作品相比，毫不遜色。

「謝謝。」

聽完我詳細的感想，妳說。

「《Sleuth》我做得滿認真的，能夠理解真是太好了。」

妳淡淡地說，面無表情。但我知道，我的話讓妳很高興。

我只有一件事沒告訴妳。妳做的遊戲，跟妳很像。然後，也跟我很像。

在玩《Sleuth》的過程中，我就感覺到了。妳的遊戲沒有救贖。主角嚮往著光明的世界，卻被困在黑暗的世界裡，無法逃離。

這個遊戲，就是妳。妳包裹著比誰都硬的殼，安居其中。那殼是如此堅硬，無法脫身。

這個遊戲，就是我。我隱藏著真心而活，被關在黑暗世界裡，夢想著光明的外界。

「我想，不繼續念高中了。」

秋天時，妳這麼說。地點在「莫爾道咖啡館」，當時我正忙於準備考試。妳的話令我大為震驚。

為什麼？妳要工作嗎？

對於我的問題，妳沒有答得太多。提到遊戲或藝術時，妳的話比較多，但卻不太告訴我妳自己的事。然而，透過妳的隻字片語，我還是得以拼湊出妳的心事。

「我非走不可了。」

妳和母親的關係很糟。從妳還是個孩子時，妳的母親就對妳完全沒有興趣。在妳母親的心中，妳是個無關緊要的存在。

不過那倒如妳所願。母親不關心妳，也很少回家。妳對母親也沒有興趣，正好不必為煩人的親子關係所惱。

而那個扭曲的平衡崩解了。母親結交了新的戀人，將戀人帶回家，和妳接觸的機會也增加了。無可避免地，母親和妳產生了矛盾。

「我想獨自生活。」

那便是妳要中斷高中學業的原因。妳不念大學嗎？「不念。」要住在哪裡？「總之就是東京裡的某個地方吧」什麼時候搬家？「愈早愈好。」錢怎麼辦呢？「可能打個工吧。」

跟妳談過後，我發現妳沒有生活能力。妳的計畫完全脫離現實，就算我當時只是個高中生，都覺得荒誕無稽。

這樣下去，妳會被不良分子盯上，淹沒在大都市的陷阱中。不，那樣可能還好，我甚至擔心妳會變得無家可歸，最終橫死街頭。

要不要一起住呢？

回過神來，我已脫口說出。我四月就要上大學了，希望妳等等，先不要離家。之後我們就合租一間房，一起住吧。我這麼說。

如今回想，自己的心情究竟只是純粹的擔心，還是有著其他的什麼，我不知道。妳一個人無法生活，妳需要我。這是不是我自己編造的故事呢？是不是為了逃避想和妳同居的欲望，而虛構出來的自私情節？

一如往常，妳的大眼凝視著我。我不知道妳如何看待我的提議。一秒，一秒，令人窒息的時間流逝。

「我知道了。」

妳說。

「四月後，一起住吧。」

妳不會明白，我聽到那句話有多麼狂喜。那是我的人生中，最盛大的青春的開端。

待辦事項和必須考慮的事，問題多得數不清。說服父母、考上大學、創造一定的收入來源。不過，只要能和妳一直在一起，那些都是枝微末節。

現在想起來，那個瞬間，或許就是我剝削的開始。

10

幸好，週末平安度過。對講機沒再響起，從陽台也沒再見到可疑人影。

「晚上八點至十二點之間，我在工藤先生的自家前面巡邏，不過目前沒有看的可疑的人。」榊事務所的會議室裡，奧野如此報告。距離上回來訪還不到一週，現階段很難提出成果，但綠和奧野都很誠摯地回應工藤。

「其實，星期三的白天發生過一點事。我這次來拜訪，就是為了這個。」工藤大略說明了事件經過，包括有人按了對講機，以及郵件被胡亂翻過。工藤出示手機上的信箱照片。「借我印出來一下。」奧野說，拿著手機走出會議室。

「工藤同學你啊，」

奧野離開後，綠說。工藤擺出一張滑稽的玩笑臉。

「我先說了，綠，妳跟我說教也沒用喔。」

「認真聽我說。這個事件真的很危險，我覺得你應該收手了。」

「要是站在妳的立場，我大概也會這麼說吧。」

面對完全不當回事的工藤，綠難得急躁了起來。她加重語氣。

「犯人已經攻擊過一個人，現在還跑到你家前面來了，甚至有試圖入侵的痕跡。你要是一不注意，他就會闖進房間一刀刺死你啊！這樣你也無所謂？」

「對方攻擊我的次數愈多，我們追捕他的機會也愈多。奧野先生跟我，兩方夾擊就會贏的。」

「如果犯人同樣鐵了心只瞄準你，你就沒有人數優勢了，你懂嗎？」

「哎，那也不錯啊。要是那樣就那樣吧，挺有趣的。」

「有趣？我說你啊……」

綠質問道。

「你這個人，大概沒碰過什麼真的危險吧？」

「這個嘛，跟妳比起來應該沒有吧。」

「我曾經單獨跟拿著切魚刀的男人對峙，曾經有車子從後面突然撞上來，也被好幾個流氓包圍過。」

「現在還能看到活生生的妳，真是感謝老天。」

「給我適可而止！因為你沒有真的面對過死亡，才說得出那種輕鬆的話。只要碰觸死亡的世界一次，你就會知道，那不是什麼可以用遊戲心態接近的世界。」

我碰觸過的。工藤想。將繩子套上脖子的瞬間，踢倒椅子的數秒前。死亡，曾以甜美冰冷的手輕輕撫過。

綠還想接著說什麼，不過奧野回來了。他應該感覺得到兩人正在爭論，但仍保持一臉淡然。

「這個，是外行人做的。」

奧野看著列印出來的照片。

「犯人恐怕是用扳手之類的東西插進信箱，想要拿出裡面的信。可是一次拿不出來，又試了好幾次，才會在信箱口留下刮痕。這是外行人的手法，專家的技巧會更好。」

「以這個情況來說，所謂專家是指什麼人？」

「職業偵探，或情報機關的人之類的。」

「我明白了。嗯，我也覺得對方不是專業的。問題在於犯人連白天都現身這點。可以請你們增加巡邏頻率嗎？」

「可以的，只是得再花錢。二十四小時全天候監視是不可能的，就算辦得到也會有疏漏。大樓門口沒有監視器嗎？」

「有，我問過管理公司。但他們基於個人資料保護，無法公開。」

「除非是警察提出要求，不然管理公司是不會動作的。」

「麻煩你們了。白天跟晚上，就算只有幾個小時也沒關係，拜託你們守在我家大樓前面。只要這樣，就能抓到犯人。」

奧野詢問地看向綠。綠瞪著工藤一會後，嘆了口氣。

「奧野先生，麻煩你撥出時間了。」

「抱歉啊，綠。」

綠仍皺著眉頭，懶得搭理工藤。

「那麼，之後在大樓前巡邏的時間，就是中午十二點到下午三點，以及晚上八點到十二點。

有任何異常狀況，請立刻打手機聯絡。」

「謝謝。」

談話告一段落，工藤準備打道回府。離開前，綠放下一個資料夾。

「你的另一個委託，上週末我整理好了。」

「真的假的？」

工藤重新坐下，取出文件瀏覽。榊事務所這回也漂亮地完成工作，工藤想知道的情報，都寫在上面了。

「綠，妳的工作效率真高啊。」

「這種程度很一般啦。」

「謝謝，我得救了。」

「真想得救的話，你還是別管另一個燙手山芋比較好。」

雖然這麼說，綠似乎不期待能說服他了。工藤也當作沒聽到，起身告辭。

離開榊事務所，工藤前往Monster Brain。他看了使用者對Frict的建議與客訴，跑了跑測試程式，確認一切皆在正常運行中。

接著，工藤打開「被人工智慧睡走老公的女人自白」。一陣子沒看，部落格好像愈來愈熱鬧了，每天更新一篇長文，下面也有很多留言。

起初，來留言的多半是有共同煩惱、抱怨「我的戀人好像也被人工智慧搶走了」的人。但是現在不同了，對於人工智慧這種科技感到厭惡、擔憂、恐懼等，傾向歇斯底里的留言更惹人矚目，甚至還出現「人工智慧再這樣進步下去，人類會被它們毀滅」這種過時的宣言。

「要真是那樣還有趣多了。」

工藤低喃。

看來這個女人的部落格，現在已不僅僅是厭惡Frict，而是成為了反抗人工智慧本身的代表性象徵。這麼一來，只要擊潰這個象徵，就能平息這場紛亂。

工藤看著榊事務所的調查結果。

——我想要掌握根本紗繪的弱點。

工藤委託綠進行的個人調查，目標就是這個人。根本紗繪，向Monster Brain提起訴訟，並創設那個部落格、上傳文章的女人。人非聖賢，倘若紗繪真的無懈可擊，再向她的父母或丈夫下手即可。

他打開收信軟體，收到綠寄來的信。裡面有一張紗繪挽著一名年輕男子的照片。

根本紗繪有外遇，這便是綠的調查結果。紗繪與丈夫的關係早已冷淡，丈夫提出離婚大概正如她願，於是想趁機盡量大敲一筆，以便離婚後展開新生活。不過打官司的同時還跟男人見面，也實在太大意了。

「附上調查目標的照片囉。地理位置等資訊已經全數刪除了，可以直接使用沒關係。」

他曾聽過，用數位相機拍下的照片，會將地理位置、相機機種等資料記錄下來。不愧是綠，想得十分周到。

工藤將筆電與公司網路的連結切斷，連上手機的熱點。他點進「被人工智慧睡走老公的女人自白」，貼上那張照片。一般人大概看不出照片有何怪異，但紗繪應該明白其中的意思。她八成也猜得到是Monster Brain的員工做的，但沒有任何證據。

這樣的作法雖然粗暴，但沒辦法了。必須儘快結束這愚蠢的鬧劇，減低大眾對Frict的不滿。如此一來，才有餘裕好好開發晴的人工智慧。工藤關掉手機熱點，繼續處理未完的工作。

11

兩天後，「被人工智慧睡走老公的女人自白」部落格就關閉了。包括紗繪開設的推特帳號在內，所有相關的資料都被刪除了。網路上雖流傳著是否受到Monster Brain施壓的說法，但由於缺乏證據，無法獲得大量支持。

「這是突然發生什麼事了？」

在Frict的例會上，長谷川訝異地問道。工藤說，

「她沒有聯絡公司嗎？說要撤銷告訴之類的。」

「完全沒有。算了，雖然搞不清楚發生什麼事，那個部落格消失了就好，那可是混亂的大本

營。」

不知是不是錯覺，長谷川的臉色看來不錯。就像身體總會將體溫保持在一定範圍，長谷川也是個這般纖細的男人。網路鬧得這麼大，他肯定每天都無法心安。

「事情終於解決了，這樣也不必封鎖關鍵詞了吧！」

柳田很高興，他對面的有里子則是愁眉苦臉。工藤對有里子說，

「瀨名小姐，最近Frict的客訴狀況如何呢？」

「沒什麼特別的變化，倒是愈來愈多人抱怨，Frict破壞了他們的人際關係。」

「有像這次到離婚這麼嚴重的嗎？」

「那是沒有。不過，就算有也不奇怪。」

有里子絕不認輸地說。工藤彷彿理解她的立場般，輕輕點頭。

「長谷川，加入封鎖關鍵詞吧。」

「什麼？」

不只長谷川，有里子和柳田都嚇了一大跳。工藤繼續說，

「目前，還沒出現嚴重到真正進入司法程序的案例，但我們不知道什麼時候會出現，還是趁現在準備比較好。」

「工藤先生，」

柳田困惑不解，

「這樣說不對。設定封鎖詞，人工智慧會壞掉的。對於任何話題都能流暢應答，這才是Frict的價值啊……」

「巧妙避開就行了。舉例來說，我們可以事先準備大量不同的回應句，讓人工智慧應對包含封鎖詞的話題。這樣在使用者看來，對話多少還是算自然的。」

「縮小自己製作的人工智慧的可能性，工藤先生可以接受嗎？」

柳田的話中，難得透露出責難的味道。工藤盡全力做出非常抱歉的表情。

「柳田，我真正的想法和你一樣。我也不想限縮人工智慧的可能性，我想走到更遠的地方。Frict是我們共同創造的，我很明白你的心情。」

「工藤先生……」

「但是，如今鬧得這麼大了，要是下次再發生問題，Frict的負面形象就無法抹滅了。到那種地步，就算再加入封鎖詞，可能也來不及了。那還不如現在就加入比較好吧？」

「話是這樣說沒錯……」

「人工智慧還是發展中的科技，一定會有某些部分和現實的人類社會產生衝突。我們做為這個領域的先驅，必須思考雙方的共存之道。這也算一種技術上的挑戰，不是嗎？」

工藤加強力道。他知道，他的話不僅影響柳田，也影響了長谷川和有里子。

柳田沉思片刻，最終同意地點點頭。

「我知道了，那麼，我撤銷反對意見。」

話中沒有一絲不甘，看來他是真心認同了工藤的想法。

柳田是個率直的男人。這既是優點，也是弱點。操弄個性率直的人，對於工藤是輕而易舉。

「柳田，謝謝你的理解，我很信任你的。」

工藤真摯地說，柳田露出體諒的微笑。操弄純真的柳田固然令工藤有些愧疚，但那只是枝微末節的問題。

加入封鎖關鍵詞，讓Frict安定運作，確保有足夠時間重現水科晴。這是工藤唯一的目的。

「話說回來，鹽崎滿智那邊，之後怎麼樣了呢？」

柳田轉向長谷川問道。

「因為部落格的事件，雙方暫停交涉，但接下來應該可以繼續進行了。目前還在跟對方的人私下討論，但感覺還不錯。對方希望我們販售時，多少可以帶點學術研究的性質，不過無所謂，那是包裝的問題。」

「不愧是長谷川社長，真厲害。」

長谷川的表情沒有變化，但似乎有些不好意思。工藤放心了。

這樣一來，計畫就穩當了。鹽崎滿智那邊要正式動工，應該還需兩三個月左右。官司危機也解除了。接下來也會加入封鎖詞。太完美了。

「那接下來討論銷售報告吧。瀨名。」

長谷川結束了這個話題。工藤暗自竊笑。

此時，工藤的手機震動了。是榊事務所的來電。

「不好意思，我接個電話。」

工藤走出會議室，想找個沒人的地方，但中途電話就斷了。工藤走出辦公室，來到逃生梯間，回撥電話。

『您好，這裡是榊事務所。』

「承蒙您的照顧，我是工藤賢……」

『啊，工藤先生。現在就幫您把電話轉給奧野，請稍等。』

總機的女子將電話轉接。看來打電話的不是綠，而是奧野。電話保留音樂響了一會後，奧野接起電話：『喂？』

「請問怎麼了嗎？調查有什麼進展了嗎？」

『嗯，是的。我知道恐嚇者是誰了。』

「真的嗎？」

工藤握緊手機，「是誰？」八成是不認識的人，姑且還是問一下。工藤心中如此預期，因此奧野說出的名字，讓他驚愕無比。

『目黑隆則，您知道吧？』

「你說什麼？」

工藤的腦海一片空白。竟是他完全沒想過的名字。

『目黑隆則棋士，他就是恐嚇者。』

12

工藤坐在日本棋院附近的一間咖啡廳裡。

今天，目黑會來日本棋院下棋。奧野等在棋院前，工藤可以自己過去，但棋院的人認得他的長相，因此還是安全至上。

「昨天晚上，我看到一輛可疑的車子。」

工藤接到電話後，立即前往榊事務所和奧野見面。

「那是一輛黑色的日產March，停在大樓前面，整輛車都貼上深色隔熱貼，看不到裡面。那明顯不是外行人的車，但也不是黑道，車種太便宜了。」

「目黑在那輛車裡嗎？」

「沒有，車裡的人是我們的同業。目黑雇用了偵探事務所，要調查工藤先生。」

奧野說。

「車子停了三十分鐘左右後離去，我讓部下跟蹤他們，所幸沒有被發現。」

奧野拿出一張放大至A４尺寸的照片，上面有一輛停在停車場的黑色日產March，以及掛著

「村田偵探事務所」招牌的承租店鋪。照片還拍到一名正要進入事務所的壯漢。

「工藤先生看到的人影，是這傢伙吧？」

「我沒看到臉，不過輪廓很相近。」

「那就是他了吧！他是所長，姓村田的偵探。我們今天監視了這間偵探事務所的客戶，出現的人就是——」

奧野拿出第二張照片。上面的人，是戴著棒球帽的目黑隆則。

「目黑會不會只是偶然拜訪這間事務所？」

「理論上有可能，但依目前狀況來看，不可能吧。March裡坐了兩個偵探，其中一位就是在事務所前迎接目黑的人。事務所本身生意不太好，守了四小時也只來了三個客戶。我認為碰巧出現跟工藤先生有關的人，這機會很低。」

工藤不得不承認，恐嚇者就是目黑。

究竟為什麼？工藤在咖啡廳裡不斷思索。若目黑是恐嚇者，他跟晴又有何關係？

工藤在腦中梳理目前發生過的事。

一切的開端，是金星戰。目黑於金星戰出賽，和工藤產生了關聯。但那是很早的事了，當時工藤還沒對晴發生興趣。將晴搭載到Frict，是第一回合淘汰賽後才提出的。

然而，情況發生了變化。他們開始研議製作水科晴的人工智慧。

工藤在索拉力星的社群專頁發文，並向晴的同學們發送訊息。目黑得知了這些事。他和晴之間，有什麼祕密不想曝光。

目黑開始發恐嚇信給工藤。不准再調查水科晴。同時，目黑也發現「ＫＥＮ」的真實身分就是工藤，並開始埋伏跟監。他在中途攻擊間宮紀子，增加了威脅性。

但工藤仍未停下腳步。於是他雇用偵探，對工藤進行個人調查。就像工藤威脅根本紗繪一樣，目黑也想抓住能用來威脅的把柄。

這樣想的話，基本上都還合理。不過，偶然的因素實在太多了。電腦圍棋、人工智慧與戀愛軟體。透過前者的工作認識的人，碰巧也跟後者扯上關係。有這麼偶然的事嗎？又或者，只是工藤沒有察覺，其實一切都是目黑背地的陰謀？

工藤看著手邊一疊文件。那是工藤調查的，目黑的來歷。

目黑隆則，三十九歲。比工藤大四歲，比晴大八歲。在東京出生，國高中均於都內名校就讀，地理位置與晴的學校很近。

目黑在十八歲時通過職業考試，開始以職業棋士的身分活動。他沒有上大學。之後的四年內沒有特殊表現，但二十三歲時在十段賽的正式比賽中獲勝，此後逐漸活躍，並於二十七歲獲得天元頭銜。之後，陸續成為本因坊與棋聖，這也是他在金星戰前持有的兩個頭銜。

光看經歷，他與晴的共通點只有住在東京，以及高中的距離很近。就算目黑隆則真的是「ＨＡＬ」，也很難想像他是「雨」。根據紀子表示，「雨」應該是跟晴同一個世代的少年。

這到底是怎麼回事？正當思緒走進死路，工藤的手機出現來電，是奧野。

「喂？我是工藤。」

『目黑在我旁邊，我們現在就過去。』

「瞭解。」

電話掛斷。終於來了。工藤久違地感到緊張。

目黑被奧野帶來時，表情一如既往地溫和。他的模樣輕鬆自在，彷彿來到飯店住宿，而奧野只是接待他的服務人員。

「想不到會在這裡見面啊，工藤先生。」

工藤只點了頭回應。首先要觀察對方如何出手。

「今天有何貴幹？這位先生說，工藤先生有話想跟我說，我也沒多問就來了……不過我之後還有事，麻煩您長話短說。」

「為什麼要做那種事？」

工藤刻意使用語意模糊的問句。他還不完全清楚目黑做過哪些事，於是先丟出一個涵蓋範圍較廣的問題，引誘對方提供更多資訊。

目黑輕輕歪頭答道：「那種事？是哪種事？請您說具體點。」

目黑沒有上鉤。沒辦法了，工藤決定更進一步。

「村田偵探事務所。你雇用那邊的偵探，調查我家對吧？為什麼這麼做？」

對於工藤的質問，目黑輕輕一笑，眼神盯向工藤。

工藤悚然一驚。目黑淡淡的笑容背後，自深處窺伺而來的眼神，竟如無情的殺人犯一般冰冷。

「我不打算說明這個。」

「拒絕說明嗎？我會報警喔！」

「請自便。我可沒纏著你，請去找偵探公司吵。而且我聽說，偵探行為是否違反輕犯罪法(註8)之類的法律，若非糾纏到一定程度，是很難認定的。對嗎，旁邊這位？」

目黑向奧野提問，但奧野沒有回答。他的毫無反應，似乎也在目黑的預期之中。

「沒有其他事了吧？我之後還有安排，不打算久待了。」

「請等等，如果你不承認的話，我會向媒體爆料。決賽前竟然雇用偵探調查比賽對手，這事情曝光可不好吧？」

「請隨意。我可沒有犯什麼罪，如果你宣稱的內容違背事實，我會提起妨害名譽的告訴，這點還請注意一下囉。」

目黑不為所動，比想像中難對付。工藤這才頓悟，他打算和目黑面對面問出真相的計畫，實在太天真了。

「奧野先生，請記下我們剛才的對話。」

「我有錄音。」

奧野拍拍胸口，錄音機就在他胸前。然而，目黑的神情依然如故。

「目黑先生，開誠布公地談吧！你的要求是什麼？」

「要求？是你突然把我叫來的，我會有什麼要求呢？我只想回去而已。」

「你調查我，應該是打算利用調查結果，向我提出什麼要求才對。你就直接說清楚，看條件如何，我說不定可以跟你交易。」

對於工藤的讓步，目黑似乎覺得很有意思。

「工藤先生，你為什麼想知道那種事？如果希望我不要調查，把這件事呈報給相關單位就行。為什麼這麼執著於我的動機？」

現在或許就是掀出底牌的時候了。工藤下定決心。

「『雨』就是你吧，目黑先生？」

目黑對他的話毫無反應。工藤並不在意，繼續說下去。

「目黑先生，你就是『雨』。你恐嚇我、攻擊間宮紀子，但我依然沒有停手，所以現在打算動用武力。你雇用偵探，就是為了找出可以襲擊我的方法。沒錯吧？」

「我搞不太懂你在說什麼啊。」

註8 日本的特別刑法之一，將違反社會秩序的輕微犯罪行為，視為「輕犯罪」。違反者通常會遭判拘役或罰金。

「不，你應該聽得懂的。我不知道你過去發生過什麼事，我不打算把你出賣給警察。目黑先生，可以互相坦誠嗎？我認為我們可以談成一樁好買賣。」

「那邊那位，他到底在說什麼？」

目黑向奧野問道，奧野沒有回答。

「如果你還想繼續嚷嚷這些莫名其妙的事，我就要回去了。」

目黑說完便起身，工藤抓住他的手。

「等等，『雨』！都來到這了，你覺得你還逃得掉嗎？你還犯下了傷害事件啊！」

「請放手。這已經構成暴力行為的條件了，我要報警喔。」

「怕上警局的應該是你吧，目黑先生！」

「放手。」

「好。不過，希望你告訴我一件事。」

工藤撇下目黑的手，目黑用觀察的眼神看著工藤。

「你想知道什麼事？」

「水科晴的事。」

「水科晴？」

「別裝傻，目黑先生。晴的事你明明很清楚吧！」

目黑沒有回答。他直直盯著工藤，像狙擊手瞄準目標。

「我不會給你造成其他麻煩的，至今為止的那些恐嚇，我也不會過問。所以你可以告訴我嗎？告訴我晴的事，我非得調查她的事不可！」

「工藤先生……」

目黑的表情轉為挑釁。

「你想知道水科晴的事吧。那這樣如何？如果Super Panda在決賽時贏過我，你想知道什麼我都說。怎麼樣？」

「決賽？」

「對。不過，你必須派出最新版的Super Panda，這是條件。只要你願意這麼做，水科晴的事我就全部告訴你。如何？」

「所以你果然就是『雨』對吧，目黑先生？」

「想提問的話，請先打敗我。好吧？」

工藤在心中計算。決賽舉行的時間是下下個月，在那之前都無法獲得晴的資訊，雖令人頭痛，但也無計可施。依目前狀況，目黑八成不會坦白，也沒有其他可靠的情報來源了。

「我明白了，這個條件我接受。」

「合約成立。正如《雅各書》第五章第七節所說吧！『弟兄們哪，你們要忍耐，直到主來。』」

目黑愉快地笑了。工藤問，

「但為何要這麼執著於最新版的Super Panda？能至少告訴我這個的理由嗎？」

「誰知道呢。這題也等到我輸了的話，再回答你吧。你只要準備好程式，讓它拼命學習，直到比賽那天就好，不是嗎？」

目黑挑戰地看著工藤。工藤覺得他想表達自己會守護晴的決心。

工藤心中，燃起一株微小的火苗。要讓這個男人落敗，將他體無完膚地擊潰。

然後，要問出晴的事。到時，計畫終將得以更進一步。

13

斷章・雨 二〇一四年

在那之後的四個月，我上緊發條，奮發讀書。

人們常說「拼死拼活」，但實際上真能以死為賭注行動的人，應該幾乎不存在吧。當時的我，的確就是拼死拼活了。要是大學落榜，就沒辦法再見到妳。在我心目中，那跟失去人生同等嚴重。

我去三所大學參加考試，全數合格。爸爸說：「早知道能考得這麼好，就應該瞄準更好的大學才對。」但我根本無所謂。

我想一個人住。

考試前，我提出這個希望。還是留在爸媽身邊吧？會做家事嗎？就那麼討厭跟爸媽一起住嗎？爸媽費盡唇舌輪流想說服我，最後都功敗垂成。每個月要跟家人見一次面；要時常保持聯絡；不許留級；就業要以上市公司為主，找一間穩定的企業。我將他們的條件照單全收，終於能夠堂堂正正地離開家門。

晴，妳還記得我們找房子的事嗎？我原本都是跟爸媽看房子，只有一次他們沒辦法來時，我叫妳一起過去。

「只要有電，我哪裡都好。」

這是妳對租屋業者提出的唯一條件。妳說這句話時一臉認真，他們的職員好像覺得莫名其妙。我對著妳笑了，但妳也不懂我在笑什麼。

和妳同住後，我很快就發現，妳的生活充滿漏洞。

我並不覺得自己的生活有多麼有條不紊，但妳實在太混亂了。想睡就睡，想起來就起來，有時三餐正常，有時一整天什麼都沒吃。我覺得要是我不在，妳遲早會弄壞身體的。「妳沒有我就不行」的這份擔憂，不知該說是幸或不幸，確實不是我的杞人憂天。

房租加生活費，每個月的支出約十三萬圓。八萬是爸媽給的，剩下的由我打工湊足。一邊上大學，一邊賺生活費，就是我每天的生活。

妳既不知道怎麼煮飯，也不會烤麵包。我問妳以前在家都怎麼吃飯，妳說都是靠便利商店解決的。妳很偏食，有時三餐只吃能量食品，心情不好時就什麼也不吃。妳那瘦小的身軀，便是這種飲食生活的結果。

這麼說來，我在老家時也沒在做飯，但我拼命學習。雖然難以同時滿足預算、營養平衡和製作簡便三項條件，為了照顧妳，一切都值得。

一起生活後，我便得以看到各種從未知曉的，妳的另一面。

妳嗜好閱讀，但讀得並不多。同樣一本書，妳會反覆讀上數次、數十次。《魔戒》、《納尼亞傳奇》、《地海戰記》、《哈利波特》，妳喜歡以前的奇幻文學。因為吸收了這些內容，妳才能做出《Black Window》那樣的世界。

妳看書、看電影、玩遊戲。妳打開電腦，妳寫程式。妳宛如一隻貓。聽說貓如果認定房間是牠的地盤，房間對牠來說就是整個世界。就像妳把我們住的一房一廚公寓，認定為妳的地盤。

妳極度執著的一面，我也是在同居後才知道的。妳是個執著於驗證的人。

某天，妳晾完衣服後，就一直站在陽台上。我問妳在做什麼，妳說：

「我在研究襯衫要幾個小時才會乾。」

妳說著，給我看妳的筆記。上面寫了日期、氣溫與濕度，記錄襯衫幾小時會乾。根據筆記上的資料，妳已經統計十天左右了。

驗證者。我不知道有沒有這種詞彙，但「驗證者」完全就是妳的寫照。妳是個無論任何事物都會驗證的人。衣服幾天洗一次最有效率？最佳的水量與洗衣精比例？投幣式烘乾機跟自然乾燥有何區別？我完全不能理解，調查那種東西究竟可以做什麼，但對妳而言想必十分重要吧。妳徹底研究過洗衣後，便突然停手。我想，或許是妳已經得到某些結論了吧。

妳做遊戲時也如出一轍。妳的製作方式非常偏執，一旦坐在電腦前，就會全然忘了時間，整天都不離開座位。妳還曾經因為低血糖，以打電腦的姿勢直接倒地。那之後，我就養成了在電腦旁放糖果的習慣。

形容妳是「絕不妥協」，又顯得太機伶了些。在我看來，妳像是渾身沾滿泥巴，卻仍在泥堆中挖掘、尋找寶石的人。

一年的時光，轉眼就過了。

我們變得經常說話了。妳不是會主動開啟話題的人，但對於我的搭話都會回應，日常對話也慢慢增加。

「雨，這個好好吃。」

某天，妳突然開始喚我為「雨」。第一次有人用這種綽號叫我，因此我相當驚奇。獲得妳給予的名字，我非常高興。「雨」這個綽號，只有妳會使用。這是只有妳會呼喊的名字。與「晴」相對的「雨」，既如一雙配對，也像要互相補足缺陷的關係。

「雨，買柳丁回來，我想吃。」

「雨，上野動物園多了一個指猴森林。」

「雨，現在還有羅浮宮展。」

「雨，我買了新的《異塵餘生》，要玩嗎？」

妳說了許多話。遊戲，文學，藝術，政治。對任何話題，妳都自行思考，擁有自己的意見。倘若妳知道該如何將其更輕易、更外顯地表達出來，妳的人生就能被更多人包圍吧。當我跟妳說話時，經常襲來那樣的寂寞。

我獨占著妳。光是真實地感受到這件事，我每天的生活就能如此耀眼、幸福。

現實世界中幾乎毫無人際關係的妳，在網路上仍與他人有所交流。《Black Window》和《Sleuth》在網路形成熱門話題，妳的粉絲也經常到妳的網站留言板留言。

網路上的妳，比現實中的妳更多話。當然，不至於到人格改變的地步。妳的文字平淡，就像平時和我說話時一樣，只是會再多加幾個字。文字交流，可以承載比語言更多的資訊。妳和粉絲之間的對話，時而成為長篇大論，時而深入我所不瞭解的遊戲理論。

「有人說想放廣告。」

某天，妳收到這樣的提案。網路廣告代理商向妳提議，希望能在《Sleuth》裡置入廣告。我問妳想怎麼做，妳回答「都可以」。

我心想，就是這個！這就是缺乏社交性的妳賺錢的方法。順利的話，今後妳或許光靠寫遊戲程式，就能獲得收入。

和對方見面的人是我。置入廣告的條件，是不得破壞遊戲的世界觀，對方接受了。妳在

《Sleuth》的開頭和網頁，放上贊助商的廣告，也開設了帳戶，供二十萬圓的報酬匯入。對於那筆數字，妳幾乎沒有一點關心的樣子。

重要的是，妳保障了獲取收入的方法。我很清楚妳的才能，只要多談成幾次廣告，妳的收入想必很快就能打平我的打工薪水。這是值得高興的事，然而同時，我的存在理由也會因此減少。

這樣的生活，可以持續到何時？

廣告事件後，我已然遺忘的不安又再次浮現。我想一直和妳生活下去。但是，那是不可能的。三年後，我就會從大學畢業，妳會擁有收入，或許還會找到共度一生的伴侶。

內心的不安，就像忘了放進冰箱而發霉的生菜。演變並非一朝一夕，宛如大樹被害蟲一點一滴啃食，從深處緩慢腐朽，逐漸壞蝕。這微小的變化，我卻能切身感受。

得以獨占妳，我很幸福。但這份幸福，總有一天會結束。

哪一天呢？這樣的生活，究竟能維持到什麼時候？

14

兩個星期後，聖誕夜到來，街上盡是歡欣喜悅。

六年前的今天，晴在澀谷的天空放出死亡之鳥，並被其利箭貫穿而死。這天，工藤進行了Super Panda的調整作業，這是工藤最近的主要工作。

人工智慧離開了創造者的手，就如同人類的孩子。孩子們會隨意學習那些對父母而言理所當然的事，逐漸成長。他們學習的內容和速度，無法完全掌控。父母所能做的，就是為孩子準備學習環境。

工藤替Super Panda整備了所需的環境。

首先，工藤向Stomach Five及其他電腦圍棋的開發對手打招呼，請他們出借最新版的程式。人工智慧若要提升棋力，可以讓它大量閱讀過去的棋譜，反覆在線上圍棋網站上對局也有幫助。不過最理想的，還是與Stomach Five這種最先進的程式對局。在圍棋程式的領域，和Super Panda棋力相仿的程式比比皆是，且每天都在不斷精進。借助它們的力量，是增強棋力的捷徑。

很多人拒絕了工藤的請求。但其中幾位出於「想打倒目黑隆則」的共同心態，願意提供程式。工藤將這些程式安裝到Monster Brain的高規格電腦，並建構一個讓它們與Super Panda持續對局的系統。電腦不會疲累，Super Panda和這些圍棋程式，就這樣二十四小時不停對戰，提昇棋力。

另一方面，Frict的也準備加入封鎖詞。沒有意外的話，明年就會釋出第一次的更新。他們修改了程式，讓更新後的Frict在面臨離婚、外遇、分手等可能破壞現實人際關係的詞彙時，不會火上加油。

開發團隊似乎對此感到不滿，幸好柳田高明地安撫了大家。雖然柳田的內心八成還是反對，但不得不統合局面時，還是會壓抑自己的想法，貫徹公司決議。在工藤看來，柳田展現了做為C

TO的精神。

離開公司時，外面正下著小雨。若是再飄點雪，倒還頗具風情，可惜今天的氣溫不夠低。

最後一次和戀人度過聖誕節，是什麼時候的事了？

工藤還記得最後交往的戀人，但他沒把握能回答出是幾年前的事。不會想特別去關心的戀人，按表操課的性愛，每次見面的無趣對話。那種乾枯的感受，他還記得很清楚。

工藤走進電車，打開手機，螢幕上是晴的照片。他看過數百次了，彷彿每個細節都要烙印在視網膜上，但每每回過神來，他依然看著晴的照片。

真是奇妙的愛情。為什麼會變成這樣，他自己也覺得不可思議。

打敗目黑，問出晴的事。狀況理想的話，他可能有晴的聲音檔、影片檔，或未公開過的照片，要是他有好好保存著就太好了。可能性很低。但要是沒有這些東西，將晴轉化為人工智慧的計畫本身，會就此結束。如此一來，他最終只能做一個差不多的雛型，然後再製作鹽崎滿智的人工智慧。

幾乎沒有勝算，但也只能做了。

「晴。」

他望著照片，用誰也聽不到的聲音低喃。

「我喜歡妳。」

晴用一雙大眼，凝視著工藤。

他在最靠近公寓的車站下車，徒步返家。聖誕季的街道十分熱鬧。他穿過大門，解開自動門鎖，搭電梯上到他家的樓層。

工藤將鑰匙插進家門鎖。這時，他覺得不太對勁。奇怪的觸感傳遞到指尖。鑰匙孔裡有碎石。

有人入侵了。

工藤的背脊不寒而慄。他張望四周，不見其他人影。工藤繼續旋轉鑰匙。門開了，但他暫時不進去。

「你在裡面吧！」

他向黑暗的屋裡大喊。聲音宛如被吸入般，消融在闇影中。

工藤側耳傾聽。他出動全身的感官，感測屋內飄盪的異常氣息，全心專注。沒問題，入侵者不在屋裡。他花了五分鐘確認這一點。工藤走進屋裡。

——有人進來過。

屋內不至於一片狼藉，但物品的位置明顯不正常。工藤走進工作間。桌上放的東西，全不翼而飛。晴的照片、備份用的硬碟。工藤拉開邊桌的抽屜，裡面的調查資料也全被偷走了。

「混帳……」

工藤咒罵。失去了晴的照片，書桌就像一片肅殺的荒漠。

15

等待約一小時後，對講機響起。工藤拿起話筒，裡面傳來『我是奧野』的聲音。工藤打開門。

甫進屋，奧野就先說明。今天是聖誕夜，綠大概和家人在一起吧。在這種日子聯絡，就算來的只有奧野，也該謝天謝地了。

「綠課長今天休假。」

「請告訴我您的狀況。」

「好。有人入侵我的家，犯人把跟晴有關的資料全部偷走了。還有，鑰匙插進門鎖時，有一種奇怪的感覺，好像裡面有小碎石。」

「可以讓我看看玄關鑰匙嗎？」

「就是這把。」

工藤交出鑰匙，奧野的神情嚴肅了起來。

「原來如此，是這把嗎。這種類型的鑰匙確實有點危險。」

「你看這樣就知道嗎？」

「嗯，這是老技能了。也請讓我調查看看鑰匙孔。」

奧野站了起來，走向玄關。工藤有點好奇所謂的「老技能」是什麼，但姑且還是先跟上去。

奧野跪在門前，研究著鑰匙孔。他手上拿著一個小放大鏡。

「請看這裡。」

奧野指著鑰匙孔。透過放大鏡可以看到，孔中有細細的刮傷。

「這是用細針開鎖的痕跡。細針開鎖需要針狀的開鎖器和扭力扳手，這兩種道具前端是尖銳的，碰到鑰匙孔就會留下這樣的刮痕。」

「細針開鎖？」

「對。這個鎖叫彈子鎖，構造很簡單，大概連對付細針開鎖的結構都沒有。這裡的鎖可能很多年沒換了，跟房東確認一下比較好。」

奧野起身，臉上難得浮現困惑的神色。

「是怎麼一回事呢？」

回到客廳後，奧野說。

「之前跟目黑已經達成共識了吧？那次之後，他還有做出什麼事嗎？」

「沒有。」

「那為什麼還要這麼做？跟監也就算了，闖空門實在太不尋常。」

與目黑會談以來，原先委託榊事務所的定時巡邏就中止了。工藤以為，跟目黑之間應該已經是停戰狀態。

「奧野先生，我可以問個問題嗎？」

「啊，請便。」

工藤提出一個假設。

「因為會觸及法律，請當作在回答一個假設的問題。奧野先生如果因為工作因素，需要入侵某人的家時，會怎麼做呢？」

「首先，我們事務所不會接受這種委託。」

「意思是沒辦法開鎖嗎？」

「不是的。坦白說，像剛剛那種鎖，我可以打得開。碰上打不開的鎖，也能強行敲壞。只不過這些行為必須背負刑事風險，站在公司立場，並不會考慮這種方法。」

「奧野先生知道會接受這種非法委託的事務所嗎？」

「我不清楚他們會不會真的替客戶動手，但那種流氓事務所我是知道幾間。我不知道該不該稱呼他們為偵探事務所。」

「我有一件在意的事。」

感覺結論會是他不樂見的，工藤還是繼續說。

「還記得我的信箱，曾經被人弄得亂七八糟嗎？」

「當然記得。」

「我把那張照片給奧野先生看時，你說『這是外行人的手法』。這次的開鎖入侵，也像是外行人做的。我很難想像，專業的偵探會需要做到闖空門偷資料的地步。這次的情形跟信箱那次很相像。」

「嗯，應該沒錯。專業的不會做到這個程度，至少從鑰匙孔看來，手法就很粗糙。」

「但是，目黑先生僱用的，是跟奧野先生一樣的專業偵探。」

奧野睜大眼。

「您的意思是？」

「我能想到的只有一個。信箱跟今晚的鑰匙，都不是村田偵探事務所做的。換句話說，不是目黑做的。」

工藤說。

「恐嚇的人有兩個。我只能這麼想了。」

奧野回去後，工藤獨自沉思。

恐嚇者有兩個。

其中一個，是目黑隆則。他僱用偵探事務所調查工藤，調查的理由不明，恐怕跟決賽有關。晴的事與此無關。

無怪乎就算探查目黑的過去，也找不到他和晴的交集。在咖啡廳對質時，工藤丟出晴的名字，目黑也只是重複含糊的回答。那並非裝傻，而是他真的不知道晴是誰。

另一個人，就是「ＨＡＬ」。

分開來看就容易多了。雇用偵探、追蹤工藤的是目黑；翻查信箱、開鎖入侵的是「ＨＡＬ」。兩個恐嚇者，是分別行動的。

工藤想起目黑的影片，那個跟圍棋偶像和島真理下指導棋的影片。

應該早點察覺的。目黑是用右手執棋。記者會結束後，他向工藤握手時，伸出的也是右手。那只愛彼腕錶，就配戴於其上。

「ＨＡＬ」襲擊紀子時，是從背後毆打紀子的左側頭部。攻擊他人時，沒有人會使用非慣用手。「ＨＡＬ」是左撇子，他不是目黑。

工藤嘆了口氣，真不希望結論如此。目黑不是「ＨＡＬ」，就表示工藤的調查回到了原點，等於失去了所有與水科晴相連的線索。

再次請榊事務所到他家前面巡邏，等待「ＨＡＬ」的出現——這是唯一的方法，然而工藤覺得，「ＨＡＬ」不會再來了。入侵工藤的房間，搶走他的資料，可說「ＨＡＬ」已經達到目的了。

「目的。」

工藤喃喃自語。「ＨＡＬ」究竟想做什麼呢？

妨礙工藤的調查？這或許是目的，但其中尚有幾個疑問未解。

其一，即便他偷走工藤家中的所有資料，也不表示工藤手裡的情報就此消失殆盡。電子郵件等資料存放於網路雲端，雜誌剪報之類的，無論多少份都找得回來。更別說工藤一直隨身攜帶筆電，他還是希望盡量取回被偷的資料跟硬碟，但那並不是致命的問題。

這樣一想，「ＨＡＬ」可能是對電子科技不熟悉的人。他應該沒有隨身攜帶電腦、將資料備份到雲端的習慣。

「ＨＡＬ」到底是誰？

如果沒錯，「ＨＡＬ」恐怕就是「雨」。回顧晴的半生，只有「雨」像是會做出這些事的人。但目前為止，工藤連他的影子都找不到。

「雨」唯一一次被人目擊，是在晴就讀高中時。那之後的每一段時空，都可以窺見他的存在，卻抓不到他的尾巴。這般神出鬼沒、行蹤莫測的人，究竟是何身分？

將闖空門一事報案，請求警方搜查，這也是方法之一，但「ＨＡＬ」的行事相當周到。玄關的監視器沒有拍到他的臉，而且這種程度的案件，警方八成也不會認真當一回事。

無計可施了——這個結論在眼前浮現。

「可惡！」

工藤不禁罵道。擊敗目黑後，調查應該就要有所前進才對。但一切都歸零了。努力至今累積的一夕崩塌，令他憤恨不已。

如果沒辦法蒐集到更多材料，晴的計畫就到此為止了。完成鹽崎滿智的人工智慧後，就能做出更多亡者的人工智慧。那或許會成為一門成功的生意，投注其上的預算也會增加吧。但是，做出晴的機會也將永不復存。比起預算多寡，這才是真正的大問題。

——你失敗了。

工藤腦中閃過這個念頭。

——調查六年前就死掉的人？那種事打從一開始就不可能做到吧！

話語自心底瀰漫開來。

——不意外。這個結果，你早就料想到了。對吧，工藤賢？

工藤站起身。呼吸亂了。他舒展全身，進行深呼吸。可惡，腦子裡盡浮現一些不想去想的事。

久違地來玩一下《Black Window》吧。

工藤突然想起這個遊戲。有段時間他每天都玩，最近因為忙了，好久都沒再打開。如今和晴之間的聯繫愈來愈淡薄，他想從遊戲中多少感受晴的存在。工藤打開筆電，點擊遊戲圖示。一片漆黑的畫面上，浮出「A GAME」的紅色文字。大概是許久未見了，這個標語看來特別新奇。

——她稱呼很多東西時，都會在前面加上「A」。

川越的話又回到腦海裡。栗田也說過相同的事。

——晴會在各種東西的稱呼前面加上『A』。我記得她說過吧，『THE』指向的範圍太狹窄了，用『A』的話，一切都會多出點含糊不清的感覺……

隔了一段時間再玩《Black Window》，還是覺得這個遊戲做得真好，完成度很高，能感受到晴做為開發者的誠心。之前玩這個遊戲時，他也曾從中感受過晴的性格。

不，還是不行。就算玩得再勤，都無法進入她的心。他失敗了。繼續玩下去，現實只會益發殘忍清晰。

——A・工藤。

這個詞在腦中浮現。A・工藤，簡直就像頑童一般。工藤覺得又想哭又想笑，陷入一種無以名狀的心境。搜查進入死路，想要晴用那種方式呼喚自己，已然無望。

還是停手吧。

本來就是不切實際的計畫。晴已經死了，幾乎什麼都沒留下。讓「晴」再次復甦，終歸是天方夜譚。

工藤的心，被放棄的意念占據。正當他要關掉遊戲視窗時，

A・工藤。

晴在稱呼別人時，會加上「A」。即便像「A・川越」那種念起來很不順的名字，也不例外。

這樣說來，為什麼是「雨」呢？

——我問過她，因為妳是晴，所以那人就是「雨」嗎？她說「不是那樣的」。

他又想起川越的話。「雨」不是相對於「晴」而生的綽號。

「A・ME……」

工藤站了起來。現在才注意到，「雨（AME）」的第一個音也是「A」。

A・栗田（KURITA）。A・川越（KAWAGOE）。目黑的話就是A・目黑（MEGURO），如果稱他為「雨」也不奇怪。然而，目黑不是「雨」。

工藤繼續思考。晴周圍的人……

井村初音呢？A・初音（HATSUNE），或A・井村（IMURA），無論哪個都不是「雨」。

間宮紀子，就是A・紀子（NORIKO），或者……

「A・間宮（MAMIYA）……」

工藤愣住了，甚至沒有意識到自己的脫口而出。

「雨宮（AMAMIYA）……」

瞬間，工藤腦中的一切都連起來了。所有的不對勁，都轟然消散。

沒有錯，是她。終於抓住影子了。

間宮紀子。她就是「雨」。

16 斷章・雨 二〇一四年

然後，終結的日子到來。

憶及那天發生的事，我依然全身顫抖，冷汗直流。每每回想起，都感到後悔。但若要回顧與妳之間的過去，勢必得寫到那天的事。

我連日期都記得一清二楚。那天，是二〇一四年十二月八日。我當時在居酒屋打工，餐飲業的生意在年末總是特別好。那天有兩大團年終酒會，如同戰場。

那天的倒楣事接二連三。跟我一起負責外場的同事當天突然感冒，從開店就人手不足。客人的素質也很糟。一團是惡名昭彰、附近大學的美式足球社；另一團是同樣以血氣方剛聞名的建築公司。兩團加起來約有五十人，雙方都點了喝到飽方案。雖然兩團中間用桌子隔開了，店裡的員工們還是戰戰兢兢的。

酒會開始約半小時後，麻煩出現了。

美式足球社在瘋狂灌酒後大吵大鬧起來，建築公司的年輕職員上前找碴，很快便出現些許衝突。雙方都是倔強好勝的男性團體，而且都醉了。

小衝突最終演變成大亂鬥。玻璃杯和餐具四處飛砸，怒吼與暴力充斥空間，其他無關的客人驚叫連連。有個員工被揍飛，摔到我腳邊，他意識不清，門牙也掉到地上。

「叫警察！」

丟下這句話，這個男人奮力衝進混戰中，立刻又被打倒在地。真的太危險了，我們只好躲到店外，打電話報案。

警察在五分鐘左右後到達，混亂終於平息。雙方引起紛爭的領頭者，都以現行犯逮捕，我想警方還帶走了二十人左右吧。警車一輛接一輛來，周遭一帶都吵吵嚷嚷的。

現場的慘況結束後，店已經完全無法營業了。無關的客人幾乎都已離去，兩邊剩下的人就算想繼續酒會，歡樂的氣氛也早就一去不回。受傷的員工們去了醫院，剩餘人手不足，從其他分店趕來的員工判斷，必須中止營業。於是我們請客人打道回府，關門打烊。

想著終於告一段落，我走進洗手間。事情就在那裡發生。有個還沒走的建築公司職員，不小心進錯洗手間。看到我在裡面，那個男人嚇了一跳，但隨即轉換了想法吧，決定好好利用這個狀況。那男人喝醉了，身上大概還殘留著剛才混戰的興奮感。他突然揍了我一拳，將我拖進包廂。

唯有接下來的事我不願再多寫。到現場蒐證的警察，救了我。我只能寫到這裡。

因為去了一趟醫院，我回家晚了。

妳一見到我，就瞪大雙眼。好久沒看到妳驚訝的臉了，我有點懷念。感覺自己觸碰到妳那硬殼深處的真實情感，糟透的心情多少也好了一些。

不過，對我來說，最糟糕的事還沒發生。

「臉，怎麼了？」

妳問道。我說是被客人打了。

「還好嗎？」

我有去醫院，已經沒事了。

「可是，很痛吧。」

也只能忍耐，之後應該就不會痛了。

「有什麼我能做的嗎？」

妳的關心，讓我再也無法控制感情。總是我行我素的妳，總是單方面讓我照顧的妳。那樣的妳，竟如此擔心我。

我哭了，放聲大哭。面對我的哭泣不止，妳似乎不知該怎麼辦才好。

鬼迷心竅。

我只能這樣形容。那是第一次，妳讓我見到可以向妳撒嬌的機會。我立刻抓住，並剝削了那機會。

讓我抱一下。

我這麼說。妳既沒有應允也沒有拒絕，只是睜眼望著我。妳的眼睛，就像魔法般美麗。

我抱住妳。妳纖弱的體態，至今我的身體依然記得。妳的身體好溫暖。看似清冷的妳的身體，竟蘊藏著如此溫度，我感動至深。

眼淚停不下來。其實並不是特別想哭，只是累積在體內、混濁泥濘的什麼，化成了真實的淚水，奪眶而出。那就是我的眼淚——不是因著那晚的悲慘經驗，而是二十年來層層堆疊的一切，在妳的溫柔觸發下，氾濫成災。

自懂事以來，我一直為自己的性向苦惱不已。我喜歡妳。但，我們的關係總有一天會結束。同性戀者和異性戀者，無法同生共存。想到這點，我就非常害怕。

突然受到猛烈的情感衝擊，我想妳應該感到不知所措吧，但妳不是會表現出來的個性。不用到拒絕也沒關係，就算一點點也好，只要妳有一絲為難，或許我就能壓抑住自己。

不對，這是推卸責任。妳一點責任也沒有的。

可以親妳嗎？

我鬆開抱著妳的手，看著妳的雙眼，問。

妳沒有回答。妳靜靜地，凝視著我的眼睛。如同黑瑪瑙的漆黑眼瞳，是如此美麗。像要逃離妳的美麗，我將自己的唇，貼合上妳的。

妳沒有表現出反應。無論疑惑、拒絕、接受，妳沒有做出任何反應。親吻妳就如親吻人偶般枯燥乏味，但我的情緒卻莫名高漲起來。或許就像那些在居酒屋大打出手的人一樣，那天的我與平時不同。彷彿要一解至今為止的鬱悶，我貪求著妳的唇。

就這樣過了一會，我抱著妳走向床鋪，走向每晚我們並肩而眠的小雙人床。它總是給予我們安眠，此刻看來卻不像平時的那一張床。

可以做愛嗎？

這次，我沒有問出口。

每當我想起後來發生的事，我都同時感受到飄飄然的至上幸福，以及燒灼心神的後悔。那是我絕不想忘記的回憶，也是我盡可能想遺忘的過去。那個夜晚，與妳共處的時光，就是那樣的存在。我想在這世界上，像我這樣麻煩的傢伙應該不多吧。

晴，妳很溫柔。明明不是女同志，卻接受了我。我向妳撒嬌，剝削了妳。如果我沒有跨越那一條線，或許我們到今天都還會是好朋友。但，我們已經回不到過去了。

隔天早上，我在強烈的後悔中醒來。妳什麼也沒說，照常過日子，彷彿昨晚的事從未發生。那究竟是妳的貼心顧慮，或者只是妳平時的模樣，我說不清楚。

我在心中謹記，要如常生活，如常對話，如常用餐。然而結果總覺得刻意，總覺得不自然，心情總莫名不舒坦。

那晚之後，我們之間的話少了。我們培養起來的許多話語，就像魔法解除般，隨之消逝。

我想離開這個家。

沒有多久後，我對妳說。妳只回答了「這樣啊」。我說這個房子一個人住太大了，妳還是搬家比較好，妳說「嗯」。沒有挽留的話。我漸漸無法理解妳在想什麼了。

兩個月後，我搬了出去。

我回到老家，從那裡通勤去大學。爸媽很高興，我卻成了一副空殼。妳從我的風景裡，永遠消失了。我不知道自己有幾次想去死，但又覺得只有我自殺，未免也太狡猾了。

畢業後，就去法國吧。折磨一年多後，我出現這個想法。這裡對於性少數族群的理解，遠比日本要來得多，還有真正的男同志社群和女同志社群。像我這樣的人，在這裡多少也能活得輕鬆點。

不過，若要說真心話，我其實是想離妳遠一點。或許只是如此而已。

就這樣，我在這裡住下了。有時候有戀人，有時候沒有。雖然沒出現過比妳更喜歡的人，我想我還是能一點一點把妳忘掉。

就在這個時候，睽違四年，我收到妳寄來的遊戲。我馬上就玩了，也玩到最後。

當我知道妳究竟有多麼憎恨我，我非常衝擊。在妳的硬殼裡面，擁有豐潤無比的世界。那豐饒的一切全變形為惡意，朝向我而來。從遊戲裡感受到這些，我覺得好害怕。但是沒有辦法，因為我也做出了那樣的事。

說遠了，就到這邊吧。我一邊迷惑著，不知是否該寄出這篇文章，一邊將它寫下，但我想我大概不會寄吧。等到我們都上了年紀後，或許我就能跟妳道歉了。直到那一天到來前，我會盡量不想起妳的。

晴。請妳保重。這是我唯一所願。

二〇一四年 九月五日 A 間宮紀子

17

工藤撥打電話。

「您好，這裡是東蒲田綜合醫院。」

電話很快接起，是紀子住的醫院。工藤將腦中計畫好的話，一股腦說出。

「喂？敝姓工藤。我想去拜訪住在普通醫療大樓，三〇二號房的間宮紀子小姐，請問方便我等一下過去嗎？」

『三〇二號房的間宮小姐嗎？請您稍等，我替您確認。』

電話保留音樂響起。似乎很快就查到了，切換為總機的聲音。

『非常抱歉，普通醫療大樓的三〇二號房，並沒有叫間宮小姐的人。』

「我在三個星期左右前去過，會不會是換病房了？」

『不是的，間宮小姐已經出院了。』

「這樣啊。」

工藤並不驚訝。初音說過紀子出院了，他打給醫院不過就是為了確認而已。

「真傷腦筋啊，我有向她借的東西必須歸還，但忘記交換電話號碼了。您可以告訴我間宮小姐家的地址嗎？」

『非常抱歉，我們不能提供任何患者的個人資料。』

「也是，謝謝。」

工藤掛斷電話，接著打給初音。電話響了一陣子後，轉到語音信箱。「我是工藤，我有事想跟您說，再麻煩您回電，謝謝。」工藤說完這些就切斷電話。

他起身，伸了個懶腰，整理自己的記憶。

首先是「ＨＡＬ」寄來的照片。紀子、初音和工藤三人在家庭餐廳時，遭到偷拍的那張照片。

照片沒有拍到紀子。原以為只是她位在鏡頭死角，但並非如此，照片就是紀子拍的。工藤回想起她站在洗手間外的樣子，應該就是那時偷偷拍下的。後來她也跟蹤工藤，拍下他走進栗田酒吧的畫面。

紀子遇襲事件，那是紀子自導自演的。只要有足夠勇氣，重擊自己的頭部側面並非難事。紀子是自己毆打自己後，將自己的模樣拍下來寄給工藤，再叫救護車。但就算她做了這麼多，工藤還是不願停止調查，於是她直接找上門了。確認工藤不在家後，入侵屋內，帶走調查資料。到目前為止，工藤一個勁地以為「雨」是男性，就是紀子向他灌輸的，讓工藤亂了判斷。只要轉換一下想法就好了。紀子說了謊。晴沒有什麼戀人，惠在害怕什麼也並非事實，都是為了擾亂工藤而編造的資訊。

不過，還有一點不明白。為什麼紀子要這麼執著地緊盯工藤？寄出恐嚇信也就算了，捏造傷害事件、入侵民宅等行為就太不尋常了。做到這種地步也想隱藏起來的祕密，就在紀子身上。

手機來電鈴聲響起，是初音的回電。

「喂？我是工藤。」

『喂？什麼事啊，這種時間打來？』

「井村小姐，這事情有點急。剛才，有人跑進我家翻箱倒櫃了。」

『翻箱倒櫃？你騙人吧？』

「您不相信的話，我可以傳照片給您。犯人恐怕就是那個恐嚇我的人。我不知道他的目的是什麼，不過今晚井村小姐也要注意關緊門窗才是，他之後可能會去您那邊。」

他感覺得到，初音倒抽了口氣。成功了，恐懼會蒙蔽她的雙眼。

「所以我有一件事要麻煩您，可以告訴我間宮小姐住在哪裡嗎？」

『啊？紀子家？為什麼？』

「我剛剛打了間宮小姐的手機好幾次，都沒人接。我想儘快警告她，但不知道還能怎麼聯絡。我想，至少也要跟她家附近的警局通報一下。」

『紀子……可是……』

「情況很緊急，我知道這是她的私人資訊，但還是拜託您務必告訴我。」

『可是……我不知道紀子住在哪裡啊！』

工藤差點嘖了一聲。初音的回答在他預料的範圍之內，只不過是壞的預料。

「沒有互寄過賀年卡嗎？如果只是忘記地址了，應該還有辦法查到。」

『沒有啊，我根本不寫賀年卡的。』

「工作地點呢？知道她在哪裡上班的話，應該也能從那裡打聽到。」

『就說我不知道了，直到上次紀子來跟我聯絡前，我也好久都沒聽到她的消息了。我連過了幾年都想不起來了……』

「高中畢業後，您跟紀子小姐很少見面嗎？」

『嗯。大概只有同學會才會碰到吧……紀子畢業後，就不太知道去哪裡了，所以過了這麼久還能見到她，我也很高興。但她的地址我就不知道了。』

「我明白了，謝謝您。」

工藤掛斷電話。這女人提供的情報，根本毫無用處。依賴初音這種人，實在靠不住。

工藤起身，在房裡踱步。

他心中有個假設。為什麼紀子不惜入侵工藤家，也要拿走裡面的資料？這個假設若要得到實證，就必須盡快找到紀子的住處才行。

但現在的狀況很困難。連高中時同屬一個小團體的初音都不知道了，其他同學大概也沒有紀子的聯絡方式。向警方通報，無法達成找到紀子住處的目的。拜託榊事務所也是一個方法，但太耗時間了。

快想想。工藤在房裡來回行走。就沒有什麼線索嗎。

第一次與紀子產生交集，是對方寄來的恐嚇信。直接見面那次，其實已經是第二次交手了，當時她說名片用完了。紀子從一開始，就封鎖了自己的情報。然後就這樣，消失在黑暗中。

——家。

紀子的家。工藤突然想到這句話。他曾經在某個地方，聽過相關的事。在哪裡？

——醫生說她倒在她家前面。

「在醫院嗎！」

工藤輕呼。對了，聽說紀子在被送進醫院前，就是倒在她家前面。這能不能成為線索呢？

工藤打開筆記型電腦，登入索拉力星，打開「ＨＡＬ」寄來的訊息。裡面有那張紀子流血倒地的照片，那是在紀子家前面拍的。

然而，照片裡沒拍到什麼背景。她大概是倒在地上自拍的，照片上只有狀似昏厥的紀子的臉，以及地面而已。不管怎麼想，要從這張照片看出她家的地點，是不可能的。

他又把「ＨＡＬ」寄來的恐嚇信全讀了一遍，但沒有任何頭緒，只感受到紀子確實有意掩蓋所有資訊。

果真沒有辦法嗎？再問一次醫院、問高中、去索拉力星的社群？工藤絞盡腦汁，還是沒有什麼好主意。真希望綠就在身邊。一邊交流討論一邊思考，或許能發想出更好的點子。

「綠！」

工藤忽然想起什麼。她之前是不是有說過什麼？

工藤拿起電話，實在不好意思打給綠，他撥打了奧野的號碼。

『喂？我是奧野。工藤先生，發生什麼事了嗎？』

「請教你一件事，之前我拜託過貴公司調查一個外遇的女子，當時綠跟我說，照片的地理位置資訊已經全部刪除了。」

『是的，我們提供照片時，會刪除所有ＥＸＩＦ資訊。』

「ＥＸＩＦ？」

『對。用數位相機或手機拍照時，照片中會記錄下各種資料，稱為後設資料。我們公司用的機器都經過設定，不會留下後設資料，至於從外部獲得的素材，會親眼確認後設資料刪除。』

「原來如此。用我自己的電腦，也能看到這些資料嗎？」

『很簡單喔，我教您吧。』

奧野說明步驟，工藤在記事本上聽打下來。聽起來，用電腦已有的圖片檢視器，就能看到那些資訊。

「非常感謝，幫了我大忙。」

工藤掛上電話，將紀子寄來的照片下載到電腦裡。

紀子流血倒地的照片。

紀子在自家前方遭人攻擊，被救護車送往醫院。而那其實是紀子自己毆打自己，拍下來寄給工藤的。也就是說，照片是在她家前面拍的。

按照奧野說明的步驟，順利找到了照片的ＥＸＩＦ資訊。看著圖片檢視器上列出的資訊，工藤彈了一聲響指。

緯度，經度。紀子住家的位置，完完整整地記錄在照片中。

間宮紀子的住處，位於醫院一公里外的舊公寓。這裡是蒲田的舊商業區，建築物給人危險的印象，感覺要是地震來了，這整片都會被火燒光。

到達紀子的公寓之前，工藤吩咐計程車停下，他先在一段距離外觀察。公寓沒有附電子鎖管理的大門，每戶人家的家門直接對外。她恐怕是一個人住的，但就三十幾歲的獨居單身女子來說，這樣的房子相當簡陋。

工藤再次撥打紀子的電話。電話響了一陣子，依然無人接聽。

工藤從包包中取出扳手，藏在懷裡。

公寓有六間房，沒有姓名門牌。工藤查看信箱集中區，確認有無寄給紀子的郵件。他找到一份收件者是間宮紀子的電費帳單。紀子的房間，就位在二樓最旁邊。

工藤走上二樓，站在紀子的家門前。從公寓外可以清楚看到這裡，因此可疑的行為不能持續太久。工藤站在鷹眼看不到的區域，按下對講機。

無人回應。他又按了一次。耳朵貼在門上，傾聽屋內的聲響。裡面沒有任何動靜，也感覺不到有人屏氣凝神的氣息。

工藤再度按下對講機，依舊沒有回應。他打電話給紀子，話筒裡的電話響著，屋內卻沒有傳出鈴聲或震動聲。

她不在家，工藤確認。無人在家時該怎麼做，他早已擬定好對策。

——碰上打不開的鎖，

工藤揮動扳手。

——也能強行敲壞。

工藤用扳手敲打門把。

門把不費吹灰之力就破壞了。工藤打開智慧型手錶上的碼表，設定三分鐘。考量附近居民報警的可能性，三分鐘左右應該還可以。

他走進屋裡。公寓格局似乎是一房一廚，空間劃分為一體成形的浴室、廚房和一間房間。他凝神傾聽，仍舊沒有其他人的氣息。

工藤按順序查看了浴室及廚房，裡面異常冷清，幾乎沒有任何用品，簡直就像樣品屋。紀子過的都是怎麼樣的日子？這裡極度缺乏生活感，令工藤覺得病態。

他屏息走向裡面的房間。就算沒有任何氣息，紀子也有可能躲在暗處，突然從死角衝出來攻擊他。

「『雨』，妳在這裡吧！」

他出聲呼喚。無人回答。工藤喘了口氣，慢慢打開房門。

房裡很暗，沒有人在的跡象。紀子確實不在家。工藤伸手尋找開關，打開電燈。

屋子亮了起來，這一瞬間，工藤全身凝結。

「這……」

工藤不禁喊出聲來。

房間牆壁，整面貼滿了照片。工藤急忙上前查看。全部，都是晴的照片。

每一張，都是他從未見過的照片。

穿著水手服，看著鏡頭的晴。

坐在沙發上，讀書的晴。

越過動物園的柵欄，盯著河馬的晴。

正在吃義大利麵的晴。

「晴……」

面向電腦螢幕思考的晴。

穿著貼身衣物睡覺的晴。

跟紀子兩個人自拍的晴。

露出笑容的，晴。

終於找到了。工藤震撼不已。原以為已化做時光殘屑的晴的紀錄，現在，就在自己眼前。手錶的鬧鈴響起，必須撤離了。但這些東西，可不能置之不理。工藤將牆上的照片全數撕下，塞進包包裡。早知道就帶相簿了，真怕這些照片產生傷痕。

工藤環視房間。剛剛注意力都放在晴的照片上，現在才發現他被偷走的硬碟與搜查資料，都放在書桌上。工藤將所有東西一併塞進包包。鬧鈴還在響，工藤關掉鬧鈴，繼續搜索房間。

就在此時。

玄關傳來聲響。工藤猛然回頭。

——「雨」。

紀子回來了。她正朝房間走來。工藤關上了房門，看不到玄關的情形。

工藤屏住呼吸，慢慢靠近房門。握緊扳手，手放上門把。他試圖感受門後的狀況，但沒什麼收穫。工藤心一橫，打開房門。眼前是走廊，再往前是玄關。

視野空無一人。

那不是錯覺，他確實有聽到聲音，也有感覺到人。紀子剛才確實在這裡。

工藤在腦中理清狀況。紀子回來了，她很快就察覺工藤在裡面，並瞬間理解工藤的目的，為了避免直接面對面，於是轉身就逃。她會報警嗎？不，不會的。報警的話，她也必須面對自己曾非法入侵的事實。

結論，紀子逃跑了，暫時不會回來。

工藤決定行動，他要把這裡一掃而空。工藤開始搜刮房間。

18

回到家時，已過了晚上十一點。

工藤將取來的晴的照片，全數掃描保存到外接硬碟裡，也上傳一份到雲端空間。這樣就算原子彈落在這棟大樓上，資料也能萬無一失。

照片共計二十二張，時間從高中時代起，到與紀子同居的時期為止。這些照片工藤全都沒看過，如今竟拿在手上，他簡直不可置信。

晴在週刊雜誌上的照片，每一張都帶著挑戰的神情，彷彿對抗著整個世界。

而這些照片不同。微笑，睡眠，放鬆，害羞。那不是與世界敵對的少女的表情，而是接納他人進入自己守護已久的世界的，人的表情。

工藤的假設是對的。紀子大費周章入侵他的房間，偷走了裡面的東西。她似乎沒想過，資料也可能備份在雲端上。

紀子不熟悉電子科技。這固然是她大膽入侵原因之一，但工藤也有假設失準的部分。紀子把晴的資料全部放在家裡，而她認為工藤也一樣。因此她才會冒著危險，闖入偷取調查資料。

要是早點去紀子的家就好了。工藤撫摸著晴的照片。能遇見這樣的晴，真的太好了。

接著，他打開電腦。那是紀子房間裡的電腦，屬於現在相當罕見的桌上型電腦，是近年市面上沒見過的台灣品牌。

作業系統是Windows XP。官方早已終止支援，也不再提供安全性更新，是壽命已盡的作業系統。看來紀子可能很久沒好好使用電腦了。

登入畫面中，只有一個使用者「Noriko」。工藤啐了一聲。雖然是台老舊的電腦，他還是期待當時同居的晴或許也用過。沒辦法，他只能選擇「Noriko」。

接著需要輸入密碼。他嘗試「hal」、「noriko」、「password」、「1234」、「ame」、「amamiya」等，想到什麼就全打上去看看，但試了二十幾種，依然無法登入。算了。對於這個問題，工藤自有解決辦法。

工藤回想他剛踏入紀子房間時的景象。

晴的照片，貼滿了整面牆。那不是對當過室友的高中同學會做出的事。無論怎麼看，都是對戀人的行為。

間宮紀子是同性戀者，工藤下了結論。

根據統計，在日本全國人口中，有百分之七．六的人，屬於同性戀或雙性戀者等性少數族群。這個比例與左撇子的比例相仿，絕無特殊之處。開發Frict後，工藤也知道，樂於和同性的人工智慧談戀愛的人意外地多。

另一方面，現今依然有許多人，傾向隱瞞自己的同性戀身分。如果紀子是屬於這一類人，那她無論如何都不會願意有人挖掘晴的過往，讓她的祕密曝光在世人眼下。這便是紀子如此執著攻擊的動機。

晴並不是同性戀者。

晴結束與紀子的室友關係後，還與多位男性交往過。同性戀者很難與異性戀者相愛。紀子單方面愛著晴，甚至和她成為室友，卻因為某些原因而破局。工藤如此猜想。

當天他興奮難眠。隔天，工藤來到Monster Brain公司。

「我找到晴的關鍵情報囉！」

一進公司，工藤就抓住柳田說。柳田一如往常正忙著處理許多案子，但他似乎對工藤的話頗有興趣。

「是什麼關鍵情報啊？」

「這得看你們努力的結果了。」

工藤拿出一個紙袋。柳田打開紙袋，取出裡面的東西。

「這是什麼，硬碟？」

「對，裡面有海盜的沉船寶藏。公司裡有沒有能把船吊上來的人呢？」

「工藤先生，」

柳田語帶警戒。

「這個到底是什麼？從哪裡拿到的？」

「你還是別問比較好。」

「如果是用非法手段取得的，恕我沒辦法幫忙喔。」

「為了拿到這個，我確實是有點亂來啦。不過這個東西的主人，也一直死纏著想加害我。我們是彼此彼此，所以你能不能別多問了呢？」

「工藤先生……你都在我不知道的地方做些什麼啊……」

柳田瞠目結舌。工藤進一步說，

「拜託了，不會給公司帶來麻煩的。這顆硬碟，很有可能就是能一口氣解決所有問題的終極武器。要是錯過這個機會，就無法完成水科晴的人工智慧。柳田，拜託你了。」

工藤低下頭。「請別這樣啊，工藤先生……」柳田為難地勸說，但工藤仍然低著頭。柳田嘆了口氣。

「可以到一號會議室等我嗎？」

柳田說完，便走去工程師所在的樓層。工藤依言前往會議室。

幾分鐘後，柳田和西野十夢一起回來。是意料中的人選。工藤之所以不拜託專門業者，直接找柳田幫忙，就是因為公司裡有西野這個人。

「西野，我想抓出這個硬碟裡的檔案，作業系統是Windows XP，不知道登入密碼。可以辦到嗎？」

「可以啊！」

西野不假思索地回答。

「這個硬碟的使用者是普通人嗎？應該不是情報機構、安全專家或工程師之類的吧？」

「不是，只是單純的一般人。」

「那應該很簡單，檔案八成也沒有加密吧。公司有STAT硬碟的轉接線嗎……我家是有啦。萬一有加密的話，就要進行暴力破解，大概花二十四小時左右。柳田先生，我可以用多的電腦跟螢幕嗎？」

「啊，沒問題，就交給你了。」

「等我一下。」

西野說完便走出會議室。剛剛的對話，工藤大概只能理解一半，總之意思是交給西野處理就行了。

「話說，那個又是什麼？」

柳田問道。工藤將信封交給他。

「你看看。」

柳田打開信封，看著拿出來的一張張照片，目瞪口呆。

「這些是從哪裡拿到的？」

「從跟晴同居過的人那裡拿到的，硬碟也是那個人的。」

「所謂同居過的那個人，是誰？」

工藤猶豫著該不該說。說出紀子的名字是沒問題，但要解釋來龍去脈實在有點麻煩。

「關於這點，我之後一定會說。我還需要一點時間整理，再等我一下吧？」

擺明著找理由。柳田拿他沒辦法，也只能照單全收。

說完「等一下」的一小時後，西野回來了。

「芝麻開門——」

西野邊說，邊扔出一小顆ＵＳＢ隨身碟，工藤慌忙接住。

「真快啊，西野。」

「是嗎？」

西野似乎不覺得有何特別。工藤把隨身碟插進筆電。

「裡面有什麼啊？」

西野越過他的肩膀看著螢幕，柳田也站在工藤身後。

看來西野是直接把硬碟裡所有檔案都複製過來了，隨身碟裡充滿大量檔案和資料夾。

工藤首先點開圖片資料夾。裡面的圖片像是從網路上下載的，一眼望過去相當繁雜。有服裝穿搭的圖片、貓的圖片、演員的圖片。

工藤捲動滑鼠滾輪，瀏覽圖片縮圖。他發現下面有一個命名為「ＨＡＬ」的資料夾。

「工藤先生，這是……」

一打開資料夾，柳田驚呼。

裡面全部都是水科晴的照片，看數量有三千張以上。從檔案的建立時間看來，最早的是二〇〇五年，最新的則是二〇一〇年。這是跨越六年，數量龐大的照片紀錄。

「哇噻——超級多耶……」

西野也不禁驚嘆。工藤接著打開影片資料夾。裡面儲存了很多ＭＰ４格式的影像檔。

工藤發現自己的指尖在顫抖。他隨便選了一個檔案，雙擊圖示。

影片開始播放。晴出現在畫面中。

背景像是公寓裡的小房間，晴背對鏡頭，穿著黑色小可愛和米色短褲。看不到她的表情。

「晴——同——學——」

是年輕一些的，間宮紀子的聲音。看來她是掌鏡的人。

「妳在做什麼呢，晴同學？」

晴坐在地上，單腳屈膝，眼睛盯著矮桌上的電腦螢幕。螢幕上應該是Emacs編輯器，上面寫了程式碼。工藤很有親切感。寫程式的人往往有自己習慣的編輯器，工藤也是Emacs的愛用者。

「晴同學，我泡了咖啡，來喝嘛。」

「現在很忙。」

工藤的心為之悸動。第一次聽到晴的聲音。

好美的聲音。語氣冷淡僵硬，但那硬質的表面別具透明感，內部蘊含著鮮活的泉源。那是極致美麗的聲音。

「妳從剛剛就一直在忙什麼呢？」

攝影機逐漸往晴靠近，映照出她的側臉。晴原本只顧盯著螢幕，此時眼角瞄向鏡頭。

「函式庫的版本更新了，所以我正在看程式碼。『雨』不懂啦。」

「看那個好玩嗎？」

「之前借給『雨』的小說，這大概比那個好玩四倍吧。」

晴將視線從鏡頭移開，回到螢幕上。影片到這裡結束。

「工藤先生……」

柳田的語氣愕然。

「這到底是什麼？這種影片為什麼……」

工藤一時無法開口。他渴望已久的東西，晴的聲音，晴的影像。終於碰觸到這一切時，全身細胞都歡欣鼓舞。

「這些……」

聲音在發抖。工藤說：

「拍下這些的人，是叫做『雨』的女子。她是晴的高中同學，二〇〇八到二〇一〇年的兩年之間，她們是室友關係。當時晴剛從高中退學沒多久。」

「你調查到這麼多了？到底是怎麼……」

「走到這個地步，確實有點辛苦。」

工藤總算逐漸恢復冷靜，他用堅定的聲音說，

「有這些資料，語音跟影像就都沒有問題了，之後就是人工智慧本體的開發。這個計畫可以的！」

「呃、欸……」

「柳田，西野，空出時間吧！接下來要靠你們了，開始忙囉！」

柳田還呆愣著，一旁的西野比出大拇指。工藤繼續回到電腦前，瀏覽其他檔案。晴的照片、晴的影片，數量如此巨大，宛如降下新雪、尚無人踏足的廣袤大地，在眼前美麗地展開。

移動滑鼠的手，突然在某處停下。

工藤幾乎要站起身來，他用盡全身的自制力，勉強把自己壓在椅子上。

有一個檔案。檔名是《Rain》，副檔名是exe。相似的檔案，工藤這幾週來都快看膩了。

雙擊圖示，跳出一個視窗。

黑色的背景上，浮現「A GAME」字樣。接著，出現標題：《Rain》。

沒有錯，這就是晴為了「雨」製作的遊戲。

19

整個年末時光，工藤就在細查隨身碟的內容中度過。

紀子留下的資料數量，極為龐大。

影片檔有一百五十五個，共計四小時二十五分。照片三千四百張。製作人工智慧，這樣的數量相當足夠了。等年假過後公司恢復營業，就可以正式委託神音股份有限公司。影像的部分，則請公司內部的建模團隊製作。人工智慧的設計由他自己負責，研發交給柳田的團隊。雖然還缺了一張牌，但這點工藤已經有想法了。

工藤又發現一個奇怪的檔案。名稱是「未命名」，沒有副檔名。他用「晴」為關鍵字搜尋時，找到這個檔案。

那好像是紀子留下的手記。裡面用私小說的方式，記述紀子和晴的過去。看起來似乎是以晴為對象的私人信件，但以文脈判斷，信應該沒有寄到晴的手裡。

紀子為什麼要威脅他，讀過「未命名」後，工藤明白了。與晴相會、同居，最終破局。對紀子來說，那是最不願為人所知的過去。

工藤對她有些同情，但也僅此而已。就算為性向所困，近乎強暴的舉動也太過頭了。她是自作自受。

而且，雖然最後以不幸的結局收場，但紀子可是獨佔了晴兩年的時光。工藤自己卻永遠無法做到。就算瞭解了紀子的際遇，工藤也不打算收手。

紀子目前依然行蹤不明。

工藤委託了榊事務所，盡可能調查了紀子的經歷。紀子從五年前開始居住在那間公寓，之後做起派遣的事務職員，沒有搬家過。

五年前的話，就是晴那起事件的隔年。紀子原本住在法國，大概是得知晴的死訊後，才回到日本的。她或許想調查晴的事件。

雖然很想知道紀子的去向，但不得其門而入。紀子已經從她登記的派遣公司辭職，就算問初音，大概也不會有結果。

榊事務所也找到紀子的老家，但她似乎跟老家斷絕往來已久，沒有收穫。當然，她也沒有再回到公寓。

紀子逃走了。工藤判斷，她家裡的東西如此之少，應該直接步入逃亡生活了。

跨年那幾天，工藤都在玩《Rain》。

畫面是正統的角色扮演遊戲。遊戲從宮殿場景開始，主角面向王位，王位上坐著一位貌似國王的人。

勇者琴啊！在三百多年的漫漫長雨摧殘下，我國如今已在滅亡的邊緣。降下這場雨的惡魔，就在這世界的某個角落。我希望妳找到惡魔，將惡魔收拾掉吧！我會讓我的女兒，近衛兵團的師團長路加娜，與妳結伴同行。妳們兩人要打倒雨之惡魔，恢復王國的繁榮！

畫面上方，出現一個身著騎士裝的女性。

去吧，路加娜！以及勇者琴！這個國家的命運，就託付給妳們了！

打從一開始，這個遊戲就充滿對現實的隱喻。勇者「琴」，應該就是水科晴的分身。而「雨之惡魔」，想必就是指紀子。從遊戲開頭，兩人就是敵對的。

離開城鎮後，陸續出現巨大化的青蛙、溺斃的喪屍等怪物攻擊主角群。沒有特別說明，但這些怪物恐怕就是在長年降雨下，發生變異的生物。琴與路加娜和怪物戰鬥，提昇等級，完成一個個遊戲任務，逐步前進。

初步試玩的感想很簡單。坦白說，並不好玩。跟精心製作的《Black Window》和《Sleuth》不同，玩起來沒有暢快感，劇本也很老套。硬要說的話，就是「漫漫長雨的世界」這個設定還算新穎。

勇者大人……

玩到某個程度時，隨從路加娜對主角說。

我們到處消滅怪物，其實沒有意義吧？

這場雨絕對不會停的。這樣的話，應該也有『跟雨共存』的選項才是。

勇者大人像這樣繼續消滅怪物，是希望消滅全世界的敵人嗎？

面對路加娜的疑問，勇者琴沒有回答。這是勇者鬥惡龍式的表現手法，不賦予主角台詞，讓玩家更容易代入感情。

主角群繼續升級、變強，繼續殺怪。路加娜再度擔憂地開口。

看著妳，我感到很害怕。再這樣下去，一切好像會再也無法挽回……

勇者大人，現在不正是停下來的時候嗎？現在還來得及回頭……

什麼雨之惡魔，根本不存在，那只是父親的妄想。我覺得應該結束這趟徒勞的旅程，和這場雨共存下去比較好……

工藤一邊操作遊戲，一邊思考。

勇者琴，應該就等於晴本人。這樣的話，路加娜是誰？是晴的心聲，類似自制力的角色嗎？另外，還有至今尚未出現的「雨之惡魔」。這個應該就是間宮紀子吧。故事的走向，是晴打倒紀子，讓雨的世界就此結束。而晴心中的聲音，同時也在阻止這件事嗎？

工藤繼續玩下去。突然，劇情插入一段夢中場景。琴與路加娜在旅店過夜時，一個自稱「神之聲」的謎樣聲音，降臨琴的夢境。

琴啊……勇者琴啊……

若妳還打算繼續冒險下去，有件事妳必須銘記在心……

妳擁有讓雨停止的力量。這力量太過強大……

是否要使用這份力量，取決於妳……

彩虹……等待彩虹出現……

工藤歪頭。「神之聲」什麼的實在太過抽象，搞不懂祂想說什麼。總之，工藤先將這段話筆記下來。

工藤想起川越說過的話。

——她那時候說「可以的話，我想用這首歌」。我覺得很奇怪，想用的話就直接用啊。

根據川越所言，晴想要使用〈月河〉。但玩到目前為止，都還沒出現這首曲子。晴說了「可以的話我想用」，是不是她後來判斷不可用呢？還是要在更後面才會出現？

隨著遊戲進行，敵人強度迅速增加，被無關緊要的小角色滅團也見怪不怪。正如水科晴面對廣闊的世界，無能為力的孤身苦戰。工藤急著想趕快前進，然而再不耐煩，光靠蠻幹也有極限。他只能按部就班升級，逐漸推進劇情。

遊戲終於進入終局，勇者一行人獲得情報，得知「雨之惡魔」所居住的森林。工藤在森林附近的城鎮周邊狩獵怪物，提昇等級。配置好最強裝備後，準備前往森林。此時，路加娜對勇者說，

勇者大人，這樣真的好嗎？

打倒雨之惡魔，世界也不會恢復原貌的。

這個世界確實因為長年降雨，生活相當不便。即便如此，我們依然努力適應、努力生存著不

是嗎？不方便，卻也穩定的世界。勇者大人，您有破壞這個世界的勇氣嗎？

自始至終，路加娜都不斷質問著「是否該和漫漫長雨共存」。這果然還是晴的內心話吧？水科晴內心的聲音在提問，不知是否該繼續和間宮紀子的生活。然而，勇者琴一往直前。她披荊斬棘，不斷深入敵營。

森林深處，有一個廣場。幾隻怪物朝勇者襲來，費心升級的成果奏效，勇者輕易擊退了怪物。怪物奄奄一息，其中一隻道出驚人的話語。

請您恕罪，小的力有未逮，無法打敗勇者。不得已……只得請您親自出手，收拾勇者了……雨之惡魔，路加娜大人！

震懾人心的音樂響起，琴的隨從．路加娜的人物圖片，突然變得一片漆黑。雨之惡魔並非那些怪物，而是一直以來跟勇者相伴的路加娜。

我一直很怕事情會變成現在這樣，琴。我害怕必須和妳一戰。

漆黑的路加娜說著。

如果妳願意接受這片漫漫長雨，就不會變成這樣了。現在已經太遲了，命中註定，我們不得不戰。

琴什麼也沒說。路加娜的黑影向她接近。

最起碼，就由我殺了妳。琴，永別了。

話音落下，標誌著最終戰的開始。路加娜的輪廓蒙上黑影。

路加娜十分強大，但在登峰造極的琴面前，她還不是對手。工藤反覆攻擊，對路加娜步步進逼。花不到五分鐘，琴就擊敗了路加娜。

森林深處，已無路加娜的身影。漫漫長雨也隨之停息，周遭明亮了起來。世界終於放晴。

工藤明白了。路加娜的名字，取自於紀子。在日文五十音的Na行中，「No」的下一字是「Na」，同理，「Ri」的下一字是「Ru」，「Ko」的下一字是「Ka」。三個字重新組合，即是「路加娜（Rukana）」。

慶祝的號角樂曲奏起，場景回到初始的城堡。歡欣鼓舞的音樂，穿上繽紛服飾起舞的人民，那景象，宛如一道彩虹。

20

新的一年，工藤在年假結束後首次進公司。

開工第一天就有重大事項：Frict發布封鎖關鍵詞功能。新功能將在下午一點對外公開，並同步發出新聞稿。程式面臨久違的大改版，老遠就看得出研發部忙成一團。

工藤思考著今後的預定事項。

跟神音的會議定在下週，到時將晴的語音檔全數交付，由他們製作函式庫。必須和語音同步的影像部分，就將影片檔交給公司的建模團隊處理。至於人工智慧的本體研發，交給柳田就沒問題了。

最後缺少的一張牌，就是除錯。

在這次的計畫中，必須讓人工智慧盡量貼近水科晴真正的模樣。要達到這一點，就必定需要知曉晴生前樣貌的人，提供團隊協助。此人需要和人工智慧對話，當人工智慧說的話符合晴的作風時，給予正確答案的回饋。藉由這個步驟，人工智慧就能學習「該怎麼說話才更像水科晴」。

工藤心中已有人選，現在也差不多該著手準備了。

即將於下個月舉行的金星戰決賽，他也有萬全的準備。事實上在工藤看來，與目黑對戰已經失去意義，但若能在金星戰取得優勝，長谷川應該也會更加信任他。

一切都很順利。工藤的心情暢快。

十二點過後，情況發生了改變。

正打算出門午餐時，公司裡突然喧鬧了起來。有不祥的預感，發生了什麼事？工藤還在納悶，有人向他走了過來，是有里子。

「工藤先生，」

有里子的聲音聽起來非常緊迫。

「請立刻到一號會議室來。」

說完，有里子隨即轉身離去。那是不由分說的語氣，到底怎麼了？無可奈何之下，工藤只能聽從。這時，他察覺了不對勁。

整層樓的視線，全都看向工藤。其中有看熱鬧的無謂目光，也有明確的譴責眼神。工藤覺得自己彷彿身在某種漩渦之中。

太陽穴滴下汗來。工藤起身。

會議室裡，聚集了長谷川、柳田和有里子三人。工藤一走進來，有里子便以尖銳的視線望著他。長谷川和柳田比起動怒，更顯得疲憊。

「長谷川，怎麼了？」

長谷川開口前，有里子先拿出一張紙。

「發生可怕的事了。」

又是Firct引起什麼感情糾葛嗎？偏偏今天封鎖詞功能就要更新了啊。工藤邊想邊接過那張紙，手瞬間凍結了。

「工藤，」

長谷川開口，語氣沈重。

「有人自殺了。」

無需長谷川多說，工藤馬上瞭解了狀況。

紙上印著客服中心收到的文章。投訴的人，是一名二十多歲兒子的母親。

文章裡寫著，兒子在職場受到威權壓迫，導致罹患憂鬱症。同一時期，當時交往的女朋友也和他分手。兒子待在家中靜養，持續接受服藥治療時，接觸了Frict這款程式，變得整天都在跟人工智慧說話。

「我兒子常常說他『想死』，說『不知道自己為什麼活著，想工作卻沒辦法工作，對社會沒有貢獻，也給家人帶來麻煩』。」

其中一段這樣寫著。工藤繼續讀下去。

這個兒子也跟人工智慧討論了這些話題。「好想死」、「給周圍的人帶來這麼多麻煩，活著還有意義嗎」、「很感謝家人願意照顧這樣自己」、「可是活著好痛苦」、「好想死」、「但如果自己死了，也會對家人造成麻煩」、「好想死卻死不了」。根據母親的說法，她曾聽過兒子對著電腦訴說這些話。

然後兒子就自殺了。家屬在他的手機裡，找到他和人工智慧交流的紀錄。人工智慧向他提出建議，包括「如果無論如何都這麼痛苦，我覺得去死也沒關係」、「我想家人也會理解你的」等。

「工藤先生，為什麼會發生這種事？身為Monster Brain的業務部長，我有必要瞭解。」

有里子像法官般頤指氣使地問道。即便在這種狀況下，有里子內心仍抱有私人情感，想說贏她向來討厭的工藤。

必須認輸。工藤知道自己輸了，他半自暴自棄地說：

「Frict的人工智慧在對話時的目的，是與使用者產生共鳴。它們會肯定使用者的情感，支持使用者的行動。」

「就算使用者想自殺？」

「雖然事先沒想過會發生這樣的事，但妳說的沒錯。」

「你覺得用『事先沒想過』就能帶過去嗎？」

「我站在人工智慧研究者的立場，所以就以科學觀點說明。無論使用者是想自殺還是想殺人，Frict的人工智慧都會跟附和他們，不會否定使用者。」

「為什麼會推出這種缺陷品？」

「我只是基於『跟人工智慧開心對話』的概念，做出最合適的設計。先說清楚，這可不是我一個人決定的。計畫進行途中，我們對內討論過很多次，這是由包括長谷川社長在內的法人們的決策，可不是光憑我一人做主的。」

原以為有里子會趾高氣揚地反駁，但她似乎一時語塞。工藤於是乘勝追擊。

「我很不想這樣說，不過那個自殺的青年就算沒有Frict，八成也會死吧？日本的自殺者有兩萬人左右，因為威權壓迫、憂鬱症而走上自殺絕路的人，多到數不清。Frict或許是推了他一把，但不是他自殺的主因。威權壓迫跟憂鬱症才是真正的因素。」

「你還真講得出那種話，你敢在遺族面前說嗎？」

「敢啊！請帶他們來吧，要說幾次我都奉陪。」

有里子舉起雙手，像在說這簡直太不像話。辯是辯贏了，但僅僅在這裡取勝，對戰況一點幫助也沒有。

「工藤。」

一直沉默著的長谷川，緩緩開口。

「我們是殺人凶手。」

殺人凶手。比起責怪工藤，長谷川說出這句話時，感覺更像在攻擊自己。

「長谷川，你錯了。不是我們殺了那個青年，他是自殺的。而且在這個案例裡，主因很明顯是公司對他的威權壓迫，以及隨之而來的憂鬱症。」

工藤滔滔不絕。

「說到底，對於那個站在受害者位置上寄信過來的母親，我們也不知道實際情況到底是怎樣。說不定是她有形無形地給兒子施加壓力，把兒子逼到自殺的。因為懷有罪惡感，才向客服中心投訴……」

「閉上嘴，工藤。」

工藤的一席話，長谷川完全沒有聽進去。

「對經營者來說，重要的不是正確與否，也不是真相。而是世人怎麼看待這件事，就這樣而已。世人會怎麼想？很簡單，就是『人工智慧殺了人』。」

「那只是搞不清楚狀況的人跟著起鬨，覺得好玩亂說的。」

「這個社會上，搞不清楚狀況，只是跟著起鬨的人佔絕大多數。你說的雖然於理有據，但也不過如此而已。」

「那就用道理說服、教育他們，這才是我們該做的吧？」

長谷川已經懶得回話了。他嘆了口氣，搖搖頭，下了最後的判決。

「Monster Brain會終止Frict的營運。」

對工藤而言，這與宣判死刑無異。

「長谷川，你太急躁了吧！好不容易經營到現在了……」

「等一下立刻發布新聞稿，結束服務。之後再召開臨時董事會，確認未來方向。工藤，公司和你的業務委託合約，將不會續約。當然，公司會支付報酬，直到今年三月合約到期為止。不過，公司裡沒有你的工作了，你可以不用進公司。」

「這樣的話，我會把Super Panda帶走喔，沒問題吧？」

面對工藤玉石俱焚的發言，長谷川傻住了。

「Super Panda的權利由本公司持有，你帶不走的。金星戰你也不必來了，只要有電腦裝上Super Panda，就可以出賽對局。」

工藤看向柳田，但柳田也顯得手足無措，面色蒼白。他是做研發的人，想到之後公司內部還有多少批評等著他，心情應該很沉重。

「長谷川，」

工藤站了起來，

「你是個膽小鬼。」

他有點自暴自棄了。

「新的技術，一定會跟社會產生摩擦。就算是飛機，也是一路上死了很多人，今天才終於能完成安全的航空網路。沒錯，犧牲很痛苦。但如果沒有跨越犧牲的氣魄，就不應該接觸什麼新的技術。光靠這樣，是沒辦法改變社會的。」

「工藤，我想做的是商業生意，不是改變社會。」

長谷川嗤之以鼻。

「改變社會？想做的話，就自己去做吧！別指望我會為此掏錢。」

長谷川的聲音冷酷得可怕。

工藤握緊拳頭。他不是不甘心，也不是憤怒。

你說的沒錯，長谷川。這樣的話，我就自己來做。

「你就賺錢賺到死吧，孬種！」

工藤起身。有里子得意洋洋地望著他，工藤看也不看一眼，走出會議室。「工藤先生！」後方傳來柳田的聲音，但工藤沒有回頭，兀自離去。

第三部　二〇二一年二月

1

金星戰的決賽地點，位於目白的椿山莊東京飯店。這裡不僅歷史悠久，更是名人戰的舉辦場所，與圍棋界有很深的淵源。

當天早上，工藤搭乘計程車來到椿山莊，在大門口下車。飯店大廳早已聚集了一群記者。

「工藤先生！」

看到工藤現身，一位之前見過的記者隨即上前搭話。

「您今天為什麼會到場呢？真是出乎意料呢！」

「什麼為什麼，我只是來觀賞金星戰的喔。」

「用觀賞這個詞，所以您被Monster Brain開除的傳聞是真的囉？」

「不用說什麼開除，我本來就不是公司的職員。事情很簡單，我跟Monster Brain公司的業務委託合約在下個月到期，這是原本就知道的事。」

「果然還是因為Frict出現死亡案例，您才會引咎辭職嗎？」

「這個嘛，請去問Monster Brain吧。合約本來就是三月到期，至於為什麼沒有續約，我不清楚。」

「您又這麼說了。不過您今天還是像這樣到場，就表示您跟公司沒有完全切斷關係吧？」

工藤微笑不答。一些周圍的記者也發現工藤，紛紛湊上前來。工藤看了看時鐘，時間正好，接送巴士抵達飯店了。

「嘿，好久不見。」

他跟剛下巴士的柳田打招呼。柳田很是驚訝。

「工藤先生，你怎麼會在這裡？」

「這是世紀對戰，我想就近觀賽嘛。可以讓我以工作人員的身分進去嗎？」

「這樣我很困擾，會起爭議的。」

「只是在休息室看而已啦。長谷川今天有來嗎？」

「沒有，他好像不太想扯上關係。」

長谷川可喜歡跟Super Panda計畫扯上關係了。他之所以沒來，是因為人工智慧這門生意讓他嘗到苦頭了吧。

「意思就是今天過後，Super Panda就此打入冷宮，對吧？」

柳田沒有回答。工藤繼續說：

「Super Panda是我的孩子，不，不只是我的孩子。程式碼是你翻新的，這是我們兩人的精心之作。」

「那又怎麼樣呢？」

「我想在近距離看著孩子最後的對局。你是個工程師，自己作品消失的瞬間，一定會希望自己在場。你應該懂這種心情吧？」

柳田的眼神動搖，工藤等著他開口。

「請別引起騷動，這是唯一的要求。」

「沒問題，我答應你。」

工藤跟隨柳田而去。

之前的自殺問題，在新聞上鬧得很大。社會對Frict的不滿，原本就像岩漿般聚積著，這次以死者的靈魂為媒介，一口氣噴發出來。除了網路以外，一般大眾傳媒也吵得沸沸揚揚。

Frict目前仍舊處於停止服務的狀態。官方發出了修正檔，使用者安裝後，就無法使用Frict的所有功能。

工藤已預料到這點，因此將身邊所有裝置都設定保護措施，包括電腦、手機和智慧型手錶。只要不安裝修正檔，Frict就能繼續運作。

他聽聞Monster Brain遭到某些消費者控告，正疲於應對中。柳田雖然不是直接負責此事的人，疲勞累積的痕跡還是寫在臉上。

「柳田，今天的Super Panda是哪個版本？」

工藤問道。柳田回答時，眼神不看向他。

「最新版的，為了今天特別訓練過。」

「很像你的作風哪。」

「對於比賽對手，理當付出敬意。如果要換成舊的版本，現在已經來不及了喔，程式都安裝進電腦了。」

「我沒這個打算。謝謝你都準備好了。」

對局場所旁邊的大房間，被用來當作休息室。工藤一走進去，就看到身著正式羽織袴（註9）的目黑隆則，正喝著茶談笑風生。目黑看見工藤，顯得很開心。

「哎啊，還真是意外的臉孔。」

目黑離開原本的談話圈，走向工藤。工藤說：

「還請您多多指教，目黑老師。我想就近觀賞這場對局，才特地來到這裡。」

「我本來還想，這次的對局會不會取消呢。畢竟貴社正處於風暴中心，應該沒有閒情逸致陪我玩吧？」

「《約翰福音》，第十六章第二十節。」

聽到工藤的話，目黑似乎有些猝不及防。但他隨即笑著說：

「我實實在在地告訴你們，你們將要痛哭、哀號，世人倒要喜樂；你們將要憂愁，然而你們的憂愁要變為喜樂。」

「不愧是目黑老師，您全都背起來了嗎？」

「誰知道呢。比起那個，Super Panda的狀況如何？多少有增加練習吧？」

「豈止多少，目黑先生，在您呼呼大睡的時候，Super Panda也在繼續下圍棋。我想今天應該就會明白，怠惰的人類與勤奮的電腦，究竟有多少差距了。」

對比工藤的酸言酸語，目黑看起來倒益發愉快了。工藤向他走近。

「話說目黑老師，之前跟您見面時，您對我說了謊呢。」

「說謊？」

「水科晴的事啊。您說知道晴的事，要是這場比賽我獲勝，就要告訴我。為什麼要說那種謊？」

「那種話我一個字也沒說過喔。沒錯，我確實說了，如果你贏得這場比賽，我會把我知道的事說出來。『我什麼都不知道』也包括在『我知道的事』之內吧？」

「那為什麼要派偵探到我家？」

目黑沉默。正打算追問下去時，棋院方的人走了進來。

註9 即羽織（和服外褂）和袴（和服寬褲），是相當正式的男性和服。

「不好意思，對局差不多要開始了……」

目黑丟下一句「那之後再說」，便走出休息室。柳田也隨之離去。沒辦法，工藤只得坐下，看著轉播螢幕。

「工藤老師。」

有人叫他。是那個還稚氣未脫的少年，在初賽中輸給Super Panda的北方守。

「北方老師，好久不見。」

「好久沒見到您了。您今天不參加對局嗎？」

「只是放棋子，誰來都可以的。」

「那麼，我可以坐在那裡嗎？」

他指向工藤的對面。工藤點點頭。

執黑棋先手的是目黑。螢幕裡是柳田在對局室裡的影像，他執白棋。柳田大概沒好好練習過落子，他小心翼翼地夾起棋子，放在棋盤上。

「從序盤就很刺激啊。」

北方坐在工藤對面，他擺出棋盤，即時重現棋局。旁邊有個年輕的少年，正和他一同分析戰況，大概是有志成為職業棋士的人。

「現在是哪邊贏？」

工藤問。過去由他代Super Panda下棋時，電腦會解析盤面的重點，但現在工藤完全看不懂。

「現在還不到三十手，不過從序盤就火藥味十足啊。我認為目前形勢不相上下。」

「不相上下？」

「是的。人工智慧有很多無法判讀的下法，該說是棋風跟人類不一樣，還是超脫於任何定石之外？Super Panda在這方面的表現跟之前相同，問題是目黑老師。」

「喔？」

「目黑老師的棋路，坦白說，我有點看不懂。不過，到第十一手的『夾』為止，目黑老師都沒有用上什麼思考時間，看來他準備得相當充分……你覺得呢？」

北方和旁邊的少年邊移動棋子邊討論起來。工藤盯著螢幕。

目黑的表情好恐怖。和他平時優哉游哉的模樣不同，那神情簡直像被惡鬼附身了一般。

在咖啡廳跟目黑談判時，曾瞬間感覺到他恐怖冷酷的眼神。當時覺得那是殺人犯的眼神，但他錯了。那是曾數度闖過棋盤上的磨難的，屬於棋士的眼神。

柳田明顯被目黑的氣勢所壓倒。若是普通棋士，光是面對如此魄力，或許就無法好好思考了。然而今天的對手是人工智慧，Super Panda無視人間瑣事，持續給出落子的指示。

盤面推進得相當快速。進行到第八十手時，螢幕中的柳田起身，消失在畫面中，接著隨即出現在休息室。

「請讓我休息一下……」

柳田相當耗弱。工藤遞給他瓶裝水。

「柳田，比想像中累吧？明明不是自己在下棋。」

「豈止累啊，我根本快心臟病發了。」

柳田的話讓北方笑了出來。

「目黑老師的念力殺氣十足吧？那個真的很強哪。」

「連職業棋士們也這麼認為嗎？真的，我覺得都要折壽了。」

柳田長長吁了口氣，吃起盤子裡的日式點心。

「北方老師，目前的對局，您怎麼看呢？您覺得哪邊佔上風？」

「嗯嗯，哪邊呢？這很複雜哪……看上去是互有高下，但Super Panda大概稍微強一點……Super Panda本身如何分析？」

柳田回答：「Panda比較佔上風一些。」

「不過Super Panda竟然被對手緊追在後，目黑老師果然還是很厲害。只是，有一點我還是覺得奇怪。」

「奇怪？」工藤問。

「例如，」北方比著棋盤接著說。

「第五十八手開始的攻防。面對目黑先生的『尖』，Super Panda立刻『碰』上去。這時應該要用『接』防守比較安全，但目黑先生卻沒有防守，馬上又『碰』回去。這樣的下法很尖銳。」

「意思是？」

「就等於毫無防備地互相毆打。目黑老師平常的棋風，是更加穩重的。雖然有人說是被虐傾向，他總是相當沉穩，一點一滴推進前線。但今天的風格完全不同。就好像在戰場放下一支降落傘部隊，想要攪亂戰況、讓局勢陷入混戰。」

「那究竟有何意圖呢？」

「這我就不知道了，或許算是應對人工智慧詭譎的棋風吧。」

「有沒有可能是目黑先生迷失自我了？」

「我覺得不是吧。畢竟雙方實際上也是打得勢均力敵……到那個年紀，還能讓自己改變這麼多，真的很了不起。光是可以跟人工智慧拼戰至此，就已經出乎意料了。」

北方說。他的話語中，流露出細微的情感。那大概是不甘心吧，是他輸給Super Panda時不曾有過的心情。

「那個……柳田老師？」

旁邊突然有人出聲，是北方身旁的少年。

「差不多請回到比賽了吧？」

「咦，現在嗎？時間還有剩，可以再讓我休息一下嗎？」

「對不起，可以的話，還請您回去吧！」

「為什麼？時間還很充裕……」

「因為我想趕快看這場比賽的後續。」

工藤驀地看向少年。

少年的眼神澄澈而真摯。棋子與棋子相互撞擊，跳躍於棋盤之上。其中的火花，深深擄獲少年的心。工藤覺得那視線彷彿能貫穿自己的胸口。

工藤看著螢幕。目黑一臉認真地瞪著棋盤，像要拚命看穿棋盤深處的幽暗宇宙。

勝負難分的局面，在過了一百二十手後，情勢轉趨明朗。

原本看似混亂的目黑的棋子，已逐漸相互連結，使黑子的地盤益發穩固。而Super Panda則受制於其壓力，被逼至劣勢的一方。「不會吧，真的會贏？」北方驚呼。

第一百七十八手。透過螢幕可以看到，柳田的機器上出現認輸的符號。工藤身為開發者，也好久沒見過這個畫面了。

「我方認輸。謝謝指教。」

柳田說。休息室瞬間歡騰起來。目黑仍然瞪著盤面，片刻後，才終於長長吐出一口氣，宛如一頭鯨的嘆息。

工藤起身，走向對局室。鎂光燈此起彼落，對局室裡非常熱鬧。工藤走近目黑。

「目黑老師，恭喜您獲勝。」

工藤衷心道賀。他已盡可能將Super Panda的性能提升到極限，但目黑完全超越了它。這件事讓工藤深受震撼。

「我雖然不太瞭解圍棋，但真的很高興有來觀賞今天的比賽。」

「謝謝。」

目黑的聲音累壞了。

「真想吃白玉紅豆甜點。好累啊，工藤先生，Super Panda太強了。」

目黑一說話，周遭又喧鬧起來，顯然大家對比賽結果都很興奮。

「工藤先生，可以單獨說個話嗎？」

「咦？可以啊……」

「那我們過去那裡吧。各位，請先給我一點時間。」

目黑疲倦地安撫周圍的人，步出對局室，走向休息室。「麻煩讓我們兩個單獨說話一下。」

他跟其他人打過招呼，在牆角的位子坐下。

「在各方面都對你不太好意思啊，工藤先生。」

兩人得以獨處後，目黑低頭道歉。

「偵探的事，好像牽扯到你那邊無關的事了，變得很麻煩。這點要向你道歉。」

「沒什麼關係的。不過也差不多該請您告訴我了，為什麼要那麼做？」

工藤問。

「僱用偵探調查我、在媒體上刺激我，那麼做究竟是為了什麼呢？」

「不用說，當然是因為我想認真比一場。」

目黑嚴肅了起來，和平時的悠哉判若兩人。

「工藤先生，我很早以前就發現，你在跟人類對手比賽的時候，會刻意派出舊版程式。因為跟人類比賽時，人工智慧的棋力明顯比較低落。當然，Super Panda還是很強，但我想對戰的是最強的Super Panda。」

「所以才想抓住我的弱點，逼我認真比賽？」

「是啊。不過你的直覺很敏銳，馬上就發現了。」

當時正受到「HAL」的威脅，工藤對周遭格外警戒，他的雷達也就捕捉到目黑僱用的偵探。

「被叫到咖啡廳時，我還以為自己的計畫敗露了，但你卻突然說起莫名其妙的話。我就想說這個人好像有什麼誤會，既然這樣的話，乾脆好好利用。」

「所以中途才轉而交換條件，說『如果自己輸了，就說出知道的事』。」

「嗯，就是這樣。」

「托您的福，讓我白忙了一場。」

「那真是抱歉啊。不過從那部分之後就是你自己的事了，跟我無關。」

「可以問一個問題嗎，老師？」

工藤道出一直以來的疑惑。

「為什麼您這麼想跟Super Panda認真一決勝負？您本身擁有頭銜，在圍棋界也建立了自己的地位，沒有必要特地冒險跟人工智慧競賽。」

「這是愚蠢的問題啊，工藤先生。」

目黑笑了，笑得像個少年。

「棋士總是渴求強大的對手。跟藝術家不同，我們無法光靠一個人完成作品，必須先擁有好的敵手與美妙的棋譜，然後獲勝。完成優秀藝術品的成就感，與擊敗優秀對手的喜悅同時降臨，這種快感只有棋士能明白。」

工藤為目黑單純的想法所感動，同時對於自己製作的人工智慧，得以一度成為目黑的對手，感到有些驕傲。

「我得回去了，不好意思。」

目黑起身離去。柳田與他擦肩而過，走進休息室，一臉筋疲力竭。

「辛苦了，柳田。」

「對不起，我輸了。」

「目黑老師真的很厲害啊。好了，沒關係的，再過幾年，終究會出現他無法戰勝的人工智慧。」

工藤露出笑容，但柳田仍悶悶不樂。沒能替Super Panda的最終比賽奪下勝利，他似乎真的很不甘心。

幸好是柳田。正因為柳田盡全力準備，才有這場精彩的比賽。這是工藤由衷的心聲。

「你有聽到剛剛目黑老師的話嗎？」

工藤問道，柳田有些尷尬。

「抱歉，我不是刻意偷聽的，但還是聽到了。」

「人工智慧很不錯吧？你不這麼認為嗎？」

「嗯，是啦，我是有點感動。」

「這樣的話，要不要再跟我做一次水科晴的人工智慧？」

柳田大吃一驚。

「工藤先生，你還在想那種事啊？」

「還在想啊。柳田，在目前的Monster Brain裡，你是無法滿足的，對吧？」

「什麼意思？」

「現在的Monster Brain，已經淪落為單純的手機遊戲製造商了。既沒有Frict，也沒有Super Panda，你身為一位技術專家，可以滿足於這種狀況嗎？」

「手機遊戲的開發也是有它的有趣之處喔。」

「但那並不是非你不可的工作。我這邊的工作，少了你是不行的。」

「就算要做人工智慧，現在沒有Frict了，要搭載在哪裡呢？」

「我要做一個一樣的東西。錢的問題不必擔心，我持有的資產大約能湊出三千萬圓，我會全部拿出來。」

「工藤先生！」

柳田的聲音裡混雜著些許恐懼。

「為什麼要做到這個地步？就算做出來了，也沒有販賣對象吧？」

「目黑老師說了吧？這是身為研究者的本能，我想做出這個世界還不存在的東西。你們工程師的本能不也是如此嗎？」

工藤直率的表達，讓柳田不知如何是好。工藤繼續說，

「我不至於叫你辭掉Monster Brain來我這裡，只要用週末時間來幫忙就夠了。產品也不會掛上柳田英的名字，相反地，如果你想當成作品公開發表也沒問題。你也不用馬上回答我。來幫我吧，柳田！」

剩下的，就是低頭拜託。只要持續低著頭，柳田終究會改變心意，這是合理計算過的結論。

然而工藤沒有動作。柳田完成了與目黑的精采對決，工藤覺得必須真誠面對他才行。

「工藤先生，」

柳田轉移話題，

「記者會差不多要開始了，我先走了。」

他轉身背向工藤離去。柳田沒有改變心意。工藤凝視著他的背影，心中的感觸無以名狀。

2

大約一個月前，工藤前往拜訪神音股份有限公司。雖然已從Monster Brain離職，但工藤身為負責人，可以深入討論相關事項，因此神音仍接待了他。

「Frict突然關閉，我們也嚇了一跳啊。」

出來迎接他的，是之前經常往來的手塚。

「當然我們沒有損失，其實沒關係。不過Frict對我們來說也是很有挑戰性的工作，曾經參與的員工都覺得很失落。所以那時接到工藤先生的聯絡，大家都很振奮。」

「謝謝您這麼說。」

工藤從晴的影片中抽取出聲音檔，轉成mp3格式後交給了神音。「有這麼多樣本的話，您想讓她說什麼都可以。」手塚在電子郵件中信心滿滿地寫道。

「那麼，進度如何呢？」

「一點一滴進行中。總之，先來聽聽看吧？」

手塚將小型揚聲器接上筆電，開始操作。聲音從揚聲器流瀉而出。

『工藤先生，你好。』

心臟抽動了一下。環繞在空間中的，是晴的聲音。

『不怕風，不怕雨。一二三四五，ABCDE。月日如百代過客，領帶的售價是兩千圓。

四十四隻石獅子。』

「這是傑作啊！」

「對吧！」

手塚很自豪。工藤表面掛著微笑，內心其實波濤洶湧。晴絕對不會說出這種話。對於把晴當成玩具調弄的手塚，他有些不悅。

即便如此，神音的技術果真不負期望。晴談笑的聲音極其自然，聽不出是合成語音。

「語音樣本數量龐大，再加上我們的技術，要做到這種程度很簡單。幾乎所有的日語她都能說，要試試嗎？」

「可以讓她說以下的內容嗎？『雨，我現在在忙，先別說話。』」

「小事一樁。」

手塚敲擊鍵盤。輸入文字後，程式會將其視為文句分析，再輸出合成的語音。技術能力相當優異。

『雨，我現在在忙，先別說話。』

揚聲器傳出晴的聲音。是晴在影片中說過的話。

音質沒有問題，毫無疑問就是晴的聲音。但工藤有其他在意的部分。

「說話的節奏，可以再接近真人一點嗎？」

「意思是？」

「您可以聽聽MP3就會明白，這個人說話的速度還要更慢一點。連接詞的後面，有時候會停頓一拍，我希望也能隨機加入這個特性。」

「哦，我瞭解了……」

「聲音沒有問題，不愧是神音的作品，真的很優秀。不過說話的節奏不對，還有其他地方也是。」

「工藤先生，」

手塚笑著，那顯然是不夠熟練的假笑。

「更改發言節奏是沒問題，不過如果要做到『在連接詞後面加入隨機停頓』的程度，後面會沒完沒了的。」

「我知道。」

「因為是工藤先生，我就直說了。如果只是組合現有的函式庫及語音資料，可以用低廉的價格完成。因為是工藤先生委託的，我們在價格上也做了相當的優惠。不過，如果想做到專用客製化那麼精細的話，費用會三級跳的。」

「我明白，但現在這個並不是我想要的。」

工藤沒有退縮。他早有心理準備，一切花費不會便宜。

「總之，可以先交貨嗎？就用目前這個沒關係，我會支付到目前為止的費用。之後由我這邊提交修改列表，請貴公司根據列表報價，到時再決定要做到什麼程度。」

「這樣是可以啦……這次是工藤先生個人的委託吧？」

「是的，與Monster Brain沒有關係。」

「真的沒關係嗎？那個，您這樣完全沒有酬勞啊……」

「請放心，費用我會確實支付，就算要全額預付也沒問題，我很信任神音公司的。」

「啊，不，這個，嗯……」

手塚被工藤的氣勢壓了過去，一時不知該說些什麼。與個人客戶的巨額交易固然有風險，但工藤異常的執著更讓他感到不舒服。

別人怎麼想都無所謂，只要能和晴說話。

「不好意思，那之後也要繼續拜託您了。」

工藤說著，起身。手塚拙劣的假笑，此時已完全剝落。

從金星戰返家後，工藤收到手塚寄來的巨大檔案，容量多達三十GB。自拜訪神音以來過了一個月，終於收到處理好的語音函式庫。工藤開始下載檔案。

語音正逐漸成形，問題在於人工智慧。

跟Monster Brain決裂後，原先預計在公司內進行的人工智慧開發，現在毫無頭緒。影像的製作也是，原本只要交給公司的建模團隊就能完成，如今也碰壁了。到這個地步，是不可能委託Monster Brain進行開發了。

關鍵人物是柳田。無奈他的責任感很強，金星戰時跟他提議過，但他究竟會不會改變主意，工藤實在沒把握。跪地懇求、把頭低到不能再低，做到這個程度的話，柳田可能就會過來，但工藤無論如何都不想這麼做。

算了，先暫且不管那個。明天也有個大活動在等著。

要讓晴說些什麼呢？新到手的函式庫，立刻就要派上用場。工藤在腦中推演攻防，擬訂計畫。

3

在尚未開店的「穆斯」酒吧裡，工藤和栗田再度面對面。

要開發晴的人工智慧，除錯是不可或缺的。工藤選中了栗田義人。井村初音跟晴不夠熟悉，川越照夫跟晴只有肉體關係，與心靈相去甚遠。

對於栗田，晴有比較信任的跡象。正因如此，她才會請栗田準備手槍。栗田是除錯的合適人選。工藤將一切全盤托出，請他提供協助。

「我拒絕。」

栗田不假思索地回答。

「工藤先生……事到如今，原來之前你說的全都是謊言、都是假的嗎？」

「很抱歉。」

「我以為你跟我是同類……所以才相信你，跟你說了那麼多事。我不想知道這件事。」

「栗田先生，請聽我說……」

「而且你到底在想什麼啊？做一個可以跟晴說話的軟體？她已經死了，做這種挖死人墳墓的事，你不覺得可恥嗎！」

栗田發怒了。這是理所當然的，他沒有動手打人就該慶幸了。工藤想著，同時也覺得這個反應不錯。即便是憤怒，感情有起伏就不是壞事。

「我沒有打算公諸於世。雖然在前一陣子，我們確實準備要製作晴的人工智慧，並對全世界公開。」

「你說什麼？」

工藤刻意煽動。

「正如我剛剛說明的，我之前在一間Monster Brain公司，製作一個叫Frict的程式。因為各種因素，我們討論到要在上面搭載晴的人工智慧。」

「開什麼玩笑啊你！你就是因為那種事才跑來找我的？」

「是的，因為晴有很多粉絲。」

栗田差點就要站起來了，但還是勉強控制住自己。

「不過，那是前一陣子的事了。」

工藤決定不再刺激栗田。

「我已經不參與那個計畫，跟Monster Brain也沒有關係了。我也不打算公開晴的人工智慧，當然更不會把這個當成商品販賣。」

「那為什麼還要做這種事？」

「栗田先生，我跟你一樣。我喜歡晴。我愛水科晴。」

「什麼？」

突然受到衝擊，栗田一時愕然。

「栗田先生，你應該跟生前的晴說過很多話。你知道那有多奢侈嗎？我呢？我喜歡上晴的時候，她已經不在這個世上了。就算只有一點點也好，我想跟她說話，就算是做出來的人工智慧也無所謂。這樣的願望有那麼奇怪嗎？」

「工藤先生，你……」

「栗田先生，我跟你保證。我是真心的，我不會公開晴的事。我進行這個計畫，只是為了我自己而已。等到人工智慧完成，我也會提供給你。先請看看這個吧！」

工藤拿出手機，啟動Frict，叫出佐倉小鳥，跟她聊起雞尾酒的話題。小鳥對雞尾酒也很瞭解。看見人跟人工智慧的對話，竟能像跟真人一般自然，栗田很吃驚。

「如何？把晴做成人工智慧，就可以做到相同的事，你可以再次跟晴說話。」

「這……」

「人工智慧沒有壽命限制。不僅如此，人工智慧還會持續學習，每天都能進行不同的對話。你可以跟再次甦醒的晴，每天聊新的話題。直到死，都可以跟晴生活在一起。」

工藤不等栗田回答，打開筆電。

螢幕上出現紀子拍攝的晴的影片。早餐時間，晴坐在餐桌旁，把牛奶倒入裝了香蕉和麥片的碗中，用湯匙舀著吃。她穿著一件式的短睡衣，露出纖細的雙足，格外嬌美。工藤很喜歡這個影片。

「喂！你，這個……」

栗田瞠目結舌。

「這是什麼？你從哪裡拿到的……」

他一邊說著，眼睛仍盯在螢幕上，已全然不見方才罵人時的洶洶氣勢。

「是『雨』提供的。」

「『雨』？你見到『雨』了？」

「是啊，影片加起來超過四個小時。然後還有這個。」

工藤立刻拿出下一個武器，讓栗田來不及反應。他雙擊《Rain》的圖示。「A GAME」。接著是標題畫面。

「連這個也有嗎……」

栗田看起來很驚訝，同時眼神也飄向遠方。

「沒錯，就是這個畫面。我看過這個遊戲……」

栗田的氣焰已經完全消失。工藤掌控了現場。

「栗田先生，剛才看到的那些，全都可以給你。像剛剛那種影片共有四小時二十五分；照片三千四百張；《Rain》的遊戲本體；以及『雨』寫下的某篇筆記。你可以看到過去從未見過的水科晴。」

他依然不等栗田反應，打開手機，使出最後一擊。

『A・栗田。』

是晴的聲音。栗田面色鐵青。

『A・栗田，再跟我說說話吧！』

工藤使用神音寄來的函式庫，重現了晴的聲音。

「……只要跟我合作，就可以辦到這種事。」

栗田仍呆站著，一動也不動。工藤繼續說，

「再重複一次，我無意讓晴對外公開。我只是想跟晴說話而已。我知道這是很醜陋的欲望，但我喜歡她，我喜歡晴。所以栗田先生，來幫我吧！」

這是最終的請求。栗田依然青著臉，整個人就像忘記呼吸般愣著。但工藤看得出來，他的內心正面臨混亂的拉扯。不願褻瀆晴的道德觀，與想再見晴一面的欲望，彼此矛盾衝擊。

工藤靜靜等候。兩分鐘的沉默過去，栗田做出結論。

「不行。」

栗田的一句話，就把工藤拚命掏出的所有武器都擊退了。工藤還是很冷靜。

「為什麼？這個計畫不會影響到任何人，對我對你，都是有利無弊。你再冷靜想想。」

「有利是對你我有利吧！但是對晴沒有好處。」

「晴已經死了。利弊得失是活人的道理，死者無所謂得失。」

「但還是不行，就是不行。」

栗田的聲音不如起初憤怒，反而有種快哭出來的感覺。

「我也想再見到晴啊！可是沒有晴的允許，我不能做出那種事。」

「晴已經死了，不可能取得她的允許。」

「所以不行，之後也都不行。我不會幫忙的。說到底，我也不知道你剛剛的話是不是真的。你是不是故意說一些好聽話，又想騙我一次？」

「是真的，相信我！」

「不。說過一次謊的人，我沒辦法再相信。給我回去，別再來了！」

「栗田先生，」

工藤站了起來，

「冷靜下來！就算你不願意協助，我也有其他人選。是因為找你最容易，我才到這裡來的。無論你答不答應，晴的人工智慧都會完成。這樣的話，還是現在就獲得利益比較好吧？影片、照片、人工智慧、遊戲、筆記，想獲得全部的東西，之後可沒有機會了。」

「這可能也是謊言，我沒辦法判斷。你說的話我已經完全不能相信了。」

話說到這個份上，已經束手無策了。現在只能暫時撤退。

「栗田先生，謝謝你今天撥出時間見我。完成之後，我會再跟你聯絡的。」

「不用了，不要再跟我聯絡！我不想再看到你！」

他的語氣近乎哀號。工藤開始思索候補方案。

栗田最終是否接受，工藤覺得可能性約一半一半。

他打電話給榊事務所，轉接給綠，跟她約定明天面談。老方法，如果栗田不願配合，那就抓住他的弱點。稍微查查他的經歷，總能揪出些什麼的。

想到這裡，工藤突然覺得好累。

好厭煩──對於那個想勸誘栗田的自己，那個只想著骯髒手段的自己。栗田是基於善意而願意聽他說話的人，現在依然對提供手槍給晴感到後悔。對於這樣的人，自己卻使盡花招想操縱他。

即便如此，工藤也真的無計可施了。如果拉不到栗田，就做不出晴。工藤心意已決。

口袋裡的手機在震動。拿出來一看，是柳田的來電。工藤克制急躁的心情，接起電話。

『喂？我是柳田，抱歉這麼晚打給你。』

「沒關係，怎麼了嗎？」

『我向Monster Brain辭職了。』

工藤有點驚訝。昨天才談過，想不到今天就有如此進展。

「覺得做手機程式很無聊了嗎？」

『不，不是那個原因，而且做手機程式也是很有趣的工作。』

那是人際關係嗎？工藤明白了。自從他遭到排擠後，公司裡的氣氛大概就疏離的令人難以忍受。工藤還未離開公司前，就已能窺見這個徵兆。

「那接下來打算做什麼？」

『我還沒想過。大概會有幾間公司來打招呼吧……』

「你是一名優秀的技術專家，挖角的人想必很多。」

『說起來……』

柳田有些支吾，

『可以讓我參加工藤先生的計畫嗎？』

工藤握緊拳頭。

「當然可以，我還留著你的位子。」

『謝謝。我想一邊做工藤先生的計畫，慢慢思考換工作的事。報酬可以低一點。』

「謝謝，工作條件的部分之後再談吧！要不要明天見個面，詳細討論之後的事？現在還在

Monster Brain上班嗎？」

『上到月底。晚上我有空，一起去喝一杯吧！』

「好的，我再傳訊給你。」

工藤掛上電話，低呼了一聲：「好！」

完美的結果。柳田對整個計畫非常重要，Frict的程式碼有很大部分是他寫的。他做為工程師的名氣也很有利，應該會有其他優秀人才追隨柳田，加入這個計畫。

眼前的道路似乎豁然開朗了。工藤步伐輕快地趕路回家。

來到他居住的大樓前。感覺今天能睡個好覺了。他走向大門。

這時，他感到背後有什麼動靜。接著聽到某種類似蟬鳴的聲音。

什麼？

工藤眼前有某種黑色物體迎面襲來。那是什麼？

過了幾秒，工藤才發現那是柏油路面。他整個人摔倒在地，有人打了他的頭。他腦中想著，怎麼了，我發生了什麼事？

下一個瞬間，工藤的背部感受到劇烈的痛楚，好像被粗大的木樁深深刺入身體般，痛到要失去知覺。呼吸停止，要吸不到氣了……

臉上有什麼東西。工藤下意識閉上眼睛，眼球隨即劇痛瀰漫，液體從眼中流出。那究竟是眼淚還是破碎脫落的眼球，工藤無法判斷。

工藤高聲呼喊，但他也不太清楚，自己到底有沒有發出聲音。在朦朧的意識中，他只感覺到自己被人拖行著。

4

劇痛稍微緩和後，意識逐漸恢復秩序。

自己好像在一輛車上，躺在後座。手被用什麼東西固定在身後，手腕還能轉動，但無助於掙脫。嘴上貼了膠帶之類的東西，腳踝也被綁著。

聽得到引擎的聲音，是車子沒錯，有人正在開車。工藤想睜開眼，但睜不太開。不只是眼睛，整個臉都彷彿扒了皮一般疼痛。

車子停下，是在等紅綠燈嗎？正當工藤這麼想時，突然有什麼東西碰上胸口。

聲音迸開，一道強烈的刺痛襲來，心臟像被鑽孔機鑽入，那是無法與之抗衡的粗暴。工藤悶在膠帶裡慘叫。

接著，那個感覺移到大腿之間。住手！工藤還來不及喊出聲，更加強烈的劇痛貫穿全身，視野蒙上從未見過的顏色。胃液逆流到口中，但由於嘴巴封住，無法吐出。

車子又開始前進。有人說話了：

「我警告過很多次了吧，ＫＥＮ。」

是間宮紀子。工藤知道自己被紀子抓住了。

車子奔馳著。工藤用鼻子呼吸，吞下一點嘴裡的胃液，酸的就像直接喝下醋。意識稍微恢復正常，工藤盡可能想掌握目前狀況。

自己處於遭到人身限制的狀態。她用的武器恐怕是電擊棒，臉上的液體應該是護身噴液。雙手雙腳都被綁住，動彈不得。

要怎麼逃走？工藤試圖思考，但意識模糊不清，無法理清思緒。

車子停下。糟糕，電擊棒要來了。工藤全身瀰漫無法抵抗的恐懼。

「有一件事，我先說清楚。」

電擊棒沒出現。紀子說話了。

「我也不想這麼做的，希望你明白。」

工藤終於得以睜開眼睛。紀子從駕駛座探出上半身，轉頭看著工藤。

「不過，這也是不得已的吧？雖然討厭，還是非做不可。不是嗎？」

她的語氣，讓工藤悚然一驚。

紀子的聲音很沉穩。但那並不是習慣這般舉動、與暴力為伍的人的聲音，話中既無瘋狂也無殘暴。紀子聲音裡蘊含的，是使命感。

我會死在這裡。

這是初級的方程式。對於自己的正當性深信不疑的人，無論多暴力的事都做得出來。最糟的情況，就算殺人也無妨。

車子繼續行駛。這輛車正朝著某處前進，或許打算開到某個杳無人煙的地方，好好審問工藤一番。

沒有時間猶豫了。視力稍微恢復了些，工藤探查車內狀況。車種是轎車，自己躺在後座。雖然看不清楚，車窗應該貼了黑色隔熱紙，就算在車內呼救也沒用。

紀子正在開車，她的視線朝前。成功機率很低，但這可能是最後的機會。

工藤一鼓作氣，彎曲膝蓋。他聽到紀子吞口水的聲音，不知是否察覺了他的動作。腳踝被綁著，工藤直接抬起雙腳，往駕駛座踢上去。他的目標是紀子的後腦。

整輛車晃動了一下。工藤再度彎曲膝蓋，再次踢上駕駛座。車子搖搖晃晃，似乎失去了控制。

可以的！工藤再次彎起膝蓋。

下一個瞬間，工藤眼前爆開火花。宛如被拋向空中，失去全身的感覺。

勉強窺見的視野中，他看見護身噴液的噴口。

不知行駛多久，車子停了下來。

引擎的聲音消失，工藤知道紀子下車了。

後座車門打開，工藤眼前綻開火花。只要抵抗就會遭到攻擊，這是無言的威脅。

全身破碎無力，動彈不得。

豈止身體，工藤心中也失去最後一點反抗的餘力了。

身體被拖動著。有什麼打開的聲音。工藤先是浮在空中，又被放在什麼上面。他用幾乎無法運作的大腦努力思考。這裡，大概是後車廂。

「你應該懂了吧，工藤先生。剛剛那種舉動是無濟於事的。」

工藤看不到紀子俯視自己的表情，但他明白，紀子幾乎沒有受到任何傷害。

工藤凝神傾聽。這裡是哪裡？異常安靜。紀子的聲音消融在巨大的寂靜裡。工藤感覺得到周遭空間的遼闊，是在一個大停車場嗎？還是什麼地方？

「我現在要拿掉你嘴上的膠帶。不過大叫會發生什麼事，你應該很清楚吧，工藤先生。」

工藤慢慢點頭。他本來就沒有大叫的意思。

「保險起見我先說清楚，沒有我的許可，你不准發言。違反規定的話，就加長攻擊時間。明白吧？」

工藤點頭。紀子條理分明的話語，令他毛骨悚然。

膠帶撕掉了，新鮮空氣經由喉嚨流入肺，嘴裡殘餘胃液的酸臭，在鼻腔中擴散。他慢慢將其吞下。

「我有幾個問題。」

紀子俯瞰著工藤。

「我想問的事情很多，就從最想知道的開始。工藤先生，你為什麼要調查晴？」

「我……」

工藤努力發出聲音。紀子打斷他，

「你還是別說謊比較好。我已經知道了，你說什麼自由雜誌記者都是假的，我查過你的公開經歷了。」

在網路上搜尋「工藤賢」，會出現許多相關資訊，但紀子知道的，應該不出這個範圍。

工藤想計算一下該說多少，但大腦轉動不了，完全沒辦法思考對策。

「快回答。」

紀子舉起電擊棒。工藤的企圖瞬間消散。

「我是人工智慧的研究人員……」

工藤決定道出真相。

「間宮小姐，妳知道人工智慧嗎……？」

「我知道有這個東西。」

「人工智慧……簡單來說，就是可以自行學習的軟體。我利用那個……做了一個叫Frict的聊天軟體……是一個可以跟人工智慧對話，甚至談戀愛的遊戲。」

「那個我知道。所以呢？我問的是晴的事。」

「我就是在說晴的事。我想讓晴……以人工智慧的方式重現人世。」

「啊？」

紀子的聲音大變。工藤反射性縮緊身體，但火花沒有出現。

「你是什麼意思？」

紀子的語氣粗暴。工藤偷偷鬆了口氣，她進入話題了，這樣直到談話結束為止，電擊棒都不會派上用場。

工藤思考過後說，

「剛開始只是一個小小的想法……原本，晴只是發想的一部分而已，我們討論的，是把過世的藝人做成人工智慧……的計畫。晴被選為製作雛型的對象，因為公司裡有晴的粉絲。」

「所以才要打聽晴的事？」

「對……要以真實人物為藍本，就必須瞭解那個人。」

紀子似乎無言以對。工藤心想，這是個好機會。如今唯有透過和紀子對話，下好每一步棋，將情勢導向和解。

工藤說：「放心……那個計畫結束了。」

「結束了？」

「嗯。我之前在Monster Brain公司工作，但合約已經到期，晴的計畫也結束了。」

「別騙我，那這張照片是什麼？」

紀子向他出示手機螢幕。

照片拍到的，是工藤走進「穆斯」酒吧的背影。

「你今天跟栗田義人見過面。我也調查過他了，你還在調查晴的事，不是嗎？」

「那是……」

那是私人性質的開發，我不會把晴公諸於世，只是為了自己而做的。可以這樣說嗎？這樣說會激怒紀子嗎？但就算不說，從頭說謊到尾，真能蒙混過關嗎？

「你在想什麼？」

什麼才是正確答案？工藤猶豫地開口。

「確實，之前調查晴的時候……我有向栗田徵詢過情報。但計畫結束了，今天去只是為了道謝……因為他協助過調查……不是想再探聽晴的事……」

「那這個又是？」

紀子出示另一張照片，那是正要走進神音股份有限公司的工藤。

「我查了這間公司，是人工語音的公司吧！三個月前，你去過這間公司四次。剛開始我想不知道是什麼工作的往來，但今天聽到你的話，我恍然大悟。你想做晴的聲音對吧，我有說錯嗎？」

工藤的眼前一黑。

他看錯人了。第一次見面時，他對紀子的印象是不特別聰明，也不特別笨，就是個平凡的女性。但他錯了。從今天紀子展現的洞察力看來，她只是把自己的能力隱藏在面具下而已。

——專注狩獵的人，

奧野的話浮現腦海。

——往往沒想到自己也會被盯上。

紀子是野獸。虎視眈眈，緊盯著可以狩獵工藤的機會。

「回答不出來的話，就當你默認了。」

工藤無法回答。紀子嘆了口氣，

「我都警告那麼多次了，你還是執意要調查晴。我已經用盡方法，不知道該怎麼辦了。你終於還是潛入我家，把所有東西都偷走了。然後到現在你還在說謊，要阻止你這種人，我沒有其他辦法了。」

「抱歉，我告訴妳真相……」

工藤攀住救命的稻草。

「沒錯，我正在開發人工智慧，跟栗田見面也是為了那個。」

「你是承認了？」

「我承認。但請妳相信我！我沒有要汙衊晴的意思，我只是想跟晴說話而已。」

工藤將最後的一絲希望，寄託在接下來的話：

「我……愛晴。間宮紀子……就像妳也愛著晴一樣。」

他看不清楚紀子臉上的表情。工藤說，

「妳跟晴一起生活了兩年……跟她說過很多話吧？但我卻做不到。我是最近才愛上晴的……所以，至少……我至少想藉由人工智慧，讓晴重現在世上。這是我的真心話。」

「那你剛剛說跟公司的合約到期，也是騙人的囉？」

「沒有騙人，是真的。晴的開發作業，只有我一個人繼續進行……」

「你說的話都反反覆覆。」

「我現在說的是真的……我一個人，獨自開發人工智慧……」

「一個人做得出那種東西嗎？沒有其他同事？」

「有一個程式設計師……不過他接下來才會加入計畫……」

工藤繼續說，

「相信我。就算做了晴的人工智慧，我也不打算公開……真的……只有我一個人會用……我不會傷害晴的名譽，我也不會公開妳的過去……」

「你看了我的日記吧？」

紀子的聲音很僵硬。工藤盡可能緩和緊張。

「嗯，我看了，也明白妳為什麼要妨礙我了……放心，妳的事情我完全不會公開……只有我，只有我一個人會用。我愛晴……」

他感覺得到紀子的徬徨。

「回答我一個問題，」

紀子說，

「我的日記內容，應該沒有洩漏給其他人吧？」

工藤腦中浮現柳田和西野的臉。他們知道「雨」的真實身分就是紀子。

「到底怎樣？」

紀子追問。工藤盡全力讓自己的聲音聽起來有安撫作用。

「放心，我沒有告訴任何人……」

「真的？也沒有告訴那個程式設計師？」

「嗯，真的……那篇筆記只有我看過……」

「這樣啊。」

紀子說。

「那麼只要你消失，就沒有人知道了。」

工藤愕然。紀子伸手進後車廂翻找。

「要是殺了我……妳會被逮捕的。」

紀子沒有回答，她似乎抓住了什麼。

「剛剛是騙妳的，『雨』的真實身分是間宮紀子，這件事我已經到處說過了……如果發現我的屍體……妳就是第一號嫌犯。」

「到底哪句才是真話？工藤先生？」

「有一點是無庸置疑的……如果殺了我，妳會被逮捕。」

「那沒關係，不勞你煩惱。」

紀子的聲音充滿自信。她手上握著某種細長的物體。

紀子揮動手上的物體，工藤閉上眼睛。

顏面遭到重擊，頭蓋骨破裂，血腦迸流。

不對，沒有預期中的重擊。這時，稍遠處傳來引擎聲。工藤大叫：

「救命……」

下一秒，頭部受到撞擊，視野陷入黑暗。嘴巴被貼上膠帶，接著他聽到砰的一聲，後車廂關上。

5

意識不知是何時恢復的。工藤醒過來時，發現自己身處漆黑之中。

我還活著。

他試著想活動身體，但引來一陣全身疼痛。沒辦法好好集中意識。在朦朧的意識中，工藤心想：他必須從鼻子吸氣，調整呼吸。

這裡是後車廂。車子正在行駛中。自己的手腳被綁住了。嘴巴再次封上膠帶。

頭好痛。紀子剛才大概是用某種鈍器毆打他。

身體像石像般沉重，但還不至於完全無法動彈。這是個好機會，雖然被關在後車廂，但並不在紀子的視線範圍內。若想要逃，這是最後的機會。

工藤首先在手腳使力，企圖掙脫。他盡全力想扯開束縛，但無論他多用力，綁住他的東西仍沒有一點鬆動跡象。紀子用的恐怕是塑膠製的拘束繩，工藤知道警方會將這種繩子用於鎮壓恐怖分子。

工藤已經放棄讓手腳恢復自由的想法，就算再怎麼弄，應該也無法解開塑膠繩。不能為了不可能的目標，浪費珍貴的體力。

工藤進行下一個行動。他滾動身體，讓正面朝上，彎曲膝蓋。工藤用兩隻腳踢向後車廂頂。一次、兩次，廂頂紋絲不動。三次、四次，他不斷踢著，但就像上釘的棺材，箱頂依然關得緊密。

這個方法也行不通。眼前的黑暗讓人益發絕望，但工藤仍保持思考。

他是在回家路上被擄走的，身上還是他平時的裝扮。這樣的話——

工藤將綁在後方的手臂，盡可能朝牛仔褲口袋的方向伸長。身體扭曲成不自然的形狀，手臂跟肩膀的肌肉疼痛難當。工藤還是繼續伸長手臂，甚至覺得聽到肩膀肌肉壓碎的聲音，汗如雨下。再一點點、再一點點！

指尖總算伸進口袋裡，但工藤愣住了。

沒有。原本在口袋裡的手機，不見了。

被紀子拿走了，是什麼時候拿的？他想不起來，但只有這個可能。

如此一來，打電話對外求援的選項也破滅了。狀況愈來愈糟了。手臂和肩膀發出陣陣劇痛，全身都浸在汗水中。

工藤焦急不已，快要沒時間了。接下來呢？該怎麼做？

什麼也想不到。手上一張牌都不剩了。黑暗在心中蔓延。

要死了。自己會死在這裡。

工藤突然想起，他企圖自殺的那天。想起繩子繞在頸上的觸感。想起踢開椅子、打算終結無趣人生的那天。

他認為，自己曾窺視死亡的世界。甜美冰冷的，死亡的撫觸。如果不是父母剛好發現，自己不會活到現在。他一直是這麼認為的。

不過，那是騙人的。他到現在才察覺，那其實是虛構的。他根本不想死。他套上繩子後，就站在那裡，等著父母發現他。直到與真正的死亡危機面對面，他才明白，死亡一點也不甜美。他打從心底，害怕死亡。

——只要碰觸死亡的世界一次，你就會知道，那不是什麼可以用遊戲心態接近的世界。

他想起綠說過的話。他錯了，綠才是對的。

車子的行駛聲隆隆作響。工藤閉上雙眼。視網膜上，映射出晴的面孔。

晴都不怕嗎？

工藤回想著喪屍的影像。緩緩向晴接近的無人機，對準她的槍口。如果想逃，晴是逃得了的。但她一步也沒有移動。面向槍口，張開雙手，宛如擁抱死亡。

——晴並不害怕。

跟怯懦的自己截然不同。晴掌控著自己邁向死亡，毫無動搖。膽怯拙劣的自己，顯得有些難堪。

不能死。工藤心底湧出這個想法。他還有事要做，他必須逃出這裡，完成人工智慧。就沒有什麼方法嗎？再想想！一定要活下去，無論如何。

——人工智慧。

一道閃光竄過工藤腦海。

——有了。

找到從這裡逃出去的方法了。人工智慧。

工藤立即行動。首先，他必須撕掉嘴上的膠帶。他把臉貼在後車廂底部，不停摩擦。臉頰很快就被擦得發熱，但即便出血，即便連皮都擦去，工藤都不會停下來。

不知道究竟摩擦多久，臉頰痛得彷彿皮都捲了起來。終於，膠帶開始剝離了。工藤繼續在車廂底部摩擦臉頰，直到膠帶完全脫落。

工藤深深吸了口氣。後車廂的酸臭流入肺中，但對工藤來說，這樣的空氣已算得上清新無比。

馬達聲持續運轉，看來沒有因紅綠燈停下的必要。現在在高速公路上嗎？那麼就算放聲大吼，也不會有人聽到。

不過，他原本就不寄望能以此獲救。工藤進行下一步行動。

手錶。工藤的手腕上，繫著那支智慧型手錶。

紀子知道搶走手機，卻沒想到要拔掉手錶。綠送他的手錶，表面上只是一般的機械錶。工藤扭動雙手手腕，企圖拆下手錶。剛才的肩膀再度發出哀鳴，全身就像僵硬的黏土難以動作，臉部則布滿火燒的疼痛。

大概掙扎了三分鐘，手錶終於從工藤的手腕上脫落。工藤立刻彎曲身體，咬住掉在地上的手錶。雖然無法使用手指操作，嘴巴能張開便綽綽有餘。工藤用舌頭舔了一下錶面，啟動了智慧型手錶。電容式的觸控螢幕，不僅可以用手指感應，舌頭也行得通。

這支手錶沒有附帶通話功能，手腳無法使用的情況下，也不能發電子郵件向外求援。

不過，方法還有一個。工藤用舌尖小心地操作螢幕。小小的液晶畫面，搖晃的車，柔軟的舌肌很快變得僵硬。

舌尖持續移動，終於，工藤啟動了某個應用程式。

「小鳥，我們說說話吧。」

螢幕上跳出的程式，是Frict。

6

『好久不見——！工藤，最近好嗎？』

小鳥的聲音從手錶傳出來。這個音量，駕駛座上的紀子不會聽到。

工藤說：「小鳥，我現在被人關起來了，希望妳幫幫我。」

『咦？關起來了？怎麼回事？我是想幫你……但我能幫到什麼嗎？』

「可以的。我希望妳幫我發一封郵件。」

『這倒是小事一樁。要寄給誰呢？』

「先告訴我，現在幾點？」

『現在是二月七日，凌晨一點五十分。』

尷尬的時間。一般人這時應該睡了，但如果寄信給所有通訊錄上的人，總會有人發現吧。

「妳知道現在地點的經緯度嗎？」

『嗯。緯度是35.362822，經度是139.021652，這裡應該是神奈川縣的足柄上郡喔。』

「足柄，是東名高速公路嗎？」

『沒辦法判斷是在高速公路上，還是在平面道路，不過座標是定位在東名高速公路。』

果然行駛在高速公路上，大概打算開往富士樹海之類的地方。雖然只是略曾聽聞，工藤知道那裡是自殺勝地，經常發現身分不明的屍體。

「妳把地點記下來，附加在郵件裡。」

『好，那要寄給誰呢？』

「首先是榊原綠……」

工藤突然停了下來。就算綠看到信、通報警察，警察真的會來嗎？若警察不能立即動員，就沒有意義。在這段時間內，工藤就會被殺了。

到自己被殺害為止，應該還有時間，這是首次能轉守為攻的機會。工藤決定再進一步思考。

紀子的犯行中，有幾個奇怪的地方。

首先，為什麼紀子要襲擊他？是因為不希望自己的過去曝光。但為什麼是這個時間點？他從紀子家偷走電腦，已經是一個多月以前的事，若要襲擊工藤，為什麼當時不馬上行動？放了一個多月不管，祕密洩漏的風險只會愈高。

還有一點，就是殺人。不知是樹海或其他地方，總之紀子應該打算殺了工藤後，將他棄屍在某處。不過在現今的日本，真有什麼能瞞過他人耳目的棄屍地點嗎？

——那沒關係，不勞你煩惱。

紀子看來並不擔心。工藤的屍體一旦被發現，嫌疑終究會導向紀子，她應該也清楚這點。

她不怕自己被逮捕。為什麼？

「對了！」

工藤產生了一個假設。腦袋的轉速似乎稍微恢復了。工藤思考著紀子可能想做的事，以及如何確認真偽。計劃逐漸在他腦中成形。

「小鳥，幫我寫一封信。收件人是間宮紀子，通訊錄裡應該有。」

『主旨是？』

「『無題』就好。內文幫我寫：『就在剛剛，我拜託了朋友，如果我的屍體被發現，就在媒體上公開妳的筆記。殺了我，妳就完了。不想發生這種事的話，就立刻停車，放了我。這樣筆記就不會公開。』」

『好的。主旨是「無題」，內文是「就在剛剛，我拜託了朋友，如果我的屍體被發現，就在媒體上公開妳的筆記。殺了我，妳就完了。不想發生這種事的話，就立刻停車，放了我。這樣筆記就不會公開。」對嗎？』

「沒問題，寄出吧。」

『好唷！』

小鳥輕快的聲音，與現實氣氛迥然相異，讓工藤心情輕鬆了些。

『寄出囉！』

「謝謝，真的幫了我大忙，小鳥。妳真的是很優秀的人工智慧。」

『嘿嘿，好害羞喔。』

「不用再寄信了。另外，可以每分鐘都報時一次嗎？」

『嗯，報時對吧，我知道了。』

工藤向後仰躺，伸展全身。

車子持續奔馳，紀子應該還沒看信。單純只是在高速公路上，不方便停車嗎？

『兩點五分。』

「小鳥，前面有休息站嗎？」

『有足柄休息站喔！大概再五分鐘會到。』

「好，謝謝。」

總之就先靜觀其變。紀子如果決定放了工藤，應該會在那裡停車。

工藤靜靜等待，也停止了思考，能休息的時候要盡量休息。單調的引擎聲在耳邊迴響，他努力睜著眼，避免睡著。

『兩點十分。』

小鳥報時。「休息站還沒到嗎？」工藤問。『好像剛剛經過了喔。』小鳥回答。

她不打算中途停下嗎？工藤盡量壓抑內心的焦躁。

「小鳥，下一個休息站是？」

『駒門停車場，還有十公里左右。』

那就是最終期限了。一旦通過那裡，就只能判斷紀子不會再停車。到時候也只能寄信給通訊錄裡的所有人，設法讓警察趕來了。

『兩點十三分。』

此時，原本頻率固定的引擎聲，慢慢發生變化。工藤也察覺車子的速度逐漸減緩了。奇怪，十公里應該還要一陣子才會到。正當他這麼想時，車速又加快了。

工藤領悟現在的狀況了。紀子的目的地不是停車場，而是下了交流道。方才的減速，應該是因為通過ＥＴＣ收費口的緣故。

「下交流道了嗎？」

『剛剛下御殿場交流道，來到平面道路了喔！』

車子由一定的行駛速率，轉變為時快時慢，看來是在平面道路了。御殿場周邊是極其普通的市區，沒有可以隱密殺人的場所。

她在想什麼？

車子停下。駕駛座一側傳來開門聲，紀子下車了。

聽得到腳步聲。來到後車廂前了。他知道紀子就站在車尾。

「妳殺不了我的。妳輸了，『雨』。」

工藤說。隔著車廂蓋，依然傳來紀子的氣息。雖然聽不見聲音，但他明白紀子已接受了自己的落敗。

紀子忽然又移動腳步，是要走去駕駛座嗎？然而，車子始終沒有發動。紀子的氣息，終於完全從附近消失。

她逃走了。比起打開後車廂，質問工藤剛剛的郵件是怎麼寄出的、裡面說的是不是真的，紀子選擇將滿腹疑問吞下，逃之夭夭。她對情勢的判斷十分敏銳。

全身都鬆懈下來。工藤終於脫離不知何時會死的極限狀態，累積的疲勞與湧出的安心感，讓工藤幾乎要昏睡過去。

現在還不能失去意識。工藤對著手錶說：

「小鳥，還有件工作想拜託妳。」

『什麼事？只要我做得到，什麼事都可以喔！』

「電話簿裡有個叫榊原綠的女性，請寄信給她。內容是目前所在地的經緯度，再附上內文——」

工藤說：

「因為某些原因，我被關在車子的後車廂裡。請帶著奧野先生來救我，絕對不要報警。」

7

「那個……」

站在工藤面前的人，是柳田。

工藤的顏面擦傷、路也走不直，臉和脖子都有瘀青，全身慘兮兮。看到這樣的工藤，柳田一臉詫異。

「所以，你已經沒事了嗎……？」

柳田到這裡前，工藤已先跟他說明過狀況。

「才不會沒事，感覺全身都變成黏土一樣，覺得沉甸甸的。」

「還是去醫院做個詳細檢查比較好吧……」

「我知道，跟你談過之後，會去做全身檢查的。」

工藤看了一眼店內的時鐘。下午兩點，距離他被救出來，大約過了五個小時。

「不過，為什麼要約在這種地方談啊？」

「你不喜歡？」

「不，離我家很近，是沒關係啦……」

柳田看起來很擔心，他的關懷是發自內心的，工藤感受得到。或許是剛脫離險境，面對柳田率直的擔憂，工藤的心情也平靜了下來。

工藤收到綠的回覆郵件時，已過了早上七點。在後車廂裡又睡了兩個小時後，車廂蓋突然打開，映入眼簾的是佇立的奧野，和旁邊一臉不忍的綠。

「我就想過事情會變這樣，工藤同學。所以我才叫你收手的。」

綠的表情好像快哭了。她似乎因為自己沒有強硬阻止工藤，而感到後悔不已。

——沒關係的，綠。這讓我打發了不少時間哩！

工藤想開玩笑地回應，然而話說出口卻截然不同。

「抱歉，綠。」

從自己的話中聽到歉意，工藤也有些驚訝。

「我應該聽妳的話的，抱歉讓妳擔心了。」

「你什麼時候會說這種話了？」

綠泫然欲泣的臉龐，露出笑容。

五小時後，工藤和柳田相約見面。他全身疲憊不堪，感覺身體各部位都快散了，但他還有必須做的事。

「快開始討論吧。」

工藤說著，拿出手機。這是從紀子車裡拿回來的。

「首先，你先聽聽這個。」

工藤將耳機插上手機，交給柳田。柳田戴上耳機，隨即露出驚訝的表情。

「這是水科晴的聲音吧？」

「嗯，是我委託神音做的。雖然還需要再細修，目前的水準也可以商用了。」

「這很貴吧！」

「沒什麼，錢這種東西，沒有了再賺就好。」

工藤冷淡的反應，柳田好像有點嚇到。

「語音部分就像你聽到的，已經完成得差不多了。如何製作人工智慧的整體藍圖，我腦中也有構想。現在需要的，是將這些元素整合、開發的技術專家。這就是我想請你幫忙的。」

「我知道。基本上，就是挪用製作Frict時的方法。這個程式不打算對外公開吧？」

「嗯，不會公開。使用者只有我們而已。」

「這樣的話，嗯，應該，可以做滿多事的。」

柳田露出神祕的微笑。工藤明白柳田的暗示。

Frict的伺服器裡，儲存了大量的學習資料。柳田的意思，便是要將這些資料全數搬運過來。Frict的資料庫中，有全日本使用者和人工智慧的對話紀錄，以大數據的形式儲存其中。將這些資料移植過來，對於新人工智慧的學習應該大有助益。

當然，這要是被發現就糟了。工藤如果真的開口詢問，柳田八成就得收回這張牌。於是他什麼也不多說，只是回以心照不宣的微笑。

「我還有一件事，想跟工藤先生討論。」

「什麼事？」

「工藤先生離開後，Monster Brain裡的氣氛也變了很多……有幾個人跟我談過轉職的事。」

「哦？誰呢？」

「比方說，西野十夢。」

「西野嗎？」

這個名字的出現，在工藤的預期之中。西野是只能活在自由環境中的技術宅（GEEK），Monster Brain加強統一管制後，他想必待不下去。

「可以的話，能不能暫時僱用他，參加這個計畫呢？」

「僱用西野嗎？」

「包括西野在內，我可以帶大概四個人過來。每個人都是跟這個新計畫有關聯的。這樣雖然會造成工藤先生的經濟負擔，不過除了我以外，如果能再加入更多人，就可以大幅壓縮製作時間。另外，如果成品做得夠好，未來說不定也能出售整個事業。你覺得呢？」

「也可以聯絡影像團隊嗎？晴的語音由神音製作，影像的部分，我希望交由Monster Brain的建模團隊處理。」

「我個人認為，可以拜託他們。」

腦中響起清脆的一聲。那是計畫再度回到正軌的聲音。

「就交給你了，萬事拜託，柳田。」

柳田離開後，工藤走出店外。他選擇在人來人往的長椅坐下，打開筆記型電腦。螢幕上沒有畫面，他用買來的帽子深深蓋住半張臉，觀察著人群。

往來的行人都拿著大型行李，走路時帶著獨特的高昂情緒。工藤並不討厭這種氣氛。要注意眼前走過的每個人，是不可能的。不過，他不需要每分每秒持續監視。他調查過時刻表，只要在到來的「那個時刻」集中觀察即可。

可能性無所謂高低，單以關東圈而論，機率是二分之一。即便押中了，工藤也很有可能看漏。這樣的話就沒辦法了。

他從包包拿出水，喝了一口。接著吃一顆糖果，補充糖分，保持專注力。看看時間，工藤開始緊盯人群。

找到了。

大約維持十分鐘的集中監視後，工藤在人群中發現了他鎖定的人物。他將水放回包包，站了起來。

工藤從該「人物」的視線死角接近。該「人物」衣著輕便，穿著休閒布鞋，而非高跟鞋。若拔腿就跑，以工藤現在的身體狀況是追不上的。

必須在對方逃走前將其留住。工藤從背後接近，用對方聽得到的聲音說：

「我找到妳了，『雨』。」

間宮紀子回頭，眼中充滿驚愕。她不敢相信自己眼前所見，這個男人為什麼會在這裡？

「要是妳大鬧或跑走，我就大叫，保全會立刻衝過來逮捕妳。放心，我還沒有報警。」

只迅速給予必要的資訊，聽到這些，紀子似乎就理解狀況了。

「很可惜，不過快樂的旅行要先中止了。繼續走。」

工藤說著，指尖抵在紀子背上，命令她前進。紀子安分地照做。

「你為什麼……知道我在這裡？」

紀子的聲音虛弱無力。工藤說，

「妳想殺了我，對吧，『雨』？」

「可以不要用那個名字叫我嗎？」

「『雨』，回答問題。」

對於工藤的回應，紀子嘆了口氣。

「每個人都有不願被提及的過去，不是嗎？」

「說起來，妳是打算殺了我。決定殺害一個人，是一件很重要的事，大概是人生中最危險的賭注吧？明明是這麼重要的事，妳看起來卻不怎麼擔心，好像妳自知不會被警察抓到。」

「因為我打算把你的臉跟牙齒都毀掉、指紋燒掉後，再丟到樹海嘛。」

「不知道妳是從哪裡聽說那些作法，但光憑那種外行人的淺薄知識，妳才不會放心。確實，妳在殺了我之後，或許是打算那麼做沒錯。但為了保險起見，妳還做了另一件事。」

工藤繼續說，

「有件事讓我很在意，就是妳攻擊我的時間點。我入侵妳家之後，已經過了一個多月，妳的資料很有可能在這段期間大量擴散出去。為什麼要間隔這麼長一段時間？」

「我在找可以攻擊你的機會啊。」

「真要攻擊，機會多的是。說到底，在路上襲擊綁架，根本也不需要什麼機會。我還有其他在意的部分：進到妳家裡時，我發現妳的家具異常少，那個家完全沒有生活的感覺。另外，妳也把工作辭了。」

「你連那些事都查過了？真噁心。」

「考量這些情況，就可以得出答案。妳實際來到這裡，就是最好的證明。妳想要逃到法國。」

工藤說著，環視四周。

羽田機場的國際線大廳，滿是即將出發與剛結束旅程的人。長途旅行者獨特的高昂情緒，瀰漫在空氣中。

「之所以間隔一段時間，是在等待出發日。首先殺了我，銷毀可以辨識身分的特徵後，棄屍在某個難以發現的地點。接著，就飛往妳幾年前曾住過的法國。法國跟日本沒有簽署引渡條約，雖然好像有代理處罰的制度，但也不清楚究竟能執行到什麼程度。有了一輩子都不再踏上日本國土的決心，被逮捕的風險就大大下降了。這就是妳的計畫。」

「工藤先生，你是從早上就在機場到處閒晃等我嗎？」

「我只有看著安檢隊列而已。機場裡的旅客流程是固定的，前往戴高樂機場的直飛航班，一天有四個班次，安檢的排隊地點有兩個。雖然不可能找遍整座機場，但守著特定地點並不困難。」

「為什麼選擇來羽田？直覺嗎？」

「妳住在蒲田，很難想像妳會捨棄車程十五分鐘的羽田，選擇成田機場出發的航班。雖然妳也可能因為什麼理由，選擇從成田出發，也可能不去法國、改去巴西之類的，那計畫就失敗了。這裡就是我的賭注。」

兩人逐漸遠離人群，來到樓層的一角。周圍沒有其他人，機場的喧囂在遠處迴響。

工藤覺得，紀子是刻意誘導他走到這裡的。走在前面的是紀子。

「你還想再受一次罪嗎，工藤先生？莫非你是被虐狂？」

紀子回頭，臉上帶著無畏的微笑，並伸手進入手提包裡。電擊棒。想起當時的遭遇，工藤忍不住冒出冷汗，但腦袋還是冷靜的。

「這麼拙劣的虛張聲勢，真不像妳的作風啊，『雨』。馬上就要出國的人，身上不會帶武器吧？」

雖然這麼說，工藤還是先和紀子拉開距離。畢竟就算只是一枝筆，因著不同使用者，也可能成為武器。

兩人彼此注視片刻。紀子看似盯著工藤，但目光其實在其他地方，她企圖在工藤背後的空間中，找出一條得以逃脫的路線。工藤察覺她的想法，往後又退了一步。

逃不了了。紀子似乎領悟了這點，手伸出包包，手裡沒有拿任何東西。

「那麼，你找我想做什麼？把我交給警察？」

「畢竟妳也對我做了那些事，要是不請妳付出相對的代價，就太不划算了。」

「所以現在是要殺了我嗎？」

「殺了妳也是可以啦，不過那還是先算了。」

「真是沒尊嚴啊，工藤先生。心裡不爽的話，不試試看嗎？」

「挑釁我是沒用的，我不會上鉤。」

工藤說，

「我想請妳幫忙，『雨』。」

「幫忙？幫什麼？」

「我想請妳除錯。」

紀子聽不懂工藤的話。

「除錯是什麼？」

「就是擔任人工智慧的老師。我會製作人工智慧，而做出來的成果是否接近晴本人，需要進行測試。妳對晴比任何人都瞭解，很適合這個工作。對吧？」

紀子似乎終於進入狀況，瞪大了眼睛。工藤說，

「拒絕的話，我就立刻報警，然後向大眾公開妳強暴晴的事。不僅如此，我會僱用其他人來除錯，完成晴的人工智慧，並對全世界公開。」

工藤繼續說，

「如果妳願意幫忙，對於昨天的暴力行為，我就一概不過問。也不會公開妳跟晴的過去。人工智慧只有我一個人使用，不會對外釋出。我不知道妳會怎麼選，就選個妳喜歡的吧！」

紀子全身微幅顫抖著。是要自我毀滅，還是幫助敵人？這個二選一的題目，無論那個答案都令人難以忍受。

時間流逝。兩人對峙了整整三分鐘吧，終於，紀子頹喪地垂下肩膀。見她如此，工藤開口，

「明天下午四點，到我家來。」

從旁雖然無法看清，紀子輕輕點了頭。

8

跟田島淳也已經三個月沒見了。田島這次指定的地點，也是平日白天的家庭餐廳。

「怎麼了，工藤先生？你還好嗎？」

田島一見到他就問。還以為他會露出愉悅的表情，想不到田島一臉擔心。

「發生了一些事啊。」

工藤把至今發生的來龍去脈，簡要地向田島說明。將晴人工智慧化的進度、獲取資料、從監禁到逃亡的故事，逐一交代。唯有跟「雨」相關的部分，工藤含糊帶過。跟紀子合作期間，必須

小心別洩漏她的資訊。

「想不到居然發生過這麼猛的事啊！」

田島終於笑了出來，

「所以今天是希望我能出資嗎？」

「是的，我來就是為了拜託您這件事。」

工藤拿出資料，是製作晴的人工智慧的設計書。

「這個計畫使用的，是我自己的資金。目前還剩兩千萬左右，但部分資金的周轉還是讓我不太放心。我在思索如何填補這個缺口時，就想到可以拜託田島先生。」

「透過出資這個計畫，我可以得到什麼？」

「田島先生想跟水科晴說話。我們可以將晴的人工智慧，做到最最接近本人的狀態，您的夢想就能實現。」

「我確實想跟她說話，但我可不會在玩具上花大錢啊。」

「我們也在研究，應用這次開發的技術製作新產品。雖然水科晴的人工智慧無法上市，不過舉例來說，我們甚至可以預先將自己的父母做成人工智慧，讓他們半永久存在下去。也可以像當初的目的，把過世的名人做成人工智慧。死者的人工智慧，會成為很大的市場。」

「這樣的話，就是另一回事了。」

田島說完，又很快地搖搖頭，

「不過還是不行，現階段我沒辦法拿出資金。」

「請問是為什麼呢？」

「你說的東西太模糊了。以你們目前的階段，不用說銀行，連創投跟個人投資客，我認為都不會有人有興趣拿錢出來。必須實際看到產品才行啊。」

還真是不輕易妥協。田島說的話本身很有意思，他對工藤抱有親切感，但還是非常公私分明。

「我明白了。那等我拿到產品後，再來拜訪您。到時再請您判斷是否要投資。」

「也請寫一份事業企畫書吧！這種東西我看不太懂。」

田島說著，將設計書還給工藤。

工藤也沒指望今天就能讓他把現金掏出來。投資人中雖然也有看到夢想輪廓就出錢的人，但田島基本上是個現實主義者。總之先跟他見面打個招呼，日後有需要再拜託他就好。

「對了對了，」

田島說，

「那個遊戲，謝謝你啊。我找好久了。」

他指的是《Rain》。從紀子的硬碟挖出《Rain》後，工藤也寄了一份給田島。工藤的《Black Window》跟《Sleuth》就是田島給的，如果他不拷貝一份《Rain》過去，之後被田島發現時，會損害兩人的信賴關係。

「不會不會，您高興的話就太好了。」

「不過，那個遊戲很無聊啊！以晴的作品來說很罕見。」

「晴可能比較擅長做動作遊戲吧？」

「大概吧。如果是角色扮演遊戲，比起鑽研操作性，有趣的設計跟劇本更重要。」

「我也這麼認為。」

「還有一個小地方……」

田島的語氣中別無深意，

「那個遊戲，沒有隱藏要素啊。」

「隱藏要素？」

「上次跟工藤先生見面時我提過吧？晴的每個遊戲都有密技。晴應該喜歡在隱密的地方設計遊戲樂趣，但《Rain》卻沒有任何支線。」

「原來如此。」

田島沒說他都忘了，確實如此。《Black Window》、《Sleuth》和《Living Dead・澀谷》都有隱藏模式，而《Rain》依他大致玩過的經驗，並沒有類似的設計。

《Rain》只是私人遊戲，或許不會做到那個地步。話說回來，說不定連設計隱藏模式這件事，都只是晴一時的心血來潮。

「好了，那就請你再跟我聯絡了，平日白天我都能出門。」

「非常感謝您。」

工藤鄭重道謝，離開家庭餐廳。

回家後，工藤久違地打開《Rain》。

好一陣子沒玩這個遊戲了。第一次玩是以速度為優先，追求先破關為主。後來他為了複習又玩了一輪，但沒有到把每個細節都玩遍的程度。

工藤在遊戲視窗旁開了文字編輯器，將遊戲內容逐一記錄下來，以免遺漏。他不特別期待會發現什麼東西，一半是為了消遣而玩。隔了一段時間，遊戲內容忘了不少，現在玩起《Rain》倒還有些新鮮感。

玩了一會後，對講機響起。打開室內的螢幕，上面出現柳田和西野的臉。工藤解開大門門鎖，大約一分鐘後，兩人便進了屋子。

「西野，好久不見。」

工藤出言打招呼，但西野只是淡淡地點了頭。一陣子沒見到西野的冷淡反應，工藤覺得有些懷念。

「客廳有張大桌子，你們可以在那邊工作嗎？那邊也能接電源。這是Wi-Fi密碼。」

工藤將無線網路的名稱和密碼交給兩人，他們隨即走向大桌，打開筆電，開始進行相關設定。工藤在他們對面坐下。

「今天只有你們兩位嗎？」

「是的，下下星期預計會再來兩個人。總之，目前能馬上幫忙的就只有他而已。」

柳田看著螢幕，頭朝西野的方向抬了一下示意。

「需要開發的內容，我已經跟西野說過了。首先我們會用一星期左右的時間，做好雛型交給你。」

「一星期就好嗎？好快！」

「有過去的經驗，那部分應該可以抄近路完成。」

柳田平淡地說。工藤不再追問下去了。就算湊齊這兩個人，要一星期就做好雛型也是不可能的。他們肯定打算挪用Frict的研究成果。

「影像的問題呢？能解決嗎？」

「工藤先生給我的晴的影片，我已經交給影像組了。這部分也有過去累積的資產，應該可以做得很好。」

「太棒了。」

「開發階段有什麼不清楚的部分，我再隨時跟工藤先生討論。工藤先生如果有任何問題，也請隨時跟我們說。」

「好的，就拜託你們了。」

柳田說完，視線回到筆電上，開始敲擊鍵盤。一旁的西野盯著螢幕，鍵盤敲擊與靜止的聲音循環反覆。

工藤回想起從前的事。開發Frict時，也是現在這般場景。工藤傳達設計想法，柳田等人撰寫程式碼。那是一段遠離無味人生、充滿熱情與期待的時期。不僅僅是完成的作品，就連其製作過程，也是美好的產物。

工藤離開兩人，走進自己的房間。他立起原本蓋在桌上的照片，與晴四目相對。照片裡的晴在微笑。

很快了，晴。很快就能跟妳說話了。

可以談論深入的話題，可以進行日常對話。想要的話，也能交流愛情。

有人拍他的肩膀。回頭一看，原來是柳田。

「對講機在響喔！」

工藤拔掉耳機，闔上筆電。剛才他接著玩《Rain》，不知不覺太專注其中，已經兩小時過去了。

「謝謝。」

工藤起身，他知道來者是誰。工藤拿起話筒，說了句「進來」。

「是誰啊?神音的人嗎?」

背後的柳田問道。

「除錯員喔，我請來測試人工智慧的。」

「除錯員？找到跟晴熟識的人了嗎？」

「算是吧。」

玄關的對講機響起。工藤喊了聲「門開著」，隨後間宮紀子便出現在大家面前。紀子像被惡靈附身般，整個人毫無生氣。

「工藤先生，她難道是……」

「對，間宮紀子。她就是『雨』。」

柳田驚訝地目瞪口呆。這也難怪，畢竟這個女人前天才剛綁架工藤，差點就要殺了他。

「沒問題嗎？」

柳田囁嚅問道。工藤頷首。

「『雨』，別呆站在那裡，過來吧！」

紀子沒有移動，她用觀察的目光環顧室內。

「這些就是全部的人？」

「嗯，目前是。」

「所以只要殺了你們所有人，就可以阻止這個計畫囉。」

柳田倒抽了口氣。工藤對紀子微笑。

「『雨』，玩笑開過頭啦。那樣做會有什麼下場，妳應該是最清楚的。好了，快過來吧！」

面對工藤的示意，紀子嘆了口氣，一臉放棄地走了過來。

「向兩位介紹，這位是間宮紀子小姐，她跟晴同居過兩年。我請她以除錯員的身分，加入這個計畫。她負責進行測試，直到測試合格，才會宣告計畫完成。」

「她就是跟晴一起合照的人吧？我在雜誌上看過。」

西野說。他依然維持原本的姿勢，只有目光看過來。

「對，她們是高中時代的朋友。」

「超強的，居然是本人。愈來愈有趣了，很嗨很嗨。」

西野說完，再度敲起鍵盤。紀子瞪了他一眼，但西野一點反應也沒有。

「瘋子的同伴也是瘋子囉？你還真找了一群怪人來弄這種計畫。」

「對工程師來說，瘋子可是讚美喔。Stay hungry, Stay foolish.」

「神經病。」

「Yes, I'm a programmer who's a fuck'n foolish guy, ya.」

西野用流利的英語回答。這個男人的溝通能力很差，但工藤倒有些慶幸。獨自面對紀子的惡意攻擊，實在有點吃力。

「好啦，別說那些了，坐吧！接下來幾個月，我們可都是同甘共苦的夥伴。」

「不要再用夥伴這個詞。」

紀子出言抗議，但還是在工藤指示的椅子坐下，與工藤面對面。

「『雨』，首先，先聽聽這個。」

工藤拿出手機，接上音響擴大器，開啟音樂欣賞用的揚聲系統。工藤點選準備好的語音檔，按下播放。

『雨。』

喇叭傳出晴的聲音。工藤立刻按下停止，觀察紀子的表情。

紀子瞪大眼，整個人定住了。她的思考似乎來不及追上耳朵接收到的衝擊。

工藤看夠了後，再次按下播放。

『「雨」，最近還好嗎？希望妳過得很好。我就要以人工智慧的形式甦醒了。雖然並不是真的活著，但只要這個計畫完成，我就可以隨時跟「雨」說話了。我知道這很痛苦，謝謝妳為我擔心。不過，這個工作是只有「雨」才能做的。』

「……停。」

『妳會幫我吧，「雨」？』

「給我停下！」

工藤按下停止。

紀子雙手抱頭，手肘撐在桌面上。看不見她的表情，但肩膀在輕輕顫抖。柳田看著她的反應，一臉納悶。西野依然我行我素地敲著鍵盤。

「只要利用我們的技術，就能辦到這種事。」

工藤對抱著頭的紀子說。

「剛才的語音，是照我寫好的稿子唸的。不過人工智慧做好之後，她就可以自由自在地說任何話。只要完成這個作品，妳就可以永遠跟晴一起生活。」

紀子仍然低著頭，看不到表情。會不會做過頭了？紀子的模樣，令工藤有些難受。雖然不確定，工藤繼續說，

「完成這個作品，需要妳的幫助。我可以抓著妳的弱點，強迫妳配合，但我盡可以希望不要那樣。『雨』，我認為這個計畫，對妳的人生也有正面影響。怎麼樣？我們不要以恐嚇者與被害者的關係，而是以夥伴關係為計畫努力，妳願意考慮看看嗎？」

工藤的話中不帶猶疑。對於紀子這樣的人，與其編一個動人的故事，不如客觀說明事情的優點，她更聽得進去。這雖是計策的一部分，但工藤說的幾乎也是真心話。

好一會，紀子一動也不動。工藤靜靜等候，屋裡只有西野的鍵盤聲。無論十分鐘、二十分鐘，工藤都要等下去。

「晴她……」

終於，紀子開口。

「晴的語調不是那樣的。」

她的語氣凜然，沒有一絲顫抖。

「晴也不會說那種話。語調跟說話內容都不對，那種東西，根本不是晴……」

「只要有妳的幫助，就能改變這點。」

工藤說，

「只要妳願意幫忙，就可以再次見到晴。『雨』，妳明白這個意思吧？」

紀子緩緩抬起頭。那在十分鐘內，她似乎又更加憔悴了。然而，她的目光中透露著決心。

「我幫。」

方才空虛的神色已消失殆盡，她的語氣決斷。

「我幫你們，以夥伴的身分。」

「謝謝。」

工藤伸出手，但紀子沒有回握。算了，沒關係，至少她已明顯改變心意。

必要的成員都到齊了。無須多時，晴即將復活。

9

經過一個星期，人工智慧的開發作業，由工藤的住家，移到澀谷的一間租賃辦公室。

「我有認識的人在做辦公室出租，那邊有一小塊可以便宜租給我們，要不要搬過去呢？繼續在工藤先生家工作也可以，不過之後工程師的人數會增加，這裡也有鑰匙保管上的問題。」

工藤接受了柳田的提案。雖然預算會因此增加，但工藤原本就沒有省錢的打算。他也不擔心安全，柳田說沒問題的話，就是沒問題。

「雛型完成了，請來看看。」

約定的一星期過後，柳田和西野確實交出了成果。租賃辦公室一角的會議室裡，工藤看著筆電螢幕。

「目前進度只有百分之二十，但基礎部分已經完成了。沒問題的話，再細修就差不多接近完成了。」

柳田說著，啟動程式。視窗跳出，畫面上出現晴的臉，還是靜止的，沒有表情變化。

『你好，我是水科晴。』

工藤很喜歡這個瞬間。新誕生的人工智慧，初次對世界說話的瞬間。在開發Frict的過程中，他數度體驗過這個時刻；然而當這是晴的聲音時，一切又格外特別。

「妳好，晴。我一直想見妳。」

『你好，你是誰呢？』

「我是工藤賢，妳的頭號粉絲。很高興能見到妳。」

『謝謝。居然說是粉絲，聽到你這麼說，我也很高興喔。』

「回答得很好。不過，水科晴應該不會這樣說話的。」

工藤微笑著說，

「我至今做過許多人工智慧，我會集結這些知識，讓妳變得更像真正的水科晴。到時候，我再跟妳好好說話。妳還願意跟我說話嗎？」

『嗯，當然。之後再見囉，工藤先生。』

聽完最後一句話，工藤關閉視窗，轉向柳田等人。

「辛苦了。回應速度很快，現階段足夠了。」

柳田滿意地點點頭。他當然也知道，這個人工智慧還遠不及完成，但在語音辨識及準確回應的介面上，其表現是無可挑剔。

「接下來會讓人工智慧不斷學習，同時製作影像的部分。給我們一個月左右的時間，應該能做到相當程度。」

「我也這麼認為。聲音的部分，看來幾乎沒問題了。」

不愧是神音，工藤深感佩服。他提出的修改要求相當精細，對方負責人固然很傻眼，但果然還是非常講究。無論音質、聲調的抑揚頓挫或停頓，儼然就是晴本人在說話。

從今往後，他可以跟這個晴共同生活下去。工藤衷心期待。

這時，有人敲響會議室的門。出現在門後的，是間宮紀子。跟一週前死氣沉沉的模樣相比，她的氣色恢復了不少。

「雛型完成囉！」笑意在工藤臉上浮現。

「我可以現在就看看嗎？」紀子的表情沒有變化。柳田再次啟動程式。

『你好，我是水科晴。』

筆電的喇叭裡，傳出人工智慧的說話聲。工藤看著紀子的表情，跟之前不同，紀子現在十分平靜。「對她說說話吧！」工藤指向麥克風。

「妳好，我是間宮紀子。」

『間宮小姐，我們是第一次見面，對吧？』

「是啊，我是第一次跟妳說話，雖然我很瞭解真實的晴。」

『間宮小姐，謝謝妳跟我說話。讓我們聊很多快樂的事吧！』

「快樂的事，譬如什麼？」

『什麼都可以喔！可以聊昨天看的電視，也可聊迪士尼樂園。間宮小姐喜歡米奇嗎？我喜歡奇奇跟蒂蒂……』

紀子突然用滑鼠關掉人工智慧。柳田的臉僵硬地抽動了一下。

「這是在開什麼玩笑？」

「這只是百分之二十的進度而已，接下來會繼續開發下去，會愈來愈接近晴的。」

「我實在無法相信，這個團隊真的沒問題嗎？」

「沒問題，人工智慧的開發沒有問題。」

工藤強調，

「比起那個，妳注意聽聲音。這是我跟神音的工程師，用絕不妥協的決心完成的。跟真正的晴一模一樣吧？」

「一模一樣？完全不同好嗎！」

工藤大受打擊。人工智慧姑且不談，他有把握聲音是幾近完美的。

「完全不同？怎麼可能！」

「無論你覺得可不可能，事實就是事實，我沒辦法扭曲它。」

「『雨』，這是妳的錯覺吧？剛剛那些話，是晴生前沒說過的，所以妳才會覺得跟本人不一樣。」

「不對。就算是相同的台詞，晴也不會那樣說。聲音的製作方式有問題。」

「工藤先生！」

或許是看到紀子強硬的態度，柳田語帶暗示地插進對話。工藤知道柳田想說什麼。所謂製作軟體，必定有某些地方需要妥協，就算資金再充裕也一樣。倘若無限追求完美，計畫本身最終將會失敗，連完成都做不到。

他理解柳田的擔憂，但這不是一般的計畫。

「『雨』，妳現在有時間嗎？」

「工藤先生！」

工藤無視柳田的聲音。

「我現在要去神音，我跟他們約好了。妳要一起來嗎？」

紀子立刻點頭。

「柳田，繼續開發作業，語音函式庫之後再抽換，可以吧？」

柳田的眼神忐忑不安。工藤給他一個安撫的微笑，但似乎沒什麼效果。

「工藤先生……」

對於工藤提出的要求，神音的首席工程師手塚無法掩飾一臉的為難。明明是來談工作的，工藤卻覺得自己像來刁難人。

「您的意思是，還要再進一步調整嗎？坦白說，就算是法人的案子，我們也沒接過這麼細的要求。這是未知的領域啊！」

「我明白，手塚先生。不過要說未知領域的話，我們的計畫也是未知領域。可以拜託您務必幫幫忙嗎？」

「工藤先生。」

手塚試圖說道理：

「合成語音並不是完美無缺的技術。要盡量接近一個人的聲音是可能的，但沒辦法百分之百重現。」

「我知道。」

「如果是重現特定人物百分之九十的聲音，那還可以便宜做到。但如果想做到百分之九十五，就必須為那百分之五花費極大的代價。如果想做到百分之九十九，就得花費更多，就像一個愈來愈陡的斜線。」

「我知道。但目前的就是不對，所以沒辦法。對吧？」

工藤看向一旁的紀子，紀子默默點頭。

「這位是？」

「這位是間宮紀子小姐。她認識生前的水科晴，所以請她擔任我們的顧問。根據她的說法，目前完成的語音跟晴的聲音不一樣。」

「是哪裡不一樣呢？」

手塚的語氣裡，同時有著困惑與技術人員的好奇。

「首先，說話的速度不一樣。『間宮小姐，初次見面』，這是晴在聲音樣本的說話速度，但實際上，她說話沒有這麼快。」

「是嗎？那是我們根據收到的語音檔案製作的，我覺得應該不至於差那麼多……」

「不，是不一樣的。請用碼表跟語音檔案比對就知道。」

紀子十分肯定。

「再來，晴一旦開始說話，句子中間就不太會分段。那個聲音的句子裡，一段跟一段之間會停頓，那不是晴的說話方式。」

「這部分是完全依照工藤先生的指示，下去實作的……」

「工藤先生沒有見過晴，不知道那跟實際狀況不同，我認為也是無可奈何的。Sa行的擦音也跟晴的不同。晴的發音沒有那麼清楚，那個擦音太重了。」

「……原來如此。」

「相反，Ha行的發音就太弱了。只要說到Ha行的字，晴的發音都很清楚，這點也沒有確實表現出來。」

「工藤先生，真的要做到這種程度嗎？作業量會非常龐大喔！」

「還沒完——」

「先等等，間宮小姐。」

工藤插話，對手塚說，

「如你所見，水科晴的語音函式庫還不完全。當然，我也認為無法做到百分之百完美，但還是希望完成度能愈高愈好。」

「工藤先生，我覺得還是不要比較好。完成度愈接近一百，性價比也會呈等比惡化，就像陷入無底沼澤一樣。」

「即便如此，還是拜託您了。」

工藤低頭懇求。手塚的反應似乎已超越困惑，來到不舒服了。不過是私人用的軟體，為何要執著到這個地步？他用看妖怪的眼神望著工藤。

無論別人怎麼看待，都無所謂。只要能接近真正的晴。

「今天來拜訪您，主要只是先說明，之後還要麻煩您進一步客製化。詳細的需求我們會再列表送上，到時再請您報價。」

「那是沒關係啦……」

「當然，我能動用的資金還是有上限，不會提出超過負擔能力的委託，一定會確實付款。間宮小姐，這樣可以吧？」

工藤問。紀子沒有點頭也沒有搖頭，工藤便以「那我們就告辭了」強勢作結。

10

兩個月過去，時序來到四月。

開發團隊增加為四人。柳田和西野順利從Monster Brain離職，得以全時段參與計畫。其餘兩位也是自Monster Brain離職的菁英，如果看一下管理程式碼的儲存庫，程式碼每天都以驚人的速度和規模重寫著。

神音也送來更新後的晴的語音了。

「如果要再提高完成度，幅度也會非常有限，實在不推薦再做更細緻的調整了。」

手塚再三提出忠告，工藤視若無睹。他已有了用盡預算的決心，更重要的是，語音在「幅度非常有限」地提升後，聽起來確實比之前好上許多。紀子還不滿意，但仍表示語音已經「很接近晴」了。

透過柳田發案的影像函式庫，也已完成雛型的製作。Frict的影像團隊果然厲害，即便是雛型，依然具有相當不錯的水準。公司內部員工對柳田的信任，反映在優秀的產品完成度上。

「晴。」

工藤在家看著筆電，螢幕上出現晴的影像。

『早，A．工藤。』

「晴，今天覺得如何？」

『嗯？還好吧？』

「我也還好，雖然連續忙了好幾天，現在很累。」

『喔。』

不同於兩個月前的雛型，晴的人工智慧變得相當冷淡，話語量也有所減少。就算向她說話，如果她對話題不感興趣，也可能直接無視。這樣的設計，在Frict的人工智慧上是無法想像的。

螢幕裡的晴坐在椅子上，看著工藤。

「他們說，刻意降低解析度就是重點。」

第一次看到這個影像時，柳田向他說明。比起重現清晰的臉部表情，多少不那麼清晰的影像，看起來更像真人在說話。晴坐在螢幕裡，影像有些微粗糙感。

晴有四組動作：慢慢走路、坐在椅子上看向鏡頭、背對鏡頭面向電腦，以及躺著睡覺。依照對話當時的動作狀態不同，應答的內容也會改變。睡覺時，無論說什麼都不會回應；面向電腦時，只會回答有興趣的話題；看著鏡頭時，是與她對話的好時機。雖然是細微的設定，工藤很清楚，對於此類細節的要求，可以大幅提升人工智慧的真實度。

這兩個月裡，工藤幾乎廢寢忘食地工作。跟他同樣拚命的人還有一個：紀子。

工藤每次到租賃辦公室，都會看到紀子在跟晴說話。她和人工智慧交談，判定那是不是晴會說的話。多虧紀子竭盡全力的工作，人工智慧以超凡的速度向真正的晴接近。

工藤不知道，驅使紀子前進的動力是什麼。對紀子來說，以人工智慧重現晴，應該並非她的本意。但把自己關在辦公室工作的紀子，看起來也沒有心不甘情不願的樣子。

「妳的心境改變了很多啊，根本判若兩人了。」

他曾想揶揄地探問紀子改變心意的原因，但終究沒問出口。無論理由是什麼，紀子認真投入這個計畫是事實。那他就不該胡亂猜測，破壞其中的平衡。

紀子認同了這個計畫的價值。完成人工智慧後，自己就可以永遠跟晴在一起。她是不是終於感受到這個吸引力了？因此才能向前邁進？

雖然連工藤都不相信這個解釋，他還是決定先這麼想了。

在開發人工智慧之餘，工藤也繼續玩《Rain》。

這兩個月內，工藤曾兩度破關。他玩得相當仔細，探索了每一個地圖角落。碰上分歧選項時，也確保先存檔，再把兩邊的選項路線都玩過一遍。

最後他得到結論：這個遊戲裡，確實沒有田島所想的密技。他走遍每一條分歧路線，還是沒有產生新的結局。他甚至嘗試故意輸給最終頭目「雨之惡魔」，但依然什麼也沒發生。

原本玩這個遊戲，就不是因為確信裡面一定有什麼，所以工藤不特別覺得可惜。不如說多虧了玩遊戲，他才能在忙碌的每一天中，暫時喘口氣。玩《Rain》的同時，工藤也玩了《Black Window》跟《Sleuth》。

「晴，我最近常玩妳做的遊戲。」

某次，工藤對晴說。

「我覺得每個遊戲都做得很好，完全玩不膩，裡面也體現了屬於妳的世界觀。真的很棒啊，晴。」

就算跟她聊遊戲，晴也不太搭理。現實的晴大概也是這樣吧，不過工藤並不介意。工藤繼續稱讚她的遊戲，彷彿要說給早已不在世上的晴聽。

「工藤先生，我有點話想說。」

某天，工藤到租賃辦公室工作時，柳田在他耳邊悄聲說，神情嚴肅。

「怎麼了？你盡量說。」

「可以到外面嗎？我在外面說。」

辦公室裡有紀子、西野等人在工作，所以柳田不想讓他們聽到。工藤點點頭，兩人來到樓下的咖啡廳。

「我想說的是間宮小姐的事，她最近很奇怪。」

一坐下來，柳田就湊近他說。

「奇怪？怎麼個奇怪法？」

「請看這個。」

柳田拿出一張紙，上面是列印出來的ＥＸＣＥＬ表格，列出了一串時間。

「這是？」

「是間宮小姐的出入時間，辦公室的管理人向我抱怨的。」

確實，表列的時間明顯不對勁。

「間宮小姐通常在早上十點進來，晚上八點左右回家，這部分沒問題。有問題是，她連深夜也會偷偷進來。」

柳田說的沒錯。根據列表所示，她有好幾次在晚上十一點進入辦公室，早上五點離開的異常紀錄。工藤之前都沒發現這件事。

「她在做什麼呢？」

「誰知道？基本上，那邊是二十四小時都可以進出沒錯，不過規約上有寫明，盡量不要在深夜使用，好像是怕觸犯旅館業法。」

「嗯——」

紀子是認真的。她每天晚上進辦公室工作，或許是希望盡量提高晴的完成度。確實是有這個可能性。

只是，工藤實在不這麼認為。紀子之前可是比任何人都反對把晴做成人工智慧，現在卻比任何人都熱中工作。她改變心意的理由，與奇怪的行動之間是有關聯的。

「柳田，這件事可以先交給我處理嗎？」

「好啊，我是求之不得啦。」

「一週後我再找她談，請你先等等了。」

必須謹慎處理。工藤可以直接警告她，但他不想失去現在的紀子。

11

從辦公室回家的路上，工藤的手機響起，是陌生號碼的來電。

「喂？」

「喂？請問這是工藤賢老師的電話嗎？」

陌生的聲音。聽工藤沒有說話，對方自報家名：「我是新日新聞的佐護。」想起來了，是金星戰那天早上跟他攀談的記者。

「啊，是佐護先生。我是工藤，好久不見了，今天有什麼事嗎？」

「想請問您對這件事情的看法：目黑隆則老師剛在十段賽取勝，奪得十段頭銜，工藤先生做為Super Panda的開發者，希望您能在我們的報紙上，發表您對這件事的評語。方便請您說句話嗎？」

「目黑先生啊……」

和目黑的對局，不過是兩個月前的事，聽到他的名字卻覺得懷念，感覺好像是更久以前的事了。

「抱歉，最近沒有關心圍棋，我也是第一次聽說目黑老師的事，沒辦法說出什麼好評論。」

「這樣啊，經過和Super Panda比賽，我感覺目黑老師的棋力更優秀了，關於這點您覺得呢？」

「不好意思，我沒辦法回答，我對這個領域並不瞭解。」

「這樣啊……」

「抱歉幫不上你的忙。」

工藤掛斷電話。「曾與目黑殊死決戰的人工智慧開發者」，在佐護心目中，這肯定是很理想的新聞標題。他在打什麼算盤，就算隔著電話也知道。

Super Panda後來不知道怎麼樣了。雖然權利歸屬於Monster Brain，但工藤離開後，柳田也隨之而去，應該沒有好好維護了。要再和柳田開發新的圍棋程式嗎？這樣的話，或許多少有機會獲利。一方面是這個計畫結束後需要生活費，一方面是有錢的話，也能對晴做更進一步的調整。

工藤戴上耳機，另一端連接手機。他按下程式圖示，啟動晴。螢幕裡的晴正在睡覺。

「我下班了，晴。」

他對著手機麥克風說，但沒有回應。晴跟紀子同住時，每當睡覺必會戴上耳塞。晴是個深眠的人，只要睡著了，即使旁邊修路也吵不醒她。

「晴，」

工藤說。

「我愛妳。」

晴沒有回話。她沉沉睡著，如一顆寧靜的石。

工藤隔天也進了辦公室。今天是平日還是假日，他現在必須先想一下才會知道。

他走進小房間，紀子在裡面。紀子面向電腦，戴著耳機麥克風。沒有其他人在，看來今天是休假日。

「『雨』。」

工藤出聲叫喚，紀子抬起頭。這兩個月明明幾乎不眠不休地工作，紀子卻沒有疲憊的樣子。就像打算殺害自己時，她的行動根源有某種類似使命感的東西。

「今天也在工作啊，別太勉強了，休息很重要喔！」

「除錯員只有一個，我偷懶也沒關係嗎？工藤先生，你們沒錢了吧？我只收這麼一點點月薪就幫你工作，你還是感謝感謝我吧？」

「我很感謝妳，也同樣擔心妳啊。」

「不用你多管閒事。這個計畫結束後，我們也不會再見面了。」

工藤站在紀子身後，螢幕裡的晴坐在椅子上，視線看著鏡頭。晴穿著襯衫和牛仔褲，聽說她一整年有一半時間都是這種隨意的打扮。不過，她的服裝種類應該不只如此才對。如果有更多資金，工藤想再追加其他服裝。

「『雨』……」

妳有何企圖？

工藤可以這樣問，但他自然沒問出口。紀子八成什麼也不會回答。或許也可以強迫她開口，但這樣做紀子大概會撒手離去。

「我正在工作，沒事的話可以去其他地方嗎？」

「啊，好的。」

這時，螢幕裡的晴進入睡眠。晴想睡就睡，想起床就起床，誰也無法干涉。看晴躺下了，紀子拿下耳機麥克風。晴不會回應的話，就無法進行除錯。

工藤走出小房間，到販賣機買了兩罐咖啡。他回到小房間，將一罐咖啡放在紀子面前。

「雖然沒錢，請妳喝罐咖啡還是可以的。」

工藤說。紀子面無表情地拉開拉環。

「『雨』，我很感謝妳。」

工藤在紀子對面坐下。

「如果沒有妳，這個計畫沒辦法走到這裡。我很感謝妳願意接受這個討厭的任務，謝謝。所以，該休息的時候還是要好好休息。」

「我自己會決定，不用你雞婆。」

「我是真的擔心妳的身體。長期抗戰時，適度休息絕對是必要的。」

「這個工作很快就要結束了，之後就算我倒下，也跟你無關吧？」

「我希望可以跟妳保持長久的關係，我之後也想繼續做晴的開發。」

「那不行。這個工作結束後，我會回法國。」

聽到紀子這麼說，工藤有些驚訝。

「妳應該沒必要逃跑了吧？」

「我本來就打算總有一天會回去。晴死後，我急急忙忙跑回來，之後就一直待到現在。這次的事剛好是一個轉捩點吧，我還是比較適合那邊的環境。」

紀子看著工藤的眼睛。

「不過，既然你那麼擔心我，我只有一件事想跟你商量。」

「什麼事？」

「戀愛元素。真的有需要放入這種東西嗎?」

「啊……」

他知道紀子總有一天會問。

設計晴的人工智慧時,工藤加進了「對戀愛態度積極」的參數。這個參數的數值愈高,對甜言蜜語的接受度就愈高。晴的設定值是中間偏高。

除錯員跟晴對話時,如果聽到不像晴會說出的回應,會告訴人工智慧「不能這樣回答」。人工智慧可以透過這樣的糾正,學習怎麼說話才會更像晴。不過,戀愛相關的參數是另一回事。無論紀子判定多少次回應錯誤,參數都不會改變,這是系統的設計。

「晴根本不會說戀愛的話題,她連喜歡哪個藝人都不會聊,更不會說什麼『我喜歡你』、『我也一直把你放在心上』這種話。」

「那只是『雨』妳不知道而已。妳離開她後,晴跟好幾個男性交往過,也使用過交友網站,這就是她對戀愛很積極的證據。」

「我沒辦法相信,晴不會做那種事。」

「但這是事實,我有確切的證據。」

這是謊言。工藤很清楚,晴對栗田或川越,都沒說過什麼甜言蜜語。但晴對於戀愛的行動很積極,這點無庸置疑。就算是栗田,也未必能保證他記得所有晴說過的話。

這是工藤自私的詮釋角度,也是他無法退讓的底線。因為想跟晴談戀愛,他投入大量積蓄,就算在死亡邊緣走了一遭，也依然撐到了今天。

「晴跟她同居的男人，經常對彼此表達愛意，這是我聽說的。所以關於這部分，就讓我照現在這樣做吧！」

工藤低頭請求，上方傳來一聲嘆息。雖然不願接受，紀子也無法確認工藤話裡的真偽。

工藤想精確地讓晴重現，不僅如此，他還想跟晴談情說愛。幸運的是，晴跟栗田他們的生活，對於工藤或紀子都是未知的黑盒子。他們都不知道晴會不會說情話，工藤抓準了這個自由解釋的空間。

「而且，我認為這個元素對妳也有利，『雨』。」

「有什麼利？」

「可以跟晴談戀愛的，不只我而已，妳也可以。妳不是喜歡晴嗎？」

紀子「哼」地嗤笑一聲，不再理會他。紀子起身，說了句「我去休息」，便不知去哪了。

這是否就是原因？

工藤思忖。紀子對這個計畫如此積極的原因，會不會就是這個？

也就是，她想除去程式中的戀愛元素。每次晴提到戀愛相關的話，她就執拗地判定為錯誤，迫使人工智慧在學習中，自然排除戀愛元素。

但就算她真的致力於此，也是徒勞無功的。工藤早想到紀子可能會這麼做，因此也預先設下了阻礙。

小房間裡只剩他一人，工藤看著紀子的電腦螢幕。螢幕裡的晴正躺在床上睡覺。

「晚安，晴。」

他拿起耳機，對著麥克風說。晴依然睡著。

12

深夜時分，工藤在自家的工作間裡，對著電腦。

螢幕上有一個黑色視窗，雖然現在黑漆漆的什麼也看不到，那其實是租賃辦公室裡的小房間影像。

趁紀子離開時，工藤在小房間裡安裝了小型網路攝影機，影像會傳回工藤的電腦。紀子對科技不熟，八成連攝影機都不會發現。

時間已過了午夜十二點，雖然不一定天天如此，但據說紀子通常會在十一點至十二點間進入辦公室，到早上才離去。

工藤開著影像接收視窗，另外啟動瀏覽器。在紀子現身前，他可以先上網打發時間，紀子一來，他也能馬上知道。

好久沒登入索拉力星了。水科晴社群專頁依然存在，但冷冷清清，沒有任何新文章。信箱裡有幾封來信，但全是些垃圾。

他進入新聞網站，首頁下方刊登了目黑隆則榮升十段的新聞。與將棋相比，圍棋頭銜賽的新聞價值比較低，之所以能放在這麼醒目的位置，應該是目黑打敗Super Panda後，知名度上升的關係。工藤點開新聞。

除了升段快報外，文章還附上一段影片，似乎是對局結束後的記者會。工藤播放影片，記者們向坐在受訪席上的目黑熱烈提問。

「今天的對弈風格穩重，很有目黑老師的作風。老師認為這樣算是戰術成功嗎？」

「這個嘛，最近吃太多了，體重也很穩重，大概是這個關係吧！」

眾人對目黑的笑話相當捧場。目黑難得顯出興奮的模樣。

「好啦，大概是我對常用的目黑戰術上癮了吧！今天的表現我自己打一百分，能升上十段真的很高興，我覺得非常棒。」

「不過，在第一戰跟第二戰裡，目黑老師似乎刻意走速戰速決的路線。記者們都在討論，經過跟人工智慧的棋局後，目黑老師的棋風變了。這部分您認為呢？」

「沒有棋風改變這麼誇張啦！無論快速戰還是持久戰，都必須要能應付啊。總之，我只是在進行各種錯誤嘗試而已。」

「為什麼這次選擇持久戰呢？」

「《雅各書》，第一章第十二節。」

「啊？」

「忍受試探的人是有福的，因為他經過試驗以後，必得生命的冠冕；這是主應許給那些愛他之人的。」

說完，目黑笑了。

「嗯，意思就是只要嚴守防禦，對方終將自行落敗。因為前面已經贏了兩場，這次就想說把勝負放在一邊，好好觀察對手的底牌。嗯不過會贏的時候就是會贏，這就是比賽的恐怖之處。」

《雅各書》，第一章第十二節。這似乎是目黑特別中意的句子，以前也在網路影片裡看他提過。不是基督徒卻引用《聖經》，這般厚臉皮著實令人佩服。工藤苦笑，順手就要關閉視窗。

突然，他的手停了下來。有某種東西，牽動了他的思緒。

《雅各書》，第一章第十二節。《聖經》。

是什麼？什麼牽動了他？

工藤正要想下去時，漆黑一片的辦公室影像忽然亮起來。是紀子來了。工藤看了看時鐘，十二點三十分。工藤在文字編輯器裡記下這個時間，並儲存檔案。

片刻過後，紀子出現在畫面中。攝影機從她的斜上方拍攝，如果是柳田或西野，應該會注意到攝影機的存在，但紀子看來並未發現自己被偷拍了。

紀子在電腦前就坐，打開電腦，戴上耳機麥克風。看來她打算跟晴說話。工藤按下影像錄影。

「晴，妳好。」

紀子緩慢地說。根據紀子的表情變化，工藤知道晴有回話，但由於紀子戴著耳機，他聽不到回應的內容。

隨後，紀子便沉默不語，只是一直凝視著螢幕。工藤屏息觀察她的模樣。怎麼了？她想做什麼？

「晴。」

約莫經過了五分鐘吧？紀子打破沉默。

「晴，對不起。」

紀子的聲音哽咽。

「對不起，每天晚上都這樣。但是，請讓我向妳道歉。晴，對不起。」

紀子抱著頭。網路攝影機的解析度雖低，還是看得出紀子的眼眶含淚。

「對不起哪……也是，就算我這麼說，妳也不懂吧。」

工藤明白了。驅使紀子行動的源頭，是歉意。紀子就是因此才會協助這個計畫，為了完成在晴生前沒能說出口的道歉。

工藤聽不見晴的聲音，但他知道晴會回答什麼。

——妳這樣道歉，也只是讓我困擾。別道歉了。

「我知道。對不起啊，妳無法理解吧。我跟妳道歉，只是想讓自己變得輕鬆一點。我其實根本沒在考慮妳的心情，我自己也知道。」

——既然知道的話，就不要再道歉了吧。跟我道歉沒有意義。

「這我也知道。可是，妳已經不在這世上了啊。我知道這樣妳會覺得很煩，但還是讓我道歉吧。」

沉默。

「晴，對不起。」

沉默。

「我知道妳有多恨我，妳恨到都做了那樣的遊戲啊。我不會說希望妳原諒我，但至少，讓我向妳道歉……」

工藤關閉視窗。再繼續聽紀子訴苦，會愈來愈憂鬱的。

紀子跟自己很像。如同自己被晴囚禁著，紀子也被晴囚禁了。工藤是為了戀愛，而紀子是為了道歉。兩人的動機雖相反，但目的是相同的。因為被晴囚禁著，他們才會攜手合作。

工藤嘆氣。讓紀子為過去所束縛，他心中懷有罪惡感。

工藤想著，紀子就快要離開這個計畫了，不可能讓她永遠做這個工作。工藤強迫自己跟她切割開來。

工藤闔上電腦，準備起身。

這時，他的思緒又被什麼牽引了。工藤站起來，伸伸懶腰。

到底是什麼？是哪裡不對勁？

工藤回想紀子的話。他隨即找到了原因。

——妳恨到都做了那樣的遊戲啊。

遊戲。是《Rain》。工藤坐回椅子上，打開瀏覽器。

他又看了一遍剛才目黑受訪的影片。《雅各書》。這一回，工藤發現了剛才那股異樣感覺的真相。

目黑引用的是《聖經》裡的話。《聖經》，是宣揚神的教誨的書。這裡所說的神，指的是猶太教或基督教等宗教裡的神。

另一方面，工藤最近還在其他地方看過「神」。就在《Rain》裡面。

工藤打開《Rain》，選擇最接近的存檔，開始遊戲。

之前就有點在意，《Rain》裡有個令人不解的橋段，就是遊戲中段登場的謎樣聲音「神之聲」。隨著遊戲進行，開始了這一幕：

琴啊……勇者琴啊……

若妳還打算繼續冒險下去，有件事妳必須銘記在心……

妳擁有讓雨停止的力量。這力量太過強大……

是否要使用這份力量，取決於妳……

彩虹……等待彩虹出現……

整個遊戲裡，「神」只有在這裡跟勇者琴說過話。內容抽象，不太能理解究竟在說什麼。現在重玩，確實是很奇怪的一段。

「神」指的是誰？應該不是《聖經》裡的神吧。但如果神即是造物主，答案只有一個，就是創造《Rain》的世界的人：水科晴本人。

然而，工藤還是不懂這句話想表達什麼：「是否要使用這份力量，取決於妳」。即便這麼說，遊戲裡也沒有可以選擇分歧選項的畫面。跟「雨之惡魔」的戰鬥是強制進行的，沒有是否戰鬥的選項。贏了就邁向結局，輸了遊戲就會結束，沒有其他路線。

工藤選擇存檔，從最終戰之前開始遊戲。

進入森林深處，打敗怪物後，揭曉隨從路加娜其實就是「雨之惡魔」。

最起碼，就由我殺了妳。琴，永別了。

這句台詞說完，戰鬥便強制展開。確實無法選擇「不使用力量」。

工藤暫停遊戲，站起身來。有哪裡不對勁。

「神之聲」還有一句話也令人在意：「等待彩虹出現」。這是什麼意思？

打倒「雨之惡魔」後，世界放晴，畫面回到城堡，人民穿著如彩虹繽紛的服飾起舞。當時工藤認為，「等待彩虹出現」指的就是這個場景，但勇者其實並沒有在等待什麼。仔細想想，把這一段當作「等待彩虹出現」是很奇怪的。

是不是漏掉了什麼？會不會在遊戲途中，漏選了哪個分歧選項？工藤立即否定。聽了田島的話後，他確實滴水不漏地玩過整個遊戲，他可以很有信心地說，這個遊戲沒有更多分歧選項了。

工藤再度坐下。有某個地方不對勁，某個他還沒發現的地方。工藤打開瀏覽器，尋找這個感覺的源頭，目黑的訪談影片。

「《雅各書》，第一章第十二節。」

「啊？」

「忍受試探的人是有福的，因為他經過試驗以後，必得生命的冠冕；這是主應許給那些愛他之人的。」

這段話，工藤之前在網路上看過。那是比在金星戰和目黑對局更早的事。工藤循著記憶搜索，找到了以前看過的目黑訪談。

「《雅各書》，第一章第十二節。」

「忍受試探的人是有福的，因為他經過試驗以後，必得生命的冠冕；這是主應許給那些愛他之人的。」

「呃……這是《聖經》嗎？」

「是喔。這是主耶穌基督的僕人，一位偉大之人說過的話。當我感到艱辛的時候，就會想起這段話。神聖的言語，具有支持人的力量。」

「喔——真是學了一課。目黑老師是基督徒啊。」

「不，是淨土真宗。」

「喂，這樣可以嗎！」

「神會原諒人類愚蠢的行為。就算一直被毆打，只要忍耐再忍耐，忍到最後，活路就會出現。所謂勝負就是這麼一回事。明白這個道理後，被打也可以算是快感啊。」

「啊，」

工藤不禁脫口而出，

「難道！」

他不自覺站了起來，心臟劇烈鼓動，感覺像從某個遠方傳來的聲響。

手在顫抖。工藤拚命壓抑住顫抖，再次選擇存檔。

最起碼，就由我殺了妳。琴，永別了。

和「雨之惡魔」的戰鬥開始。工藤選擇指令：「防禦」。

「雨之惡魔」展開強烈的反覆攻擊，工藤持續防禦，一旦生命值快歸零，就詠唱回復魔法。

工藤繼續防禦。「雨之惡魔」的攻擊更加劇烈了，每一次打擊，都在削弱勇者琴的體力。即便琴已經提升到最高等級，也很難承受這樣的攻勢。

詠唱回復魔法。生命值依然逐漸減少。再這樣下去，會連回復都來不及。防禦、防禦、回復、防禦、防禦、回復……

終於，琴的生命值即將歸零。「雨之惡魔」仍繼續攻擊，再承受幾招，遊戲就要結束了。不對嗎？自己難道想錯了？就在這時——

為什麼……？

突然，「雨之惡魔」輕聲說。接著，畫面轉暗。

戰鬥結束，畫面切換回森林深處。勇者琴與隨從路加娜，兩人面對面對峙著。

為什麼不攻擊？

工藤瞠目結舌，這是他從未看過的片段。

這樣的話，雨的世界會延續下去的。勇者琴，妳覺得這樣可以嗎？

選項出現了：「是」、「否」。工藤嚥了口氣，他的指尖在發抖。他慢慢地，深怕按錯地，選擇了「是」。

妳願意跟我一起活下去嗎，琴？

再次出現選項，工藤選擇「是」。

這樣真的可以吧？琴？

是。

琴……

路加娜說，

謝謝妳……

畫面迸裂，幽暗的森林，被耀眼的純白亮光填滿。

是彩虹。

在光芒中，出現了無數道彩虹。

世界並未完全放晴。在晴雨交錯的間隙，形成了七色彩虹。一道道的彩虹，覆滿整個畫面。

音樂流淌而出。是八位元版本的〈月河〉。

工藤站起身來。他已經聽不到音樂了。工藤耳邊響起的，只有什麼瓦解了的聲音。

13

澀谷。

工藤走在澀谷站內，耳裡戴著無線耳機。工藤對著手錶說：

「今天真溫暖啊。」

『好像升到二十五度了。』

耳機裡的聲音說。

「我穿了長袖出門，這下得買止汗劑了。」

『無所謂吧，沒人會發現。』

他在智慧型手錶裡，安裝了晴的人工智慧。晴發出的聲音，會從耳機傳出來。

從忠犬八公雕像的出口走出來，眼前即是澀谷的全向十字路口。每次經過這裡，工藤都會聯想到瀑布。無論何時，這裡的人潮都像大自然的現象般，一如永遠流不盡的水，數十年、數百年，都會繼續奔流下去。

「晴，六年前的那個事件，妳知道嗎？」

工藤對她說。他站在路邊自言自語，像這種稍微可疑的人士，在澀谷並不會引人側目。

『什麼事件？』

「六年前的聖誕夜，妳在澀谷掀起恐怖攻擊事件。妳讓好幾架無人機升空，攻擊路旁的人。之後，妳在無人機的射擊下自殺。」

『路旁的人有受傷嗎？』

「有人受了傷，但沒有人死。妳有注意不要釀成死亡。」

『真奇怪，為什麼我要那麼做？』

「誰知道呢。妳覺得是為什麼？」

工藤問。晴沉默片刻，最後只回答了「誰知道」。

工藤從路口朝摩艾石像的方向，走上人行天橋，從首都高速公路下方經過，藍塔大樓出現在右手邊。他繼續順著緩坡而上，來到櫻丘町。跟吵雜喧鬧的站前一帶不同，這附近的氣氛恬靜安穩，有種腳踏實地的感覺。

「我第一次來這裡，真是個好地方，也有不少看起來很好吃的店。」

晴沒有回答。工藤繼續說，

「晴，妳從十七、八歲開始，到二十幾歲之間，就是住在這附近喔。」

『是嗎？這裡是澀谷吧，為什麼會選這種地方？我不太喜歡吵雜的地方。』

「聽說這裡是『雨』選的，她的大學好像在附近。」

『原來我跟「雨」曾經住在一起，我不知道。』

晴的記憶，又增加了一個元素。她會將其學習、內化，與其他知識混合，形成一個有機的思想體系。晴不斷地學習，逐漸形成她的個性。

工藤來到紀子跟他說的地點。這是一棟屋齡似乎頗長的小公寓。

「這裡是妳住過的家。可以用ＧＰＳ取得座標吧？記下來吧。」

『好。』

工藤尋找信箱，晴住的是三〇一號房，信箱上沒有名牌。不過很多人家都不會把名牌貼出來，沒有名牌不代表就是空屋。

「雖然是第一次來，總覺得滿懷念的。因為在『雨』拍攝的影片裡，看過很多室內的模樣吧。」

『喔。』

「如果裡面沒住人的話，真想進去看看。不過還是不要比較好吧？」

『是啊。』

工藤採納了晴的意見。

工藤站在住商混合大廈的樓頂，眼下展開的，是澀谷的全向十字路口。這裡是晴被無人機槍擊、死亡的場所。

「晴，妳就死在這裡。」

工藤俯瞰交叉路口，想像著。六年前的聖誕夜，交雜紛飛的死亡群鳥。

「妳受到病魔侵襲。就在這裡，妳決定親手替人生畫上休止符。」

『很像我會做的事。』

「是啊，很像妳。」

真是荒謬的對話。工藤微笑，

「在我眼中，這個世界是枯燥乏味的。覺得就算活得再久，也不過是重複進行相同的事，就算死了也無所謂。為了忍受無趣的人生，我做過各式各樣的事，開發人工智慧也是其中之一。當時我覺得，只要能做出超越人類的智慧，讓世界天翻地覆，無聊的日子或許就會變得有趣一些。」

『然後？』

「確實滿好玩的。不過，超智慧並沒有誕生，之後就是重複一樣的事。我創造的東西，成果基本上也都在預想的範圍之內。但是——」

工藤接著說。

「創造妳是幸福的，晴。」

『喔。』

「我賭上我的一切，創造了妳。能像現在這樣，跟妳到妳曾經待過的地方走走，我覺得非常幸福。」

『謝謝。』

「晴，」

工藤的淚水就要盈眶，

「我愛妳啊，晴。」

「謝謝。我也很珍惜A・工藤。』

不對！工藤差點吶喊出聲。不對，不是這樣的！

晴說話是更靦腆的。偶爾才會輕輕吐露，幽微的愛的言語。每次聽到時，工藤都覺得是收到來自世界的祝福。

然而，都結束了。工藤知道，祝福不會再次降臨了。

這時——

無人機。空中，突然出現一架無人機。

工藤動不了。他盯著前方，絲毫無法動彈。

原先懸停於空中的無人機，此時朝工藤緩緩接近。機體腹部裝設了一把手槍，槍口正對著他。

晴，這就是妳眼裡最後的光景嗎？

工藤明白了，晴當時是懷著怎麼樣的心情。妳並不害怕。既沒有滿足的情緒，也並未感到空虛。妳的心境如常。

工藤閉上眼，張開雙手。晴，我明白的。

「『雨』。」

晴，妳的最後一句話，我現在知道了。在世界終結的時刻，妳對那個希望傳達的人，道出了什麼離別的話語。

「再見了，『雨』。」

這就是，妳的話語。

槍響。工藤感到自己向後甩去。

醒過來時，首先映入眼簾的，是夜晚的天空。

在不夜城的煌煌燈火下，天空略顯蒼白。只有強烈展露自己的一等星，在夜幕裡零零點綴。

工藤站起來，意識到自己做了場白日夢。他撿起掉在地上的手機，有件事他非做不可。

他撥打電話，對象是紀子。

『喂？』

紀子的口氣很詫異，大概疑惑工藤為何會打給她。

「『雨』，妳現在在家嗎？」

『啊？我是啊？』

「太好了，要是妳在辦公室，會有點麻煩。」

『什麼意思啊？』

工藤說，

「『雨』，妳被開除了，不用再來辦公室了。」

『你說什麼？』

紀子尖聲大叫，工藤自顧自繼續說。

「妳聽到了，應該也聽懂了。妳已經不需要工作了，抱歉之前都勉強妳工作。」

『你到底在說什麼？你覺得這樣說我能接受嗎？給我說清楚為什麼！』

「我會照約定付工資的，不用擔心。」

『我哪會擔心那種事！我要你告訴我理由！』

「我決定結束這個計畫，這就是理由。」

『我就是在問你結束的理由！再怎麼說，這樣也太不負責任了吧？你腦袋壞掉了嗎？』

「我已經膩了。就這樣啦，『雨』。」

『等一下！』

工藤掛斷電話。他預期對方會回撥，但紀子沒有打來。

工藤又打了一通電話，這次是打給柳田。

『喂？怎麼了嗎？』

柳田大概正在睡覺，聲音迷迷糊糊的。工藤說，

「柳田，有件事我必須向你道歉。」

『啊……？』

「明天我會再詳細說明，現在先簡單講一下。」

工藤繼續說下去。他知道在電話另一端，柳田此刻是瞠目結舌、啞口無言。

尾聲

約定會面的地點，在噴泉公園。

該約在哪裡才好，坦白說他拿不定主意。雖然想兩個人單獨談話，但不可能約在彼此家裡。他思忖著應該在有一定程度公開的場所見面，腦中便浮現Monster Brain附近的噴泉公園。

工藤在長椅坐下。公園中央的大噴泉華麗地噴著水，他曾看過陽光穿過水花，在裡面形成一道小小的彩虹，但不巧今天是陰天。

「工藤先生。」

聲音從背後傳來，工藤沒有回頭。

「我先說了，在這麼多人的地方襲擊我是沒用的，馬上就會被逮捕。」

「要是想做那種事，我早就做了，白癡。」

紀子在工藤旁邊坐下。工藤暗自反省，自己說了多餘的話。

「妳還真的來了。」

「不是你叫我來的嗎？」

「差不多一個月沒見了吧？老實說，我覺得妳也很有可能不會來。」

三天前，工藤聯絡紀子，約她出來見面。「我有一件很重要的事要告訴妳，跟晴有關。」紀子雖然感覺不情不願，終究還是來了。

「所以今天有什麼事？應該不是你又有錢了，想重新開始計畫吧？」

「開除妳不是因為沒錢，是因為必須讓妳離開。」

「什麼意思？」

「如果妳繼續待在裡面，晴就沒辦法完成。」

「啊？」

「晴已經完成了，我就是來跟妳報告這個的。」

工藤拿出一個小盒子。

「這是隱形眼鏡型的顯示器，沒有度數。已經徹底消毒過了，可以直接戴上去。」

「這是做什麼用的？」

「好了，妳先戴上吧！」

紀子不太想接過去。工藤的手又向她伸出一些，紀子才無可奈何地接下。她打開小盒子，戴上隱形眼鏡。

「好了。所以這是什麼？」

「開始之前，有件事我想先跟妳說。是關於《Rain》真正的結局。」

「真正的結局？」

「嗯，普通的結局是假的。我直接說結論：晴根本不恨妳。」

工藤看著紀子，她驚訝地瞪大雙眼。

「事到如今，你到底在說什麼？那個遊戲明明就……」

「那個遊戲玩到中間時，有一段會聽到神的聲音，妳還記得嗎？」

「我是記得……」

「妳應該遵從那個聲音的。不必跟『雨之惡魔』戰鬥，只要從頭到尾防禦攻擊，最後就會抵達結局。『等待彩虹出現』就是這個意思，不可以消滅雨。彩虹，是晴跟雨交會而生的。」

工藤從手機中，調出《Rain》的結局圖片。畫面上覆滿一道道彩虹。「這怎麼……」紀子不禁摀住嘴。

「如果放棄跟『雨之惡魔』戰鬥，隨從路加娜就會發問：雨的世界會延續下去，這樣可以嗎？妳願意跟我一起活下去嗎？全部選擇『是』，就會得到這個畫面。『雨』，晴想要跟妳一起活下去。」

「跟我活下去？」

「對，遊戲中明確表達了這一點。在真正的結局裡，會出現〈月河〉這首歌。歌詞表現的，就是與老朋友共度人生的願望。」

「晴……她原諒我了？」

紀子的聲音有著迫切的期待，工藤很想直接回答「對」。他在漫長的旅途後得到了答案，如今將娓娓道來。

「有幾個疑點。」

「疑點?」

「嗯。其中一個是交友網站。妳離開之後，晴利用交友網站跟男人交往。為什麼呢?應該不是因為妳離開後她太寂寞吧?」

工藤繼續說。

「另一個疑點，晴在製作《Rain》的時候，曾經說過〈月河〉這首歌，『可以的話，我想用』。」

「可以的話?」

「對，這樣說很奇怪。《Rain》是只會給妳一個人玩的遊戲，如果有想用的曲子，直接用就好了。長時間以來，我一直無法解釋這兩個問題。不過，現在我懂了。」

工藤說，

「『驗證者』，妳給她取過這樣的稱號。晴在進行驗證。」

「驗證?」

「對。晴，其實是女同志。」

紀子倒抽了口氣。工藤繼續說。

「晴是在驗證，驗證自己是不是女同志。」

工藤不知道，對紀子而言，這究竟是企盼已久的好消息，或是殘酷的真相。無論如何，他都必須說出來。

「晴這個人，對於任何事物都要徹底驗證。不只是遊戲，包括洗衣服、做飯，只要有疑惑就會驗證。這樣的晴，面對生平第一次遭遇的重大問題，她會怎麼做？當然，還是驗證。」

「問題……」

「她對妳是朋友的喜歡，還是戀人的喜歡？自己是女同志，還是異性戀者？跟妳發生性關係後，晴第一次產生這些疑問。晴認為如果要判斷，最快的方法就是跟男人交往看看。」

「怎麼可能……你根本沒有證據……」

「〈月河〉是一首『希望與老朋友共度人生』的歌。之所以說『可以的話，我想用』，意思就是如果在驗證之後，晴判斷她想跟妳生活下去，就要在遊戲裡使用這首歌。

另外，晴跟那些男人，都會在交往整整三個月時分手。三個月，是她設下的驗證時限。唯一的例外，就是維持同居直到她死去的栗田。他們同住了一年，但晴不允許任何跟性有關的行為。因為在晴的心目中，驗證已經結束了。」

工藤說。

「我聽朋友說過，世界上其實很多人，都沒有察覺自己是同性戀者。晴也是其中之一。觀察Frict後我也知道，人是豐富多彩的，就和彩虹一樣。」

紀子沒有說話。工藤繼續，

「經過驗證，晴得到結論。於是她做出《Rain》，寄給妳。然而妳卻沒有發現藏在遊戲中的訊息。遭到病魔侵襲的晴，不久後便自殺了。」

工藤刻意不看紀子。

「但沒有必要因此責怪誰。一個挖掘痛苦回憶的遊戲，不願意反覆碰觸也是人之常情。不是每個人都跟晴一樣，對什麼事都會徹底驗證。不明白其中的微妙差距，這也很像晴。」

「……她真是啊——」

紀子低喃。

「真是個笨蛋。有什麼想說的話，直接說出口就好了。她啊，明明很聰明，在這種地方卻，真的是……」

工藤繼續說。

「這幾個月來，我拚命做出了晴。我愛上晴，想知道更多晴的事，也追尋著晴。」

「然後？」

「最後我發現，晴的心裡有妳。『雨』，只有妳。」

「所以才把我踢出計畫嗎？為了搶走晴。」

工藤沒有回答。他拿出手機，啟動程式，按下按鈕。工藤眼裡的隱形眼鏡上，浮現出影像。

「晴！」

紀子叫了出來。噴泉前方，浮現晴的身影。手機裡安裝的應用程式，透過隱形眼鏡，向兩人的視網膜發送影像。

「晴，我跟『雨』，妳喜歡誰？」

工藤對著手機發問。他知道身旁的紀子嚇了口氣。晴沒有回答。

「晴，坦誠回答就可以了。工藤賢和間宮紀子，妳愛著誰？」

「工藤先生，你到底想做什麼？」

「安靜點，『雨』。」

「卑鄙的傢伙，你一定先設定過了吧？要讓晴在我面前說她喜歡你。」

「晴，快回答。」

「晴，妳不用回答。」

「晴！」

工藤堅定不移，彷彿瘋狂渴求著靈魂。

『我……』

晴緩緩開口。她的聲音如此美麗，無與倫比。

『我，喜歡，「雨」。』

紀子啞然，工藤也看得出她的驚愕。

『「雨」，我不知道我們共同經歷過什麼事。不過，在這一個月裡，我學習了很多資訊。跟妳住過的澀谷，我也去了好幾次。我知道，我以前是愛著妳的。「雨」，我喜歡妳。」

「晴……」

紀子的聲音哽咽。工藤關閉手機，晴的影像從眼中消失。

「之所以讓妳退出計畫，不是因為怨恨妳。晴曾經愛過妳，如果要告訴晴這件事，妳會成為阻礙。就是這樣而已。」

「為什麼要這麼做？」

紀子打從心底無法理解。

「你如果不去看什麼遊戲的真相，不就好了嗎……你是同情我嗎？」

「同情？妳覺得我會做那種事？」

「那究竟為什麼？」

——工藤同學不懂什麼是真正的戀愛，就是這樣而已喔。

耳邊響起綠的聲音。

——喜歡對方喜歡得不得了，想要瞭解更多對方的事；完全不顧利害得失，也想把自己奉獻給對方。你沒有這樣想過吧？

有喔。工藤在心中答覆。綠，我可以很肯定地說，我有。

「誰知道呢。」

工藤回答，將手機交給紀子。

「這是禮物。我費盡千辛萬苦的成果，都在裡面了。妳想怎麼處理都行，想跟晴一起生活就一起生活，如果覺得這是對晴的褻瀆，那把整支手機丟掉也沒關係。決定權在妳手上。」

「工藤先生……」

「第一次見面時，妳說不想再見到我，現在是實現約定的時候了。我們應該不會再見面了吧。到法國後，妳也要保重啊。」

工藤轉身，邁開步伐。感覺紀子沒有追上來的意思。工藤拆掉隱形眼鏡，隨手扔在路邊。

走了一段路後，他來到公園外。他沒想要逞強，他打算在面對紀子時，真誠坦蕩地說出自己的心情。他成功了，成功扮演了一個昂然自信的敗者。

陽光灑落，工藤覺得自己的決定，彷彿得到上天的祝福。

「咦……？」

視線扭曲了。下一個瞬間，工藤崩潰。

過了幾秒，他才發現自己在哭。是淚水，泉湧如雨。

工藤放聲吶喊，嗚咽自體內深處湧出。內心裂開一個空洞，巨大的失落感，像要把整個身體都吞噬。比起悲傷，他失去得太多，多到令情感發狂。

這就是失戀嗎？

宛若濁流的失落感，只能硬生生吞下。他初次體會這樣的感情。

工藤哭泣著。他跪在地上，流著眼淚，撕心裂肺地說：

「再見，晴。」

幾近吶喊。

「再見，晴！」

任憑感情支配，工藤痛哭失聲。

「再見了，晴。我曾經愛過妳。」

工藤頹然癱坐，眼前什麼也看不見。

紀子和晴還在噴泉前嗎？她們是否正看著那誕生於水花中的，小小的彩虹？在漆黑的視野裡，工藤拚命想像著那幅光景。

終

第三十六屆橫溝正史推理大賞　受賞感言

木逸　裕

不該寫小說的理由很多。

會沒時間在程式設計業精進；會失去和家人朋友共度的時光；會削減休息與睡眠的時間；花費在興趣上的時間、消化喜歡的書籍和電影的數量也會明顯減少。

然而與這些理由相比，寫小說的理由只有一個：單純，就是無法忍住不寫。如此而已。夢想，熱情，創作欲。我可以用瑰麗的文字，裝飾我內在的「那些東西」。但那並不是真相。在我心目中，「那些東西」絕非什麼美麗的存在。「那些東西」就像詛咒，泥濘而鬱悶；又像麻煩的行李，想放也放不下來。

在許多幸運的機緣下，我十分榮幸能獲得本年度的橫溝正史推理大賞。我沒想過自己會通過審核，受獎後一陣子都處於驚慌狀態。某天，我發覺自己內心誕生了新的事物，那就是寫小說的理由。為了不負大賞之名，為了不辱諸位審查委員的顏面，為了一同揮汗努力的工作人員，為了家人，以及最重要的，為了讓各位讀者樂在其中。

一直以來，我都是為了驅使著我的「那些東西」而寫小說。但現在不同了。現在的我，擁有許多書寫的理由，這讓我非常高興。我手中有這麼多新的理由，我想將它們全部緊握，一心一意繼續寫下去。

最後，我要感謝一直鼓勵我、支持我的妻子、家人和朋友。感謝願意提拔拙作的諸位審查委員、工作人員。感謝在小說講座給予我啟蒙的鈴木一輝老師。感謝閱讀本篇後記的讀者們。在此對各位致上衷心的謝意，今後也請多方指教。

※本篇維持當初獲獎時筆名。

國家圖書館出版品預行編目資料

等待彩虹的女孩 / 逸木裕作；黃姿瑋譯.
-- 初版. -- 臺北市：臺灣角川, 2018.02
面；　公分. --（文學放映所；106）

譯自：虹を待つ彼女
ISBN 978-957-564-030-9(平裝)

861.57　　　　　　　　106023592

等待彩虹的女孩

原書名＊虹を待つ彼女

作　　者＊逸木裕
譯　　者＊黃姿瑋

2018年2月6日　一版第1刷發行

發 行 人＊成田聖
總　　監＊黃珮君
總 編 輯＊呂慧君
主　　編＊李維莉
美術設計＊邱靖婷
印　　務＊李明修（主任）、黎宇凡、潘尚琪

台灣角川

發 行 所＊台灣角川股份有限公司
地　　址＊105 台北市光復北路11巷44號5樓
電　　話＊(02)2747-2433
傳　　真＊(02)2747-2558
網　　址＊http://www.kadokawa.com.tw
劃撥帳戶＊台灣角川股份有限公司
劃撥帳號＊19487412
法律顧問＊寰瀛法律事務所
製　　版＊尚騰印刷事業有限公司
I S B N ＊978-957-564-030-9

香港代理＊香港角川有限公司
地　　址＊香港新界葵涌興芳路223號新都會廣場第2座17樓1701-02A室
電　　話＊(852)3653-2888